Heinrich Böll:
Eine deutsche Erinnerung
Interview mit René Wintzen

Deutscher
Taschenbuch
Verlag

dtv

Von Heinrich Böll sind außerdem
im Deutschen Taschenbuch Verlag erschienen:
In eigener und anderer Sache. Schriften und
Reden 1952–1985 (5962; 9 Bände in Kassette)
In Einzelbänden lieferbar:
Zur Verteidigung der Waschküchen (10601)
Briefe aus dem Rheinland (10602)
Heimat und keine (10603)
Ende der Bescheidenheit (10604)
Man muß immer weitergehen (10605)
Es kann einem bange werden (10606)
Die »Einfachheit« der »kleinen« Leute (10607)
Feindbild und Frieden (10608)
Die Fähigkeit zu trauern (10609)

Ungekürzte Ausgabe
September 1981
4. Auflage Mai 1991
Deutscher Taschenbuch Verlag GmbH & Co. KG,
München
Lizenzausgabe mit freundlicher Genehmigung des
Verlages Kiepenheuer & Witsch, Köln
ISBN 3-462-01335-1
Umschlaggestaltung: Celestino Piatti
Umschlagfoto: STERN/Hinz
Gesamtherstellung: C. H. Beck'sche Buchdruckerei,
Nördlingen
Printed in Germany · ISBN 3-423-11385-5

Das Buch

Dieses Protokoll intensiver und umfassender Gespräche, die René Wintzen im Herbst 1975 mit Heinrich Böll in Paris führte, erschien im Frühjahr 1978 in französischer Sprache unter dem Titel ›Une mémoire allemande‹ und fand in Frankreich große Beachtung. Ein engagierter, kritischer Mensch und großer Schriftsteller blickt zurück auf seine eigene und die deutsche Vergangenheit. Im Dialog mit Wintzen setzt sich Böll mit allen Fragen auseinander, die für ihn wesentlich sind, mit seiner Herkunft und seiner persönlichen und literarischen Entwicklung, mit dem Katholizismus, mit dem Weg, den die Bundesrepublik nach dem Kriege eingeschlagen hat, mit seiner Rolle als Schriftsteller, privat und in der literarischen Öffentlichkeit, mit der Bedeutung und Entstehungsgeschichte seiner Werke.

Der Autor

Heinrich Böll, am 21. Dezember 1917 in Köln geboren, war nach dem Abitur Lehrling im Buchhandel. Danach Studium der Germanistik. Im Krieg sechs Jahre Soldat. Seit 1947 veröffentlichte er Erzählungen, Romane, Hör- und Fernsehspiele, Theaterstücke und war auch als Übersetzer aus dem Englischen tätig. 1972 erhielt Böll den Nobelpreis für Literatur. Er starb am 16. Juli 1985 in Langenbroich/Eifel.

Von Heinrich Böll
sind im Deutschen Taschenbuch Verlag erschienen:
Irisches Tagebuch (1)
Zum Tee bei Dr. Borsig (200)
Als der Krieg ausbrach (339)
Nicht nur zur Weihnachtszeit (350; auch als dtv großdruck 2575)
Ansichten eines Clowns (400)
Wanderer, kommst du nach Spa ... (437)
Ende einer Dienstfahrt (566)
Der Zug war pünktlich (818)
Wo warst du, Adam? (856)
Gruppenbild mit Dame (959)
Billard um halbzehn (991)
Die verlorene Ehre der Katharina Blum (1150; auch als dtv großdruck 25001)
Das Brot der frühen Jahre (1374)
Hausfriedensbruch/Aussatz (1439)
Und sagte kein einziges Wort (1518)
Ein Tag wie sonst (1536)
Haus ohne Hüter (1631)
Du fährst zu oft nach Heidelberg (1725)
Das Heinrich Böll Lesebuch (10031)
Was soll aus dem Jungen bloß werden? (10169)
Das Vermächtnis (10326)
Die Verwundung (10472)
Weil die Stadt so fremd geworden ist ... (10754; zusammen mit Heinrich Vormweg)
NiemandsLand (10787; Hrsg. unter Mitarbeit von Jürgen Starbatty)
Frauen vor Flußlandschaft (11196)
Rom auf den ersten Blick (11393)
Heinrich Böll zum Wiederlesen (dtv großdruck 25023)

Über Heinrich Böll:
In Sachen Böll – Ansichten und Einsichten (730)

Eine deutsche Erinnerung

Interview mit René Wintzen, Oktober 1976

1. WAS ICH DIE MORAL DER SPRACHE NENNE

RENÉ WINTZEN: Seit 1946 haben drei Schriftsteller deutscher Sprache den Nobelpreis für Literatur erhalten. 1946, gleich nach dem Krieg, war es Hermann Hesse, 1966 Nelly Sachs und 1972 schließlich wurden Sie, Heinrich Böll, mit diesem Preis ausgezeichnet. Obwohl sie deutsch schrieben, besaßen Hermann Hesse und Nelly Sachs die deutsche Staatsbürgerschaft nicht mehr. Hesse war inzwischen Schweizer und Nelly Sachs Schwedin geworden. Beide hatten das nationalsozialistische Deutschland verlassen. Beide hatten sich gewissermaßen von ihren Ursprüngen losgesagt und waren in Distanz getreten zu ihrem Vaterland.
Damit will ich folgendes sagen: als die Schwedische Akademie Sie auszeichnete, ehrte sie einen Deutschen, einen wirklichen Deutschen; keinen Flüchtling, keinen Emigranten, keinen Juden oder Verfolgten, sondern einen, der deutscher Staatsbürger war wie zweiundsechzig Millionen andere. Damit wurde Deutschland und der deutschen Literatur im Dritten Reich, während des Krieges und nach dem Krieg in Ihrer Person und in Ihrem Werk Anerkennung gezollt. Empfinden Sie das ebenso wie ich? Fühlen Sie sich tatsächlich als Deutscher, ja mehr noch: als Staatsbürger der Bundesrepublik Deutschland?
HEINRICH BÖLL: Die Frage kann ich eindeutig mit Ja beantworten. Die beiden Nobel-Preisträger, die Sie genannt haben, also Nelly Sachs und Hermann Hesse, haben deutsch geschrieben, aber sie waren keine deutschen Staatsbürger mehr. Hesse, bewußt emigriert wegen einer Entwicklung in Deutschland, die er nicht mitmachen wollte oder nicht teilen, an der er nicht verantwortlich beteiligt sein wollte aus einem internationalen Pazifismus heraus, Nelly Sachs vertrieben aus Deutschland, knapp dem Tod entronnen. Natürlich fühle ich mich deutsch, ich spreche deutsch, ich schreibe deutsch, ich bin als Deutscher geboren, hab mich auch nie als Nicht-Deutscher empfunden, wie käme ich dazu? Das ist für mich eine Selbstverständlichkeit, die gar keine, aber auch gar keine nationalistische Komponente hat.

Ich glaube, daß jemand mit der Sprache, in der er schreibt, mehr bekennt als Nationalitäts-Zugehörigkeit. Begriffe wie Vaterland, Nation, nicht der Begriff Heimat, das ist wieder etwas ganz anderes, sind eigentlich sekundär, fast oberflächlich, in manchen Fällen sogar dumm, verglichen mit der Verbindung oder dem Ausdrucksmittel Sprache für einen Schriftsteller. Es gibt überhaupt keine höhere Form des Bekenntnisses zu einem Volk, als in seiner Sprache zu schreiben; selbst wenn man schlecht schreibt. Denn man benutzt ja die Sprache als Ausdrucksmittel, und das bedeutet viel mehr als ein Paß oder ein Personalausweis oder ein Wahlzettel.

Aber um zurückzukommen auf die Bundesrepublik Deutschland: ich bin ein ganz bewußter Bürger der Bundesrepublik Deutschland. Ich bin mir klar darüber, daß das ein sehr junges Land ist. Ich glaube, das vergißt man auch in der Welt. Ich weiß auch, warum, ich selber vergesse es auch manchmal: weil es eben dieses deutsche Reich gab und Entwicklungen zwischen 1870 und 1933, die ein Bild von Deutschen und Deutschland geprägt haben, Klischees auch, die in den einzelnen Regionen Deutschlands fast nie zutrafen. Selbst die Preußen waren nie so preußisch, wie man sie dargestellt hat.

Aber das ist ein uraltes Problem der Literatur und Publizistik: wie werden Ausländer in der ausländischen Literatur dargestellt? Das ist ein Urproblem, das immer wieder Klischees kreiert. Sie finden es bei sehr großen Autoren wie Tolstoi und Dostojewskij, bei englischen wie Lawrence, mir fällt jetzt kein französischer Autor ein. Balzac hat einiges über die Deutschen geschrieben, nicht sehr freundlich. Es kommt gar nicht darauf an, ob es freundlich oder unfreundlich ist, sondern ob es ein Klischee bestätigt. Und leider ist es so, daß in der Wirklichkeit, so wie die Leute die Deutschen, die Italiener, die Franzosen usw. auftreten, die Klischees sich dann oft bestätigen.

Für mich ist die Frage, ein Deutscher zu sein und deutsch zu schreiben, keine Frage der Nationalität, auch keine Frage der Zugehörigkeit zu einer politischen Einheit, das ist sekundär. Aber auf dieser sekundären Ebene, als Staatsbürger, als einer, der dort und dort wohnt, der Steuern zahlt, der Kinder hat, die zur Schule müssen, der unter Menschen lebt, für die die Sprache nicht als Ausdrucksmittel Heimat ist, verstehen Sie, das ist ja ein Privileg, für die also die Nationalitäts-Zugehörigkeit wichtig ist, weil sie einen Paß brauchen, weil sie administriert werden müssen oder wollen, bin ich auch Staatsbürger und Bürger der Bundesrepublik Deutschland, eines ganz jungen Staates, den man noch nicht richtig wahrgenommen hat, glaube ich, in seiner Besonderheit innerhalb der deutschen Geschichte.

R. W.: Sie akzeptieren also eine Kontinuität der Geschichte, in Ihrer Person und in Ihrem Werk. Sie wurden vor dem Aufkommen des Dritten Reiches in Deutschland geboren, Sie verlebten Ihre Jugend im Dritten Reich und waren im Krieg. Kann man demzufolge – im Vergleich zu den beiden anderen deutschen Preisträgern des Nobelpreises für Literatur – vielleicht sagen, daß Sie seit mehr als fünfzig Jahren Ihre eigene Kontinuität im geschichtlichen Rahmen Ihres Landes wahren und folgerichtig eine Beteiligung an der Geschichte Deutschlands als Ihre persönliche Aufgabe ansehen?

H. B.: Ja natürlich, als, wie kann man das nennen: Erbe. Ich war bei Kriegsende fast 28 Jahre alt, also alt genug, um zu wissen, was passiert war, um zu wissen, woran ich beteiligt war, ohne große persönliche Reue und auch ohne großes persönliches Schuldgefühl, muß ich sagen, aber einvernommen in diese Geschichte, die über uns, mit uns und in uns abgelaufen ist. Und da wird, glaube ich, die Frage, ob der eine schuldiger war als der andere, uninteressant, ganz uninteressant. Ich habe mich auch nie besser gefühlt als irgend jemand, auch nicht schlechter, und insofern ist das Bekenntnis zur Bundesrepublik Deutschland sehr wichtig, nicht nur für mich, wahrscheinlich für meine Kollegen, für alle, sehr wichtig.

Innen und zugleich außen stehen

R. W.: Sie erkennen Ihre Zugehörigkeit zur Bundesrepublik Deutschland an, ja, Sie bekennen sich förmlich zu ihr; Sie nehmen Deutschlands Vergangenheit auf sich, die Sie in der Diktatur, im Krieg, inmitten von Ruinen haben erdulden müssen; Sie haben, wie alle besiegten Deutschen, Hunger und Kälte erlitten. Aber auch die jüngere Vergangenheit mußten Sie erdulden, nur anders: die Restauration unter dem sogenannten »deutschen Wirtschaftswunder«. Und doch stellt Ihr ganzes Werk – Ihre letzten Bücher *Die verlorene Ehre der Katharina Blum* und die *Berichte zur Gesinnungslage der Nation* attackieren zum einen eine gewisse Presse, zum anderen das satirische Spiel der Geheimdienste – wie auch all Ihre Handlungen als Bürger und Mensch nicht nur diese Gesellschaft der nationalsozialistischen Vergangenheit, sondern auch die Strukturen dieser neuen und jungen Republik, die Ihr Land sich nach einer beispiellosen Katastrophe gab, in Frage. Liegt darin nicht ein Widerspruch? Kann man zugleich »einvernommen« – wie Sie sagen – und dagegen sein, zugleich innen und irgendwie auch außen stehen? Warum und wieso?

H. B.: Ja, ich glaube gar nicht, daß man da eine Frage wie Warum? stellen kann und mit ähnlichen Fragen beantworten kann. Zunächst einmal glaube ich, daß jeder Schriftsteller, ganz gleich, ob er Franzose, Russe oder Schwede ist, durch die Beschäftigung mit der Sprache auf Probleme, Konflikte, Entwicklungen stößt. Der Einstieg ist gar nicht immer das sogenannte Engagement, sondern die Sprache, und mit der Sprache wird das Material Staat, Gesellschaft geprüft. Verstehen Sie, das ist fast ein chemisch-physikalischer Vorgang. Wenn aber dann bei dieser Prüfung, die sich im Ausdruck niederschlägt, Konflikte auftauchen, alte Ängste auftauchen, verdrängte und verschobene Probleme, dann kommt es möglicherweise zur Attacke. Aber ich glaube nicht, daß die Attacke das Primäre ist, das Primäre ist die Sprache und der Wunsch, ein bestimmtes Problem, eine bestimmte Sache, eine Person darzustellen, ihre Verwicklung, ihre Verstrikkung, ihre mögliche Schuld; ich sehe den Einstieg gar nicht so moralisch oder moralistisch, wie es manchmal aussieht. Vieles ist ja auch Spielerei, so satirische Dinge, die man ganz genau entwerfen kann, fast wie eine mathematische Formel; es gibt sehr viele verschiedene Einstiege in die Sprache, und da ich überhaupt nicht historisch schreiben kann, auch nicht utopisch schreiben kann, auch nicht möchte, gerate ich immer wieder in diese Gegenwart, die sich in der Sprache so ausdrückt, daß Konflikte offenbar werden.

Es gibt natürlich Fälle, wo man ganz bewußt politisch eine bestimmte Entwicklung attackiert, wo der Einstieg ein moralischer oder moralistischer ist und man dann die Sprache benutzt. Aber meistens ist der Einstieg ein sprachlicher. Ich habe nach dem Krieg, also nach 1945, einfach wahrscheinlich sehr naiv auf die Besatzungsmächte vertraut. Die Deutschen haben sich nicht selbst befreit, ich habe mich auch nicht selbst befreit, sondern die

Deutschen sind befreit worden, vielleicht sogar gegen ihren Willen.
Ich habe diese letzten drei, vier Kriegsjahre nicht nur vom moralischen Standpunkt aus, sondern sogar vom strategischen aus, bewußt erlebt. Wenn Sie die Sache rein militärisch-geschichtlich sehen, völlig ohne moralische Beurteilung, einfach wie einen technischen Ablauf, dann war spätestens doch mit der Schlacht bei Stalingrad der Krieg verloren. Das hat man im Ausland sehr gut erkannt, das haben wir auch erkannt, das war ganz klar, es war die entscheidende Schlacht und Wende, aber danach hat man ja noch fast zweieinhalb Jahre weitergekämpft, und man hätte wahrscheinlich auch noch zweieinhalb Jahre nach 1945 gekämpft und hat eigentlich bis zum Schluß nicht kapiert, daß Deutschland wirklich den Krieg verloren hatte. Es war so absurd, daß man es nicht glauben kann: noch in den Gefangenenlagern – ganz Deutschland war schon besetzt, von der Roten Armee, von der französischen, amerikanischen, englischen Armee, es gab kein Quadratzentimeter freies Deutschland mehr – glaubten manche noch, wir würden siegen. Das ist so verrückt, vielleicht so deutsch, daß man es nicht glaubt.
Und da war die Befreiung, ich sage das ohne Anführungsstriche, für uns eine ungeheure Sache, so daß wir, meine Frau und ich und Bekannte und Freunde, eigentlich sehr vertrauensvoll auf die Besatzungsmächte gesehen haben; wir haben gedacht, na ja, die werden schon dafür sorgen, daß das nicht wieder passiert. Das war eine Täuschung, weil die weltpolitische Entwicklung die Konfrontation Amerika–Sowjetunion schon implizierte, was wir während des Krieges nicht kapiert haben.
Und dann kam die Wiederaufrüstung, damit kamen alte Ängste, alte Gefahren hoch; es wurde auch sichtbar, daß eigentlich die Kreise, die die größte Schuld am Heraufkommen der Nazis hatten, also Industrielle und Großbürgertum, zum Teil auch der Adel, unbeschädigt den Krieg überstanden hatten, und ob sie Nazis waren oder nicht, das spielte plötzlich gar keine Rolle; jeder kleine Beamte oder einer, der aus Angst in die Partei gegangen war . . . der wurde bestraft, und die andern kamen plötzlich alle wieder hoch und herrschten wieder, und man konnte natürlich bald durchschauen, welches Interesse dahintersteckte. Die Deutschen haben ihre Geschichte, ich will gar nicht sagen Schuld, sich nie klargemacht, und damit fing das an, was Sie En-

gagement nennen, ja, da wurden wir plötzlich wach und dachten, um Gottes willen, was kann daraus werden. Mit der Wiederaufrüstung kamen ja auch alte Nazi-Offiziere, da kamen die Industriellen wieder aus ihren Internierungsecken oder ihren stillen Ecken, da wurde die Sache schon sehr deutlich.

R. W.: Diese Beteiligung innerhalb der deutschen Gesellschaft haben Sie schon gleich nach Kriegsende bewiesen. Sie gehörten zu den Besiegten. Sie waren Gefangener gewesen und kehrten in Ihre zerstörte Heimat zurück, in ein Land, das materiell und moralisch erst wieder aufgebaut werden mußte. Die deutschen Intellektuellen, Schriftsteller und Künstler der jungen Generation, die aufgrund der über die ganze Welt verstreuten Gefangenenlager etwas anderes als das Dritte Reich kennengelernt hatten, wollten durch ihre Werke und ihre Aussagen zur Schaffung eines neuen, wirklich demokratischen Staates beitragen. Ist es richtig, zu sagen, ihre Rolle sei wesentlich, wenn auch vielleicht nicht gerade ausschlaggebend gewesen zu einem Zeitpunkt, da ein junger Staat im Bewußtsein seiner Bürger eine neue Lebensberechtigung und Bestätigung zu erlangen suchte?

H. B.: Die bewußte politische Beteiligung, wenn man das so nennen will, kam eigentlich erst Mitte der fünfziger Jahre, als klar war, daß mit der Wiederaufrüstung, mit dem Interesse an der permanenten Konfrontation, man gleichzeitig die, sagen wir, kleinen Leute mit ihrer Nazi-Vergangenheit erschrecken konnte, die Großen aber freiließ. Es gab ja ungeheuerliche Vorgänge. Ich glaube, General Clay oder ein anderer hat auf Anraten von Adenauer Leute, die als Kriegsverbrecher verurteilt waren, aus der Haft in Urlaub geschickt mit dem stillschweigenden Einverständnis, die brauchen nie mehr wiederzukommen. Wenn Sie sich vorstellen, daß gleichzeitig sehr viele deutsche Soldaten, die nicht direkt schuld hatten, sagen wir, im Sinne politischer Verantwortung schuld hatten, noch jahrelang in Kriegsgefangenschaft gehockt haben, daß man irgendeinen kleinen Nazi-Funktionär noch piesacken konnte mit seiner Vergangenheit, dann sehen Sie die perfekte Heuchelei, mit der man eine Art demokratische Moral aufbaute. Indem man neue Privilegien schaffte für alte Privilegierte.

Gleichzeitig schwieg man den kommunistischen Widerstand während der Nazizeit vollkommen tot – bis heute fast. Was sehr viele kleine, mittlere, große Gruppen, was sehr viele einzelne

getan haben, unter sehr, sehr großen Gefahren, das wurde totgeschwiegen, und es wurde das, was man später den kalten Krieg genannt hat, ganz bewußt betrieben.
Aber auch da war für mich jedenfalls das Sprachliche wieder der Einstieg, denn – ich kann jetzt nicht zitieren – wenn Sie Adenauers *Memoiren* lesen, als Deutscher auf deutsch lesen, verrät die Sprache fast alles, verrät alles. Da braucht man gar kein politischer Analytiker zu sein, die Sprache verrät fast alles, sie verrät die Manipulation, sie verrät die Tricks, die da angewendet wurden, und das haben wir dann später Restauration genannt, ich glaube mit Recht, und da fängt eigentlich das bewußte politische Engagement an, das nun seit über zwanzig Jahren, eigentlich bis auf den heutigen Tag, unter den gleichen Bedingungen anhält.
Was man möglicherweise im Ausland nicht so wichtig genommen hat, der Sieg von Willy Brandt, die sozial-liberale Koalition, war für Deutschland, für die Deutschen, eine Sensation, ein geschichtlicher Sprung, den Ausländer vielleicht nicht ermessen können. Parlamentarische Demokratien wie Ihre oder auch die englische, wo einmal die Konservativen, dann mal die Linken, dann die Mittleren, dann die Rechten dran sind, wo man's nicht so wichtig nimmt im Grunde, weil auch die Geschichte anders verlaufen ist, können, glaube ich, nicht so recht verstehen, was das für Deutschland bedeutet hat, daß ein Sozialdemokrat Bundeskanzler wurde, legal, Gott sei Dank, noch einmal und hoffentlich noch einmal und noch einmal. Ein Gegengewicht gegen die Entwicklung, die 1949 begonnen hat.
R. W.: Daß ein Sozialdemokrat ins Kanzleramt der Bundesrepublik Deutschland berufen wurde, scheint in Ihren Augen ein fast beispielloses Ereignis in der Geschichte Ihres Landes zu sein. Dabei haben diese Sozialdemokraten vor Hitlers Machtergreifung, als schon einmal der Versuch gemacht wurde, eine junge deutsche Republik zu gründen, doch eine wichtige Rolle gespielt. Den Sozialisten hatten sich die Kommunisten zur Seite gestellt, und gemeinsam bildeten sie den Kern des Widerstandes gegen das nationalsozialistische Regime; und Hitler ließ ja auch bereits 1933 Konzentrationslager zur Internierung seiner politischen Gegner errichten. Diese waren ja im wesentlichen Kommunisten, Sozialdemokraten, und es waren – unter vielen anderen – einige Vertreter der katholischen und protestantischen Kirche dabei. In Ihrem Land spricht man wenig über diesen »zivi-

len« Widerstand gegen das Naziregime. Man spricht viel über den 20. Juli 1944, also über den Aufstand der höheren Offiziere der Wehrmacht, die eigentlich erst revoltierten, als das Schicksal Deutschlands – nicht durch einen ideologischen Prozeß, sondern durch den Wettkampf der Waffen – schon entschieden war. Der zivile Widerstand wurde also lange Zeit ins Vergessen gedrängt, verkannt, verschwiegen. Dabei waren Tausende von demokratischen Kämpfern – und unter ihnen der Friedensnobelpreisträger Carl von Ossietzky – von den Führern des Dritten Reiches ermordet worden. Ein wichtiges Buch über diese schmerzliche, sozusagen interne Geschichte Deutschlands verdanken wir den Schriftstellern Günther Weisenborn und Ricarda Huch; es trägt den Titel *Der lautlose Aufstand.* Es wurde nicht ins Französische übersetzt und ist auch in Deutschland nicht mehr bekannt, obwohl es das vollständigste Dokument über den Widerstand des deutschen Volkes gegen das Naziregime darstellt.

H. B.: Natürlich, Bücher dieser Art sind auch kurz nach dem Krieg erschienen. So bis Anfang der fünfziger Jahre, auch sehr viele Memoiren von KZ-Insassen, aller Parteien, aller Konfessionen, aber diese Literatur oder diese Publikationen sind schnell verschwunden. Ich will noch nicht mal unterstellen, daß das bewußt manipuliert wurde, aber das Interesse dafür war nicht groß. Diese Literatur hat eben nur ein paar Autoren interessiert, ein paar politisch sehr bewußte Studenten und Schüler, aber sie ist nicht in einer Weise respektiert worden, die sie verdient gehabt hätte. Und ich nehme an, ich fürchte, daß eben die Tatsache, daß der Widerstand der Kommunisten der größere war, die Beschäftigung damit verhindert hat. Es paßte nicht, verstehen Sie, es durfte nicht sein, daß die Kommunisten tapfer und konsequent Widerstand geleistet haben, während sie gleichzeitig die Bösewichte nach 45 waren.

Es kommen natürlich sehr viele Dinge hinzu, die man wissen muß, daß die deutsche KP und wahrscheinlich alle KPs in Europa oder in der Welt einen schweren Schlag erlitten haben durch die Allianz Hitler–Stalin. Das war fast ein Todesstoß, und der hat den kommunistischen Widerstand in Deutschland damals auch gelähmt, hat viele enttäuscht, viele haben politisch resigniert, sind in die Armee gegangen, nie mehr politisch aktiv geworden. Man kann es nicht nur innenpolitisch, muß es auch außenpolitisch sehen. Und dann kam eben der Krieg mit der Sowjetunion, und das war für die meisten ehemaligen Kommunisten, die möglicherweise in der Armee waren oder aus dem KZ schon wieder entlassen und in die Armee überführt, die Begegnung mit der sowjetischen Wirklichkeit. Das hat wahrscheinlich einem großen Teil von ehemaligen Kommunisten den Rest gegeben. Und es kam das, worüber wir gestern gesprochen haben, die Besetzung Ostdeutschlands durch die Rote Armee, die nicht dazu angetan war, ehemalige Kommunisten oder alte Kommunisten oder potentielle Kommunisten euphorisch zu stimmen.

Das muß man sehen, um zu verstehen, warum der Antikommunismus auf so fruchtbaren Boden fiel; es war nicht nur die Bosheit der alten bürgerlichen Klasse und der Industriellen, es war auch die Erfahrung bei der sogenannten Befreiung, die die Sympathie für den Kommunismus fast auf Null gebracht hat. Ich nehme an, in der DDR wird das alles verschwiegen, und die Begegnung auch der sowjetischen Intellektuellen mit dieser Seite des Krieges und des Sieges steht noch aus. Das wird keinem erspart werden.

Dieses Verdrängen oder Drüberweghuschen und Kriegsbücher schreiben, in denen alles wunderbar ist und der Sieg glorifiziert wird, ist Betrug in jedem Falle. Egal, ob Sie Kommunist oder Nationalist sind, ob Sie Franzose, Engländer, Russe oder Deutscher sind: Sieger sein ist auch eine schreckliche Sache. Das werden Sie wissen, und wahrscheinlich haben viele Deutsche es als Wohltat empfunden, besiegt zu sein. Was weltgeschichtlich etwas ganz Neues ist, ja, es ist etwas Neues.

Die Armee, ein sehr teures, im Kreislauf der Absurditäten begründetes Spielzeug

R. W.: Dieser Sieg der Alliierten, diese Niederlage der Deutschen waren für Sie – wenn ich Sie richtig verstehe – Anlaß für einen Neubeginn, für einen Start. 1945 war tatsächlich das Jahr Null für Deutschland. Der Sieg der Alliierten – das war für Sie so etwas wie die Rettung vor einem Unheil, das größer ist als das von Bomben, Feuer und die Besetzung durch ausländische Truppen verursachte. Dieses Hoffen auf ein neues Deutschland hat kaum vier Jahre angehalten; bis 1949, dem Gründungsjahr der Bundesrepublik Deutschland.

Intellektuelle und Politiker verschiedenster Herkunft haben an die sich ihnen dargebotene Chance geglaubt. Waren sie nicht enttäuscht – wie Sie selbst – über die Wendung, die die Ereignisse in politischer, wirtschaftlicher, sozialer und geistiger Hinsicht gleich nach jenem berühmten Jahr 1949 nahmen? Oder muß man vielleicht sogar das Jahr 1948, das die Währungsreform brachte, als Wendepunkt ansetzen; Gleichheit in bezug auf Geld war offensichtlich nicht lange aufrechtzuerhalten.

H. B.: Ja, zwischen 45 und Mitte der fünfziger Jahre, glaube ich, war der größere Teil der Deutschen, ganz gleich, was sie vorher gemacht hatten, nicht unzufrieden mit ihrem Schicksal. Die meisten Menschen hatten keine Lust mehr, schon bei Kriegsende kaum noch Lust gehabt; sie haben pariert, aber nicht mit Freuden. Die Wiederaufrüstung ist ihnen ja aufgedrängt worden, das wissen Sie, sie war sehr unpopulär. Im Grunde ist die Wiederaufrüstung bis heute unpopulär. Es hat ja vieler Tricks bedurft, um sie innenpolitisch zu legalisieren, und außenpolitisch war der Druck so stark, daß wahrscheinlich Adenauer gar nicht anders konnte, als sie durchzuführen, vielleicht sogar gegen seinen Willen und ganz bestimmt gegen seinen persönlichen.

Ich glaube, das psychologisch Komplizierte an diesen Vorgängen ist – und diese Vorgänge sind noch lange nicht analysiert, vielleicht noch gar nicht analysierbar – das Komplizierte ist, daß man die Deutschen nach 45 gar nicht zu entmilitarisieren brauchte, sie waren eigentlich ganz zufrieden mit diesem Zustand einer Pseudo-Neutralität. Es ist Tatsache, daß man sie mit Gewalt wieder militarisieren mußte, ich meine jetzt außenpolitische und innenpolitische Gewalt, aber auch psychologische Gewalt, die in einer massiven Propaganda bestand für die Wiederaufrüstung, ein Vorgang, der sich zehn Jahre hinzog, eigentlich bis heute noch vollzieht. Man muß schon sehr bewußt sein, und die Deutschen sind kein sehr bewußtes Volk, um zu überschauen, wieviel Krämpfe und Verkrampfungen das verursacht im Bewußtsein eines Volkes oder eines Staates, eben dieser Bundesrepublikaner.

In den ersten Jahren nach dem Krieg hat mich überhaupt nicht interessiert, ob einer ein Nazi war oder ob er Oberst war oder Obergefreiter. Es war eine gewisse Gleichheit, von außen gewaltsam herbeigeführt, aber sie war da. Und dieser Zustand hatte trotz der wirtschaftlichen Not und vieler ökonomischer

Schwierigkeiten etwas sehr Friedliches. Ich glaube, daß die Deutschen wirklich friedfertig waren 1945. Schon aus Müdigkeit fast, möchte ich sagen. Und in diese Stimmung hinein, sie war eine Realität, das ist keine nostalgische Euphorie, die ich da hineininterpretiere, jetzt rückblickend, kam plötzlich dieser Wirbel mit der Wiederaufrüstung. Es gab ungeheure Kontroversen, Sie erinnern sich, im Parlament, in der Öffentlichkeit, in Zeitungen, usw. Das war eine Überraschung, und ich glaube, daß sogar ein Mann wie Herr Strauß nicht von vorneherein für die Wiederaufrüstung war. Auch er hatte ja diese Nachkriegsgesinnung.

Gut, jetzt kann man sagen, das war politisch naiv, und es war eine Träumerei. Wie konnten die Deutschen, ein immerhin ziemlich großes Volk, glauben, man würde ihnen die Neutralität gönnen und die andern, also die Franzosen, Engländer usw. müßten weiter Armeen halten, um Europa zu schützen. Es kam der Moment, wo viele Deutsche, glaube ich, plötzlich merkten: man braucht uns. Ohne zu durchschauen, wozu man sie brauchte; damit kam wieder eine Art Nationalismus hoch, der ein bißchen künstlich befeuert wurde durch gleichzeitigen Beginn des sogenannten Wirtschaftswunders. Und diese Entwicklung geht weiter bis auf den heutigen Tag.

Man kann heute nicht mehr so naiv sein zu glauben, daß ausgerechnet die Bundesrepublik oder die DDR keine Armee haben sollen, ich glaube, schon aus ökonomischen Gründen. Stellen Sie sich vor, Deutschland hätte keine Armee und könnte dieses ganze Geld noch in seine Wirtschaft stecken, das würde kein Staat erlauben. Die Absurdität des Verschleißes durch Rüstung, Armeen, Kasernen, dieses teuerste Idiotenspielzeug der Welt, man wird uns nicht gönnen, daß uns das erspart wird. Im Rahmen dieser internationalen Absurdität bin ich bereit, das als Realität zu nehmen.

Das psychologische oder, sagen wir, sogar moralische oder weltgeschichtliche oder national-psychologische Moment ist damit noch nicht erklärt. Das ist die Schwierigkeit. Und eine dauernde Spannung und Kontroverse.

Das, was zählt, ist eine durchgehende mythologisch-theologische Problematik

R. W.: Diese Ihr ganzes Werk durchziehende Kritik – an der Diktatur, und hier zunächst einmal an der braunen Diktatur, am Krieg, und auch hier in erster Linie am Krieg Hitlers, an der Restauration, am Wirtschaftswunder – diese Kritik ist integrierter Bestandteil Ihrer Person und Ihrer Schriften. Kann man sich das auch vorstellen, wenn man die Erfahrungen, die Sie gelebt haben, wegnimmt? Kann man sich Menschentypen vorstellen, die nicht Nazis gewesen wären, die dem Naziregime Widerstand geleistet oder ihm gleichgültig gegenübergestanden hätten, »Mitläufer« gewesen wären, d. h. die beteiligt gewesen wären, ohne sich der Bedeutung ihrer Beteiligung wirklich bewußt zu sein, Kriegsgefangene, ausgehungerte und verzweifelte Menschen, die gleichzeitig Idealisten wären und nur den einen Wunsch hätten, auf den Ruinen ein neues Land aufzubauen; kann man bei diesen Menschentypen davon absehen, daß sie doch gerade durch ihre eigene Geschichte und die der Gemeinschaft, zu der sie gehörten, geprägt wurden? Ist das Ereignis im Werk eines Schriftstellers und speziell in Ihrem wirklich so zweitrangig, wie Sie vorgeben?

H. B.: Ich bin froh, daß wir darüber sprechen. Stellen wir zunächst mal eine Hypothese: Es hätte keinen Krieg gegeben und keine Nazis gegeben. Ich hätte also mit fünfundzwanzig Jahren meinen ersten Roman geschrieben, 1942, 43. Ich bin ganz sicher, daß ich *Und sagte kein einziges Wort* ohne Krieg und Nazis fast genauso geschrieben hätte. Sie finden ähnliche Elemente in der Literatur nach dem Ersten Weltkrieg, Sie finden sie schon vor dem Ersten Weltkrieg, Verfall, Zerfall, Brüchigkeit von Strukturen, von denen man glaubt, daß sie ewig halten, sagen wir, Ehe, Kirche.

Sie bringen mich auf einen sehr guten Gedanken, der mir auch selber hilft. Ich versuche, das jetzt wegzudenken – ich wäre bestimmt Schriftsteller geworden, ich hab schon immer geschrieben. Und ich hätte also, wie das so üblich ist, mit fünfundzwanzig meinen ersten Roman geschrieben, 1942, in einem Deutschland, in dem es keine Nazis an der Herrschaft gab, vielleicht als Partei, als Partei bestimmt, in einem Europa, in dem kein Krieg wäre. Ich glaube nicht, daß dieser Roman, bis auf ein paar zeitge-

schichtliche Details, anders ausgefallen wäre. Man muß, glaube ich, zurückgehen auf das, wozu man angelegt und wodurch man geprägt ist, existentiell, temperamentsmäßig, milieumäßig, konfessionell, regional, geographisch-topographisch, durch Erziehung und Bildung.
Nazis gab's in Deutschland immer. Wahrscheinlich wird es sie auch immer geben. Denken wir nochmal, wiederholen wir das nochmal, die wären nicht an die Macht gekommen, sie hätten nur als Partei existiert. Es hätte auch keinen Krieg gegeben, wenn Hitler nicht gekommen wäre, und ich hätte also 1942, als fünfundzwanzigjähriger junger Mann – wahrscheinlich wäre ich Bibliothekar gewesen oder Buchhändler, vielleicht auch Lehrer – meinen ersten Roman geschrieben: *Der Zug war pünktlich,* der im Grunde eine Liebesgeschichte ist. Nehmen wir also den ganzen Krieg und sein Dekor weg und stellen uns diesen jungen Autor 1942 in einem Deutschland ohne Nazis vor. Und wenn Sie diese Hypothese akzeptieren, als Arbeitshypothese, und sich andere Autoren vorstellen, etwa Alfred Andersch, er hätte seinen ersten Roman geschrieben, was weiß ich, wahrscheinlich 1940. Wäre die Struktur dieses Romans eine andere gewesen? Das ist die Frage. Ich bin ganz sicher, daß mein erster Roman, all das weggedacht, in der Struktur, in der Stimmung, nicht anders geworden wäre.
Es hat mich immer wieder verblüfft, wenn ich Menschen kennengelernt habe, die sehr viel mitgemacht haben, KZ, Vertreibung, Emigration. Ich habe sie mir angesehen und mit ihnen gesprochen und über sie nachgedacht. Dabei bin ich zu der Überzeugung gekommen, daß das, was einem von außen auferlegt wird, einen nicht sehr verändert. Und mit dieser Überzeugung muß man, glaube ich, an Literatur herangehen. Alles das, was die Weltgeschichte an Klamotten einem vor die Füße wirft, Krieg, Frieden, Nazis, Kommunisten, Bürgerliche, ist eigentlich sekundär. Das, was zählt, ist eine durchgehende, ich möchte fast sagen, mythologisch-theologische Problematik, die immer präsent ist.
Sie können eine Liebesgeschichte schreiben, die im schrecklichsten aller Konzentrationslager spielt, wo also erotische und sexuelle Details bis auf ein Minimum reduziert sind und die ganze erotische Begegnung dieser beiden Menschen vielleicht darauf beruht, daß sie sich einmal in der Woche nur an der Hand berüh-

ren können, und das kann mehr bedeuten als die intimsten Beziehungen. Sie können den Roman zweier Liebender schreiben, die in einer großen Stadt wie Paris leben, die die Freiheit haben, sich jederzeit zu treffen, ich glaub nicht, daß das ein sehr anderer Roman wird. Die Problematik, die Spannung, die Angst vor dem Ende oder dem Verschleiß ist wahrscheinlich die gleiche. Oder sie versetzen ein Paar in ein Dorf oder nach New York – es wird sich nicht viel ändern. Versuchen Sie so an Literatur ranzugehen, stellen Sie sich, was weiß ich, Dostojewskij vor ohne die russische Geschichte, wie er sie erlebt, erlitten, erfahren und analysiert hat, ich glaub nicht, daß das ihn als Autor verändert hätte.

Wenn man das voraussetzt, dann ist also der Nazi in einem Roman eben der potentielle Faschist, der überall rumläuft, der nur dadurch, daß die Partei an die Macht kommt, mehr Macht über mich bekommt. Aber Macht ausüben, faschistische Macht, über Menschen, kann ein Familienvater, kann ein Familienmitglied, das irgendeine demagogisch-hysterische Potenz hat. Es kann eine ganze Familie zerstören, insofern faschistisch wirken. Es ist so relativ. Und Macht ist oft etwas Relatives. Macht über ein ganzes Land haben kann unter Umständen weniger bedeuten als wenn Sie Macht über ein kleines Dorf haben, das Sie total in der Hand haben. Da haben Sie den Faschismus. Wir wußten genau, wo die Nazis waren, und ich hab sie beobachtet als Junge auf der Straße, auf meinem Schulweg, die Angst sitzt bis an mein Lebensende in mir. Aber die Angst hab ich auch vor ihnen gehabt, bevor sie an die Macht kamen.

Man müßte, glaube ich, anfangen, Weltliteratur oder Literatur überhaupt unter dieser Hypothese zu sehen: Das und das wäre nicht passiert oder wäre anders gekommen. Und da hätte also einer gesessen, der heißt Fontane oder Kafka oder Proust, nehmen Sie, wen Sie wollen, oder Norman Mailer. Ich bin überzeugt, Norman Mailer wäre auch ohne den Krieg der Autor geworden, der er geworden ist, weil die Potenz des sprachlichen Ausdrucks, des Konflikts, des Darstellens von Konflikten ganz unabhängig ist von dem, was die Geschichte uns an Möglichkeiten liefert. Der Faschismus war für Sartre und seine Zeitgenossen und seine Mitstreiter und Mitdenker ein wichtiges Anschauungsmaterial und Erlebnismaterial, wie man's nennen will. Aber glauben Sie denn im Ernst, daß er ohne die Okkupation, ohne die Konfron-

tation mit dem Faschismus, die persönliche, nicht den gleichen oder einen vergleichbaren Weg gegangen wäre als Autor, als Denker, als Philosoph?
Lassen Sie uns von dieser Hypothese aus auch über meine Arbeiten sprechen.

Die Geschichte liefert das Material

R. W.: Sie führen Dostojewskij, Kafka, Proust, Norman Mailer und Sartre an, um Ihre Argumentation abzustützen. Gilt Ihre Arbeitshypothese auch für André Malraux? Nehmen wir den Schriftsteller, nicht den Tatmenschen Malraux, so scheint mir doch, daß der Druck der Tatsachen nicht nur im Tenor, im Aufbau und in der Struktur des Werkes eine Rolle spielt, sondern daß er auch der Sprache, der Sprechweise, eine ganz besondere Dimension verleiht, daß die Sprache auch von äußeren Ereignissen gespeist wird. Gestatten Sie mir, Ihnen die gleiche Frage nochmals zuzuspielen . . .
H. B.: Die Sprache, meinen Sie, wird auch ernährt durch die äußeren Erlebnisse. Ganz sicher. Ich will das auch gar nicht bagatellisieren und nicht verkennen, daß die äußeren Ereignisse, also Faschismus, Eroberung Europas, Unterdrückung Europas, sozusagen die letzte Strenge in den Konflikt gebracht haben. Und trotzdem glaube ich, daß meine Entwicklung, vielleicht ein paar Stufen niedriger, nicht so unähnlich geblieben wäre. Das müßte man jetzt am Exempel Malraux oder Sartre oder Gide oder wie sie alle heißen mal prüfen. In dieser Vorstellung, die ich also jetzt darzustellen versuche, liegt natürlich viel Gefahr, weil es so scheinen könnte, als wenn man die Ereignisse leugnet oder bagatellisiert, das tue ich auf gar keinen Fall. Aber wenn ich zurückdenke an die Ängste, die mich geprägt haben, so liegen sie vorher, sie sind nachher wirklich geworden, durch die Nazis, durch die Brutalität, durch die Blindheit, die idiotische Blindheit des Bürgertums.
Aber nehmen wir so ein Wort wie Blindheit des Bürgertums, ich glaube für ganz Europa eine entscheidende Formel, wahrscheinlich für Frankreich auf ganz anderer Weise oder für England oder Italien, aber vergleichbar. Oder Blindheit des spanischen Bürgertums. Das ja noch nicht einmal wirklich traditionalistisch ist. Wenn sie traditionsverbundene Menschen wären, könnten sie ja

nicht so blind sein. Aber nehmen wir so einen Begriff wie Blindheit des Bürgertums gegenüber politischen Realitäten und Entwicklungen. Die hab ich früh schon gekannt, mit sechzehn, siebzehn. Dieses Erlebnis und diese Erfahrung prägen einen Autor. Wenn dann die Geschichte das alles so massiv bestätigt, bestätigt sie ja etwas, was in der Formel schon da war, fast wie eine Atomexplosion, das kann man vergleichen.
Ich möchte nicht die geschichtliche Realität leugnen, aber ich lege diesen Gedanken nahe, einmal so an das Werk eines Autors ranzugehen. Versuchen wir uns vorzustellen, was eine existentielle Komponente ist. Malraux etwa ist ein Sonderfall, weil er per se ein politischer Mensch war, ein bewußt politischer, agierender, schreibender Mensch, der so eingestiegen ist in die Literatur. Auch das ist eine Voraussetzung, die man weiterführen kann, indem man sich das Erlebnis des Zweiten Weltkriegs wegdenkt. Es gibt ja Autoren, deren Einstieg in die Autorschaft unmittelbar politisch ist. Meiner war es nicht, deshalb hab ich diese Hypothese gemacht, und ich glaube auch nicht, daß Sartres Einstieg im aktuellen oder aktualisierten Sinne ein unmittelbar politischer war. Das glaube ich nicht, das war ein philosophischer.
Und deshalb will ich einfach mal diesen Gedanken äußern, weil Sie sagen, in Ihren Büchern, da sind die Nazis, da sind die Guten, da sind die Schlechten. Denken wir die mal weg. Der Nazi wäre auch drin gewesen, wenn die Nazis nicht die Herrschaft übernommen hätten, denn er war ja da. Und das trifft natürlich auf *Und sagte kein einziges Wort* fast voll zu, weil es eine Auseinandersetzung mit der staatlichen und kirchlichen Institution Ehe ist, auf einer, wie ich finde, existentiellen Basis. Die natürlich gepflanzt ist in das Deutschland des Nachkrieges. Aber stellen wir uns vor, diese Ehe wäre, was weiß ich, 1953 gewesen. Da war ich fünfunddreißig, sechsunddreißig, hätte meinen dritten Roman geschrieben, immer noch Bibliothekar, wäre nicht sehr anders gewesen.

R. W.: Verzeihen Sie, wenn auch ich auf meiner Argumentation bestehe. Ihre Figuren wären also auch ohne den Krieg, ohne die Ruinen genau die gleichen gewesen, hätten gesprochen und gehandelt, wie sie heute in Ihren Büchern sprechen und handeln. Ist das wirklich denkbar? Muß eine solche Arbeitshypothese nicht dennoch etwas nuanciert, zumindest erklärt werden?

H. B.: Ja, eben nicht genauso, wie sie später in den Romanen sind, in denen natürlich eine gewisse Nachkriegs- und Kriegswirklichkeit verarbeitet ist. Also, sagen wir, das Material hat die Geschichte geliefert und nachgeliefert. Das Wichtige ist, glaube ich, daß man eine Mischung aus Sensibilität, Phantasie und den Wunsch sich auszudrücken hat. Das ist die Voraussetzung. Woher die kommt, wieviel Milieu, religiöse Erziehung, Topographie da mitspielt, ist sehr kompliziert zu analysieren. Das Entscheidende ist, glaube ich, Sensibilität und Phantasie, und mit fünfundzwanzig, zwanzig oder neunzehn Jahren, sobald man die Sprache als Ausdrucksmittel entdeckt hat, fehlt es nicht an Konflikten, an Spannungen, an Verstrickungen, die immer darstellenswert sind, ob sie innerlich sind, äußerlich, ob sie beides sind, ist vollkommen gleichgültig, und ich glaube, es ist auch völlig unabhängig von der Nationalität.

Die amerikanische Literatur ist voll von Beispielen, wo etwa irgend jemand in irgendeinem kleinen Dorf, der zufällig William Faulkner hieß, völlig unabhängig von der Geschichte, wie sie abgelaufen ist, obwohl er sie auch verarbeitet hat, diese Ausdruckskraft und den Wunsch sich auszudrücken entwickelt und sich selber permanent in seiner Sensibilität und Phantasie kontrolliert.

Ich hatte, ohne daß ich das damals hätte klar artikulieren können, die Angst vor der politischen Entwicklung in Deutschland, die natürlich verstärkt wurde durch Familie, Bekannte, durch Freunde. Wir sprachen darüber, es wurden politische Ereignisse kommentiert, Zeitungen gelesen. Das erlebt man ja nicht isoliert, es kommt alles zusammen, Vater, Mutter, Geschwister, Kirche, Freunde, Schule; Schule, die wieder eine ganz bestimmte gesellschaftliche Realität darstellt, weil in den Schulen verschiedene Klassen sich begegnen, bürgerliche, großbürgerliche, kleinbürgerliche, proletarische, und wieder innerhalb jeder Schulklasse diese Klassen sichtbar werden.

Und dann das Anschauungsmaterial Straße, das für mich sehr wichtig war. Ich hab den größten Teil meiner Kindheit und Jugend auf der Straße verbracht, spielend, spazierengehend und guckend. Und, wie ich schon sagte, ich will das wiederholen, die Zerstörung der Heimat durch die Nazis war für mich die Zerstörung der Straße. Gerade in einer Stadt von der Größe Kölns, einer Großstadt, aber nicht so riesig, wo Straße und Viertel noch etwas sehr Familiäres hatten, das ist total zerstört worden durch die Straßen-Brutalität der Nazis.

R. W.: Der Krieg hat ja nicht nur die Städte und ihr Gefüge zerstört, sondern auch die Ideologien, die geistigen Stützen. Sie sprachen soeben vom Bürgertum, vom Nationalgefühl. Aber der traditionelle, eingefleischte Antikommunismus war nicht zerstört, ganz im Gegenteil . . . Die sowjetische Literatur hat diesen Befreiungskrieg idealisiert, ohne gleichzeitig die während der Rückeroberung Zentraleuropas und während der Besetzung Deutschlands begangenen Fehler und Verbrechen zuzugeben. Ein gerechter Krieg rechtfertigt noch lange keine Ausschreitungen . . . Wie wird dieses Problem von einem Schriftsteller gestellt oder besser: wahrgenommen?
H. B.: Ich bin darauf gekommen, weil es jetzt wahrscheinlich große Schwierigkeiten gibt und geben wird mit der sowjetischen Literatur, die den großen vaterländischen Krieg geschildert, verarbeitet hat, aber so ein Ereignis wie die Besetzung Ostpreußens, Schlesiens, die, wie ich glaube, den Anti-Kommunismus nicht bestärkt, sondern einfach bestätigt hat, zu ignorieren scheint. Die sowjetische Literatur als Ganzes kann aber an diesem Thema gar nicht vorbei.
Das nenne ich die Moral einer Sprache. Das hat überhaupt nichts zu tun mit irgendeiner konventionellen Moralvorstellung. Sehen Sie, deshalb komme ich immer wieder auf die Sprache als Material. Die Sprache hat ihre eigenen Gesetze, ihre eigene Moral, und aus dieser Moral kommt das, was man dann Engagement nennt, aber Engagement ist dann eine reduzierte Sache, wenn man sie tagespolitisch aktualisiert.
Die deutsche Literatur nach dem Krieg hat den Krieg und seine Ursachen in allen Formen, im Hörspiel, im Roman, in der Lyrik, Erzählung, in Dokumentation, Film dargestellt, hat sich, glaube ich, mit allen Themen befaßt. Es hat kein Tabu mehr gegeben. Und vielleicht ist das das große Verdienst der literarischen Bewegung nach 45 gewesen. Auf allen Flügeln; es ist ja nicht nur die Gruppe 47 gewesen, auch außerhalb von ihr, sehr konservative Leute haben sich mit dem Nazismus auseinandergesetzt, sich nicht nur distanziert, das ist ja zu einfach, sondern ihn erklärt usw.
Ich glaube, daß das noch aussteht für die Literaturen Osteuropas, die Behandlung, die sie den Deutschen nach dem Krieg haben widerfahren lassen, darzustellen. Ganz gleich wie, im Roman, in der Dokumentation, weil es zu einfach ist und schon gar

für einen Künstler, der auch nur die geringste Sensibilität hat, einfach zu sagen: na ja, diese Deutschen, die haben den Faschismus kreiert, den Nazismus gemacht, sie haben Europa zerstört, an den Abgrund geführt, und die müssen bestraft werden. Das ist eine Idiotenvorstellung. Und was da so alles passiert ist in Ostpreußen, Schlesien, bei der Besetzung Ostdeutschlands und Osteuropas, was in der Tschechoslowakei passiert ist bei der Vertreibung der Sudetendeutschen, über deren Rolle man im einzelnen sehr lange streiten kann; aber pauschale Bestrafung von Gruppen ist kriminell.

Und keine Ideologie kann verhindern, daß ein Autor sich mit so etwas beschäftigt. Auch ein marxistischer Autor kann das nicht einfach leugnen. Das nenne ich die Moral der Sprache, die überhaupt nichts zu tun hat mit irgendeiner Form von Moral, das ergibt sich aus dem Material, aus der Prüfung des Materials, wie ich das nenne. Und spinnen wir die Hypothese ein bißchen weiter, nehmen wir an, wir hätten einen Dichter, deutschen oder französischen oder russischen, von der Größe eines Hölderlin, er würde sich mit dem Thema beschäftigen, mit der Vertreibung, mit den KZs, mit dem Krieg, das ist doch ganz sicher, und er würde eine Riesenhymne über das Leiden dieser Menschen schreiben, ohne danach zu fragen, ob der oder jener ein Nazi war, oder der oder jener ein Kommunist, ob der oder jener schuld hatte oder nicht.

Das meine ich, das wollte ich mit meiner Hypothese ausdrücken. Das Material, das die Geschichte einem Autor liefert, verwendet er natürlich, aber die Frage muß erlaubt sein, was aus ihm geworden wäre, wenn die Geschichte ihm anderes Material geliefert hätte. Nehmen wir eben an die friedliche Entwicklung eines pseudo-bürgerlichen Deutschlands, so von 1918 bis 1975, das ist doch hochinteressant. Natürlich hat die Sprache sich durch den Krieg und durch die europäische Geschichte verändert, aber sie hätte sich ja, wäre sie anders verlaufen, auch verändert, und dann wäre das Material ein anderes prüfbares Material. Darauf beruht meine Hypothese. Deshalb ist also auch schon der Ausdruck politisch zu vieldeutig oder zu simpel. Gäbe es diesen Hölderlin unter uns, er würde das nicht politisch nennen, wenn er über die hungernden Franzosen schriebe oder über die Menschen in den sowjetischen Lagern und die Menschen in Ostpreußen, die vertrieben und deren Heim zerstört wurde. Das Wort wäre ihm zu dumm.

Und von dieser Voraussetzung aus können wir natürlich ganz realistisch oder relativ realistisch an die, sagen wir, deutsche Nachkriegsliteratur rangehen. Sie müßte man auch an die sowjetische Literatur herangehen; ob sie Tabus anerkennt und über irgend etwas, das in der Sowjetunion passiert ist, nicht schreibt. Daß solche Dinge nachher politisch ausgemünzt werden, zu Kleingeld auf irgendwelchen Märkten dieser Welt, ist eine andere Frage. Aber das ändert nichts daran, daß Literatur diese Aufgabe hat. Das ist die Moral der Sprache und betrifft dann auch natürlich Entwicklungen innerhalb von Kirchen, innerhalb von Gesellschaften, die nicht unmittelbar politisch sind oder nur im mittelbaren Sinne politisch. Das nenne ich Moral.

R. W.: Kann dieser moralische Anspruch der Sprache, der geschriebenen Sprache, nicht zu einer praktisch übermenschlichen Gefahr führen? Sie erwähnten eben Hölderlin. Hat der moralische Anspruch der Sprache ihn nicht zum Wahnsinn getrieben? Peter O. Chotjewitz, ein deutscher Schriftsteller der jüngeren Generation, hat eines seiner Bücher *Reden ist tödlich, schweigen auch* betitelt. Scheint Ihnen diese Formulierung gerechtfertigt? Ist sie bezogen auf bestimmte Situationen?

Trotz Angst und Qual, die Sie unter dem Naziregime und während des Krieges erlitten, wollten Sie nicht schweigen, und dabei hatten Sie doch Angst. Die Sprache ist für Sie zu einem Mittel – zum Werkzeug par excellence – geworden, um Fehler, Verbrechen, Unglück aufzudecken. Erlangt dadurch Sprache eine moralische Dimension? Hat deswegen ein Schriftsteller nicht das Recht, zu schweigen, wenn er nicht verraten will, was Sie die Moral der Sprache nennen.

H. B.: Ja, ich glaube nicht, daß ich ursprünglich den Wunsch oder die Ambition hatte, über die Zustände dieser Welt, über die Ungerechtigkeit und Gerechtigkeit zu schreiben. Das hängt jetzt mit dem zusammen, was wir eben gesagt haben, daß ich immer mit dem Gedanken spiele, meine Biographie als Schriftsteller, als Autor, wäre ganz anders verlaufen ohne die Geschichte. Ich habe gar nicht aus Angst nicht geschrieben im Krieg oder während der Nazizeit. Wir haben uns sehr offen unterhalten, natürlich nur mit Leuten, denen man vertrauen konnte und dieses, sagen wir, Nachholbedürfnis, ja, des Aussprechens war nicht das Motiv. Die Angst war nicht so direkt, sagen wir, Angst vor der Polizei, Angst vor der Denunziation, Angst vor dem Gefängnis

und Lager, die war gar nicht so direkt, sondern die Angst vor der völligen Unberechenbarkeit der menschlichen Gesellschaft. Diese Angst, erlebt am Faschismus, der sozusagen über Nacht die Menschen veränderte. Und zwar alles um uns herum.
Das ist das Erlebnis der Angst vor der Unberechenbarkeit der Menschen unter bestimmten politischen Voraussetzungen. Also große wirtschaftliche Not, demagogische Propaganda, nationalistische Propaganda und die damit verbundene Blindheit des Bürgertums, wie ich es genannt habe. Die Angst vor der Polizei, vor der Verhaftung, war gar nicht so stark, das war gar nicht das Motiv. Sogar in der Armee hatte man sehr schnell heraus, mit wem man reden durfte. Das ist in einem totalitären Staat eine Übung, und wahrscheinlich haben die Franzosen und die Holländer in der Okkupationszeit die gleiche Übung gehabt. In dem Sinne waren wir ja auch okkupiert, zwar nicht im politisch-historischen Sinne, aber besetzt von diesem Terror, unter dem man nichts leichtsinnig riskieren sollte. Das ist das Wichtige.
Man kann sehr schnell zum Märtyrer werden, man geht auf die Straße und schreit: ihr verdammten Nazis, ihr Arschlöcher. Dann ist man zwei Stunden später im Gefängnis. Das haben einige Menschen gemacht, die den Wunsch hatten, sich so zu befreien. Ich hab das nicht getan, ich hielt das für unvernünftig. Wahrscheinlich ist das Ihnen während der Besatzungszeit ähnlich ergangen, vergleichbar. Die entscheidende Angst war die Angst vor der plötzlichen Verwandlung der gesamten Umwelt in eine untertänige Masse.
Das Schlimmste, das ich kenne, ist Untertänigkeit oder der Wunsch, sich unbedingt zu unterwerfen, dieses Mitmachen, Mitlaufen, Mitsingen, Mitmarschieren und dabei auch noch in eine peinliche Euphorie verfallen. Diese Angst kreiert natürlich eine Isolation. In einer solchen Gesellschaft sind Sie ein Isolierter. Und bis zu einem gewissen Grade ist diese Isolation oder das Außenseiterhafte natürlich geblieben. Denn ich glaube nicht, daß eine Masse von gläubigen Nazis innerhalb von vierzehn Tagen nur durch ein geschichtliches Datum, sagen wir den 8. Mai 45, in Demokraten verwandelt wird, das kann ich mir nicht vorstellen. Im Gegenteil. Was mich erschreckt hat in Deutschland nach dem Krieg, ich bin so Ende 45 nach Hause gekommen, war die völlige Widerstandslosigkeit, mit der man also plötzlich demokratisch war und amerikanisch, englisch, französisch besetzt, sehr subordiniert, ungeheuer vorsichtig, sehr brav.

R. W.: Wahrscheinlich handelte es sich auch gar nicht um die elementare Angst vor der Bedrohung, festgenommen, vor Gericht gestellt und verurteilt zu werden. Und doch haben Sie einmal eine Geschichte erzählt, die Ihnen während des Krieges zugestoßen ist und die, wenn ich mich richtig erinnere, folgendermaßen ablief: Sie hatten Wache, waren mehr oder weniger eingenickt, und als einer Ihrer Vorgesetzten, ein Offizier oder Unteroffizier, Sie weckte und nach der Parole fragte, war Ihnen diese Parole entfallen. In diesem Augenblick bekamen Sie Angst. Aber besagter Offizier oder Unteroffizier beruhigte Sie und rief Ihnen die berühmte Parole ins Gedächtnis zurück. Er hätte Sie aber doch auch wegen schweren Vergehens vor ein Kriegsgericht beordern können. Wenn er Ihnen auch nicht buchstäblich das Leben gerettet hat, so hat er Ihnen zumindest doch gewissermaßen die Härten eines Kriegsgerichtsurteils erspart.

H. B.: Ja, das ist aber kein politisches Faktum. Das ist ein Faktum militärischer Disziplin und der Menschlichkeit oder Unmenschlichkeit eines Vorgesetzten, das seh ich gar nicht politisch, das hat nichts mit der politischen Situation zu tun. Ein Soldat muß die Parole kennen, und auf Anruf muß er sie wissen und sagen, und wenn er's nicht kann, kann das sehr peinlich werden. Wenn ich dabei bestraft worden wäre, wäre ich selber schuld gewesen. Das seh ich nicht politisch, sondern rein im Ritual des Militärs.

Aber was Sie sagen von der Tödlichkeit der Sprache, ich glaube eher, das ist das Tödliche des Unausgesprochenen. Wo es immer noch Tabus gibt, immer noch Hemmungen, Restriktionen, die mit der Erziehung zusammenhängen, die mit dem Milieu zusammenhängen, die mit dem Mut zusammenhängen, ja, man ist ja nicht immer tapfer, verstehen Sie. Und, ich weiß nicht, ich kenne die Biographie, die medizinische Biographie von Hölderlin nicht gut genug, ich glaube nicht, daß er an der Sprache verrückt geworden ist. Vielleicht am Unausgesprochenen und für ihn Unaussprechbaren, ja. Daß er die Möglichkeit verloren hat, auszusprechen und zu schreiben, und daß das ihn vielleicht krank gemacht hat. Denn schreiben, sprechen, aussprechen ist ja ein befreiender Vorgang.

R. W.: Sie haben die Hypothese aufgestellt, daß Sie ohne Krieg, ohne Bomben, ohne Ruinen, ohne Elend und ohne den Ausgang der Nachkriegszeit der gleiche Schriftsteller wären wie der, der

Sie heute sind. Und doch habe ich den Eindruck – verzeihen Sie meine Hartnäckigkeit –, daß Ihr erster Roman *Wo warst du, Adam?* nicht hätte geschrieben werden können, wenn Sie nicht unglücklicherweise (oder muß man sagen glücklicherweise?) so hart in dieses Kriegsgeschehen mit einbezogen gewesen wären. Lautet denn die Antwort auf die Frage »wo warst du?« nicht genau: im Krieg? Kann man sich Figuren wie Feinhals oder Filskeit vorstellen, ohne die Begriffe Krieg, Brutalität, Sadismus, Tyrannei zu beschwören? Glauben Sie nicht, daß diese Begriffe – auch wenn sie in Friedenszeiten in den verschiedensten Menschengruppen, ja sogar innerhalb der Familie präsent sind – durch den wirklichen Krieg eine anormale und wahrhaft unmenschliche Dimension bekommen haben?

H. B.: Das habe ich doch gar nicht bestritten. Ich habe von dem Material gesprochen, das mir durch die Geschichte sozusagen vor die Füße geworfen worden ist. Bleiben wir bei diesem Beispiel, bei *Wo warst du, Adam?* Alle diese Personen wären natürlich nicht Offizier, nicht Lagerkommandant, nicht Gefreiter oder Major gewesen oder Oberst, aber was hier der Zwang innerhalb einer Armee und für die einer Armee unterworfenen Bevölkerung in einem fremden Land ist, können Sie natürlich verwandelt sich vorstellen innerhalb eines großen Betriebs, innerhalb einer Familie, einer Großfamilie.

Sadisten und demütige Menschen, menschliche und unmenschliche, die kommen im Krieg wahrscheinlich schärfer heraus, weil die Befehlsgewalt direkter ist. Sie ist ganz direkt. Der Ranghöhere kann dem Rangniederen befehlen, Schluß. Während in einem Betrieb oder in einem Stadtviertel oder in einer kleinen Gemeinde, wo die Menschen von jemand tyrannisiert werden, vom Bürgermeister oder vom Pfarrer oder auch von einem Lehrer, die Befehlsgewalt nicht so direkt ist. Insofern sehe ich etwa die Figuren von *Wo warst du, Adam?* verkleidet. Ich könnte sie mir in einem anderen Gewand vorstellen. Ich wiederhole, es ist eine Hypothese, vielleicht eine riskante, wie ich gerne zugeben will.

Ich will nur hinaus auf die, sagen wir, existentiellen Voraussetzungen, unter denen Unterwerfung und Untertänigkeit entstehen. Und da sehe ich das Modell einer Armee, die ja im Frieden für manchen Soldaten schlimmer ist als im Krieg. Für den Soldaten im Frieden, der in der Kaserne hockt und vollkommen ausgeliefert und unterworfen ist, ist die Struktur der Armee härter und

schlimmer spürbar als im Krieg. Im Krieg ist der Schrecken, die Ausdehnung auf die Zivilbevölkerung, ein riesiges Problem. Wir brauchen nicht zu streiten über das Schreckliche des Krieges, aber Sie können die gleiche Tyrannei hierarchisch geordnet in einer Schule haben, in einer Pfarre oder Kirche, immer da, wo hierarchische Ordnungen entstehen, wo man Vorgesetzte schafft. Sie wissen, was ein Vorgesetzter ist, den man jemandem vorsetzt wie die Suppe und sagt: hier friß oder stirb. Vorgesetzte Autorität schafft diese Art von Schrecken, Unterwerfung und Tyrannei. Auch im Zivilleben, auch im Frieden.
Und wenn wir jetzt bei unserem Beispiel bleiben, so sehen wir einen jungen Menschen, in dem Fall einen Soldaten, der in dieser Maschinerie drinsteckt; Sie brauchen nur die Verkleidung wegzunehmen, die speziellen Grausamkeiten des Naziregimes, das Konzentrationslager, die jüdischen Vernichtungslager, all das weg, so entsteht ein Roman, der *Wo warst du, Adam?* vergleichbar wäre. Der Unterschied, und es ist ein sehr wichtiger Unterschied natürlich, ist der Tod im Krieg. Im Frieden funktioniert das System ohne die Unterwerfung unter den Tod. All das müßte man korrigieren, interpolieren, rausnehmen und sich die Struktur eines solchen Romans anschauen, dann käme man vielleicht auf ein vergleichbares Buch.
R. W.: Soll man das, was Sie soeben ausführten, als eine gewisse Art der »Distanzierung« von der sogenannten Trümmerliteratur oder – in Anlehnung an ein berühmtes Gedicht von Günther Eich *Inventur* – der Literatur der Bestandsaufnahme interpretieren? Und zwar nicht nur hinsichtlich der in Ihren Büchern behandelten Inhalte, sondern auch im Hinblick auf die Sprache? Diese Sprache will der Realität so nah wie möglich kommen, sie ist brutal, realistisch – Sie haben irgendwo gesagt, daß man unmittelbar nach dem Krieg, wollte man Schriftsteller sein, gute Augen haben mußte – und trotz allem ist sie manchmal auch pathetisch. Tritt hier nicht sowohl im Ausdruck als auch in der Analyse der Situationen (Krieg und Frieden) ein offensichtlicher Widerspruch zutage?
H. B.: Nein, gar nicht, ich leugne doch die Geschichte nicht, wie sie abgelaufen ist: Nazizeit, Krieg, Konzentrationslager, Okkupation, 60 Millionen Tote in Europa, fast ganz Europa vollkommen der Barbarei unterworfen und zerstört und hungrig, das leugne ich doch nicht. Wir wollen nur versuchen herauszu-

kriegen, ob bestimmte Strukturen im Werk eines Autors ohne das bestehen könnten. Ich halte diese Hypothese für sehr wichtig. Ich leugne, das wissen Sie, weder die Trümmerliteratur noch das Jahr Null noch die Entwicklung vor oder nach 45, das ist doch nicht das Problem.
Wir reden jetzt ganz abstrakt über den Schriftsteller Heinrich Böll, möglicherweise mit fünfundzwanzig oder dreiundzwanzig Jahren ohne Krieg und ohne Nazis. Für mich eine interessante Vorstellung, eine rein hypothetische, fast abstrakte, und ich versuche den einen Roman, den Sie genannt haben, *Wo warst du, Adam?*, mir im Frieden vorzustellen. Möglicherweise wäre der Held ein arbeitsloser Lehrer gewesen, der, weil er nicht verhungern wollte, vielleicht in den Arbeitsdienst gegangen wäre, in den freiwilligen, nicht faschistischen, den es ja gab, der Arbeitsdienst ist ja keine Erfindung der Nazis gewesen. Und dieser Held hätte sich unterwerfen müssen aus ökonomischen Zwängen und wäre in eine ähnliche, dem Krieg und dem Militär vergleichbare Mechanerie geraten, hätte die Schrecken der Gesellschaft entdeckt. Das ist eine hypothetische, abstrakte Vorstellung. Ich leugne doch nicht die Geschichte Europas, wie sie abgelaufen ist.

2. SICH ZUM KATHOLIZISMUS BEKENNEN, JA. ABER EINE KATHOLISCHE LITERATUR GIBT ES NICHT

R. W.: Im Verlauf unseres Gesprächs haben Sie mehrmals zwei Autoren genannt, den Engländer Charles Dickens und den Russen Dostojewskij. Diese beiden haben auf Sie vermutlich einen stärkeren Einfluß ausgeübt als andere. Auf diese Einflüsse müssen wir zu sprechen kommen, und zwar im Hinblick auf Ihre Art, Themen anzugehen und zu behandeln, Themen, die tatsächlich gewisse Ähnlichkeiten mit der von Dickens beschriebenen industriellen Epoche im England des 19. Jahrhunderts und dem zusammenbrechenden Zarenreich aufweisen. Diese Darstellungsweise ist zugleich »volksnah«, und doch auch schon an der Grenze zur Karikatur, obwohl dieses Adjektiv schockieren könnte, wenn man es auf Dickens und Dostojewskij anwendet; in einem fiktiven Selbstgespräch, das Sie *Interview mit mir selbst* nannten, erwähnen Sie andere literarische Einflüsse, und zwar deutsche. Einer der Schriftsteller, auf die Sie sich beziehen, soll in Basel, der andere in Frankfurt a. d. Oder geboren sein. Wer sind sie? Und sind diese Einflüsse nicht letztlich so diffus, so unbewußt, daß das Nennen von Namen im Grunde wenig Bedeutung hat?

H. B.: Das ist Heinrich von Kleist und Johann Peter Hebel. Man nennt Namen, und zwar immer die, die einem im Augenblick präsent sind. Jeder, der schreibt, ist zuerst einmal ein Leser, und alles, was er gelesen hat, beeinflußt ihn. Das fing damit an, ich erinnere mich, daß ich als Junge, so mit acht, neun Jahren, irische Märchen geschenkt bekam. Dann habe ich Karl May gelesen und auch sehr kitschige Romane in einer katholischen illustrierten Hauszeitschrift, die meine Eltern abonniert hatten. Ich habe eigentlich immer gelesen. Es kommt aber dann ein Augenblick, wo Lesen als Technik und einfach Verschlingen oder Aufnehmen von Stoff und Stories eine andere Dimension bekommt, sagen wir eine geistige, wo man plötzlich merkt, die Geschichte der Menschheit wird ja bewegt von diesen Schriftstellern.

Von Kleist, den ich als Junge gelesen habe und später auf der Schule, bin ich natürlich auch beeinflußt, und von Hebel auch. Ich glaube, daß man überhaupt nicht verbindlich sagen kann, von wem man beeinflußt ist. Einen ungeheuren Einfluß auf uns, ich sage jetzt: uns, meine Familie und meine Freunde, hat zum Beispiel Léon Bloy gehabt. Von ihm erschien ein Buch 1936, mitten in der Nazizeit, und das haben wir einfach verschlungen, das war jahrelang für uns wie die Bibel.

Das war *Le Sang des pauvres*, das Blut der Armen. Es enthielt gleichzeitig eine sehr persönliche Mystik, aber auch sozial-kritische Momente. Und später habe ich gelesen: Karl Marx *Das Kapital*, und merkwürdigerweise bestanden da Ähnlichkeiten, das würde sowohl Marx wie Bloy erschrecken, wenn sie es erführen.

Aber andere Autoren waren genauso wichtig für uns – ich sage jetzt immer uns, und meine eine ganze Gruppe von Freunden und Familienangehörigen – etwa Mauriac oder Bernanos. Diese vom Katholizismus geprägte Literatur . . .

Die Angst vor Zola

R. W.: Sie nannten Léon Bloy, François Mauriac und Georges Bernanos. Und doch scheint dieser Begriff »katholische Literatur«, diese Assoziation von zwei *per definitionem* grundverschiedenen Begriffen wie schreiben und einer religiösen Gemeinschaft angehören, mehr und mehr in Frage gestellt zu werden. Ist es nicht auch so in Deutschland? Kann man von Heinrich Böll sagen, er sei ein katholischer Schriftsteller.

H. B.: Die Deutschen haben niemals eine solche religiöse, konfessionelle Konzeption der Literatur gehabt. Das erklärt sich aus den historischen und kulturellen Gegebenheiten; um das zu verstehen, muß man das katholische Milieu in Deutschland sehr gut kennen.

Das katholische Milieu in Deutschland ist seit der Reformation bildungsmäßig, literarisch, in jeder Beziehung unterernährt gewesen. Sie müssen sich vorstellen, daß zum Beispiel meine Mutter, die eine sehr intelligente, sehr sensible Person war und gar nicht so untertänig gegenüber der kirchlichen Autorität, wahrscheinlich vor Schrecken blaß geworden wäre, wenn es bei uns im Hause einen Roman von Zola gegeben hätte. Zola war für diese Generation der Teufel in Person. Einer der harmlosesten Schriftsteller, die ich kenne, ich meine das nicht abfällig. Ein großartiger Romancier, unterschiedlich, aber eigentlich kein gefährlicher Romancier, finde ich.

Und innerhalb dieses Milieus kamen plötzlich Namen auf von Franzosen, von denen man sagte, sie seien Katholiken. Ja, Mauriac, Bernanos, Bloy . . . Die Darstellung des katholischen Milieus bei Mauriac etwa ist so intensiv, fast penetrant, daß man's riechen kann. Es sind ganz verschiedene Schriftsteller, ich weiß das wohl, von ganz verschiedenem Niveau – aber das merken Sie als Achtzehnjähriger nicht. Besonders in der Übersetzung nicht, gerade wenn sie gut ist, und wir haben gute Übersetzungen.

Diese im Grunde kritische Schilderung des bürgerlichen katholischen Milieus, die sehr kritische Schilderung des Klerus und seiner Verstrickungen bei Bernanos etwa, war eine Befreiung in diesem Augenblick, 1936 bis 38. Wir lebten in einer totalen Diktatur, das ist ein Unterschied, und waren wahrscheinlich dabei, uns ähnlich kritisch zum Milieu zu verhalten. Das ist reduziert worden oder verhindert durch die Nazis, weil man natürlich eine Solidarität spürte, die mehr äußerlich war.

Es ist sehr einfach, kritisch zu sein gegen eine Kirche, die frei ist. Die katholische Kirche in Deutschland war beides, sie war frei und unfrei; es gab diese zwei Seiten, aber im Grunde war es eine damals verfolgte Minderheit, und es kommt noch etwas hinzu – da wir hier über Katholizismus in Deutschland reden –, daß natürlich die Katholiken im deutschen Reich eine tief verachtete große Minderheit waren. So wie die Polen von den Preußen verachtet wurden, weil sie katholisch waren und weil sie polnisch waren, waren die Rheinländer verachtet, weil sie nicht so furchtbar fleißig und außerdem auch noch katholisch waren. Also, es ist das Gefühl der Solidarität mit einer, man kann fast sagen, unterdrückten und mißachteten Minderheit gewesen.

Und da kam natürlich die Identifikation mit der Literatur dieser Franzosen, die ich genannt habe, sehr schnell. Und die Wirkung, die sie auf uns hatten, war immer bedingt durch das, was uns an Lektüre aus unserem Milieu geboten wurde. Ich möchte nicht ungerecht sein gegenüber deutschen Autoren aus dieser Zeit, etwa Reinhold Schneider oder Gertrud von Le Fort, die eine ähnliche Funktion für uns gehabt haben. Die sieht man heute so relativ historisch-altmodisch, aber sie waren wichtig. Nicht mehr für meine Generation, aber sie haben im Milieu viel Unruhe gestiftet, Gott sei Dank.

Wir sprachen über Einflüsse: alles das hat mich natürlich mitbeeinflußt, und ich glaube immer noch, daß ich mindestens so sehr von der Musik beeinflußt worden bin wie von der bildenden Kunst. Mein Vater ist immer mit uns in die Museen gegangen, hat uns alles erklärt; die ganze Entwicklung der Malerei, verschiedene Schulen vom Mittelalter, ich möchte sagen, bis Picasso, den es auch schon in Museen gab, und die spezielle romanische Architektur der Stadt Köln, all das und was ich auf der Straße gesehen, gerochen, gehört habe, hat mich beeinflußt.

Dostojewskij auch, Dickens auch, usw. Ich könnte viele Namen nennen, und jeder wäre ungerechtfertigt und jeder gerechtfertigt. Und immer bedacht, daß diese Entwicklung stattfand zwischen 1933 und Kriegsende, in einer totalen Diktatur, unter totalem Terror, und abgeschnitten von der Literatur und kulturellen Entwicklung der ganzen Welt, in totaler Isolation.

(Während ich das Manuskript korrigiere, stoße ich auf zwei weitere Ungerechtigkeiten: mir fällt Chesterton ein, der für uns ebenso wichtig war, und – daran können Sie die Kompliziertheit des Problems erkennen – mir fällt die Malerin Paula Modersohn-Becker ein, deren wenige Bilder im Kölner Wallraf-Richartz-Museum mich sehr beeindruckt haben, immer wieder.

Und nun suchen Sie eine Verbindung oder Beziehung zwischen Chesterton und Paula Modersohn-Becker: es gibt keine, Sie werden keine finden, und doch sind beide wichtig für mich gewesen – oder nehmen Sie Käthe Kollwitz – und daneben Jack London, auch diese beiden sind wichtig für mich gewesen wie Dostojewskij.)

Was bedeutet »innere Emigration«?

R. W.: Was Sie da sagen, kann überraschen. Sie sprechen von Diktatur, Terror, Isolation und gleichzeitig von einer liberalen Erziehung, die Ihr Vater Ihnen zukommen ließ. Unter seiner Anleitung betrachteten Sie Picasso in den Museen, als junger Mann lasen Sie Mauriac und Bloy; wie war dies alles denn möglich in einem Polizeistaat, wie er seit 1933 in Deutschland ausgebaut war? Wurde Ihnen diese liberale Erziehung – in einem privilegierten Milieu, im Rheinland – nur vor 1933 zuteil oder bis zum Ausbruch des Krieges?

H. B.: Es ist wichtig, darauf hinzuweisen, daß natürlich in Diktaturen große Mißverständnisse literarische Produktion möglich machen. Ich nehme an, daß man Bernanos, Mauriac und Bloy publiziert hat, weil man sie für kirchenfeindlich hielt. Ein Mißverständnis. Auch ein Mißverständnis gegenüber dem Katholizismus, dem Milieu und der Sensibilität der Leute, die lesen. Und dann funktioniert auch in einer Diktatur wie der der Nazis ja nicht alles bis zum letzten perfekt. Irgendwo gab's ein Buch, und das konnte man sich leihen, besorgen, wie eine Kostbarkeit mitnehmen, lesen, zurückgeben. Nicht sehr viel, weil noch nicht sehr viel in Deutschland erschienen war. Aber es gab doch Möglichkeiten innerhalb der Freundeskreise, auch durch den Klerus, mal dieses oder jenes Buch zu bekommen, auch in einer totalen Diktatur.

Und während des Krieges lockerte sich der innenpolitische Terror ein wenig, weil man die Leute bei Laune halten wollte, das ist immer so. Es war auch in der Sowjetunion so. Relativ natürlich. Picasso verschwand natürlich aus dem Museum, das war sehr wichtig; plötzlich war der weg. Um so wertvoller wurde diese Kunst für uns. Jede Reproduktion, die man noch hatte, irgendwo hatte man kleine Bücher mit Reproduktionen von Cézanne, van Gogh, wurde eine Kostbarkeit. Wir wußten also ungefähr, was uns vorenthalten wurde.

R. W.: Sie nannten vorhin Namen katholischer Schriftsteller, die Sie vor und während des Krieges gelesen haben, Reinhold Schneider zum Beispiel. Wir sprachen schon von Gertrud von Le Fort, man könnte auch über Werner Bergengruen und andere sprechen. Diese Schriftsteller waren, wie es hieß, in die »innere Emigration« gegangen, und viele hatten tatsächlich den Weg in die Emigration gewählt. Hat dieser Begriff »innere Emigration«, den katholische, aber auch andere Schriftsteller für sich in Anspruch nahmen, eine Bedeutung für Sie?

H. B.: Wir haben das sehr genau beobachtet, der Begriff »innere Emigration« war uns damals nicht geläufig, aber ich habe natürlich Bergengruen und Schneider gelesen, auch Jünger, Carossa.

R. W.: Kann man wirklich sagen, Ernst Jünger habe zu denen gezählt, die in die »innere Emigration« gingen?

H. B.: Ich glaube, daß er sich selber dazu zählen würde. Es waren ja Bücher von ihm verboten, und wir haben sehr genau darauf geachtet, wer sich opportunistisch verhielt. Und der einzige, wie ich finde, wirklich opportunistische Schriftsteller unter denen, die damals so bekannt waren, war Carossa, der in seinen Romanen merkwürdige Hitlerjugendszenen einbaute, völlig überflüssig. Da kommt auch die Moral der Sprache hinein, diese Szenen waren vollkommen aufgesetzt, überflüssig und unpassend. Sie stießen einem auch ästhetisch auf.

Während das bei Ernst Jünger ganz anders war. Er hatte eine erkennbare Einstellung zum Krieg, heroisch und auch pathetisch. Es ist nicht meine Sache, ihm das vorzuwerfen, aber opportunistisch verhalten hat er sich nie. Ich glaube, daß man Jünger bei allen Reserven, die ich natürlich ihm gegenüber habe, mit Respekt bezeugen muß, daß er sich nicht angepaßt hat an den, wie er es wahrscheinlich sagen würde, Vulgär-Heroismus. Ich glaube, er hat viele Schwierigkeiten gehabt.

Aber Leute wie Bergengruen und Schneider waren für uns sehr wichtig, weil sie verschlüsselt über die Tyrannei schrieben, nicht realistisch, das war wahrscheinlich auch nicht möglich, und weil manche Gedichte von ihnen, von den beiden speziell, handgeschrieben, abgetippt oder hektographiert rundgingen. Man kann nicht sagen, das war erheblich oder unerheblich, es hatte eine bestimmte stärkende Bedeutung. Zu wissen, da gibt es Leute, Schriftsteller, die hier leben und solche Dinge schreiben und ausdrücken.

Es gab ein Gedicht von Bergengruen über die Konzentrationslager, das ich 1944 bekommen habe, oder vielleicht 43 oder 42, das weiß ich nicht mehr genau. Und die Entwicklung von Reinhold Schneider war auch zu spüren. Er war ja von Hause aus ein Royalist, Traditionalist, und ich glaube, daß gerade das Traditionalistische in ihm gegen diese Form der Barbarei war. Ich denke heute oft an Schneider, merkwürdig oft, aus Dankbarkeit, aber auch, weil dieser Mensch ein Konservativer war, im guten alten europäischen Sinne. Ein gebildeter Konservativer, der nach dem Krieg gegen die Wiederaufrüstung, zum Beispiel, war. Er hat große Schwierigkeiten gehabt mit Kirche und Verlag, und aus seinem Traditionalismus heraus und aus der Kenntnis des Naziterrors, den er selber erlitten hat, war er gegen die Wiederaufrüstung.
Diese Art von Konservativen fehlt heute in Deutschland und anderswo möglicherweise auch. Wir reden jetzt nicht über seine Qualitäten als Schriftsteller, als Stilist, das ist eine andere Dimension. Es sind ja nicht immer die stilistisch oder auch in ihrer Gesamtkonzeption großen Schriftsteller, die hilfreich sind in solchen Situationen, nicht immer, verstehen Sie, das ist sehr wichtig. Aber Bergengruen hat immerhin so 1939 noch einen Roman publiziert, er hieß *Der Großtyrann und das Gericht*, der war ganz eindeutig antifaschistisch.

Der verabscheuenswürdige Luther

R. W.: Gestatten Sie mir, noch einmal auf die Frage der Beziehungen zwischen Literatur und Katholizismus zurückzukommen. Auch hier handelt es sich um eine Art von Engagement. Sofern man diesen Begriff »katholische Literatur«, »katholischer Schriftsteller« akzeptiert. Ist man denn schon ein katholischer Schriftsteller oder ein kommunistischer Schriftsteller, weil man in seinem Werk Probleme behandelt, die mit Religion oder kommunistischer Moral zu tun haben? Stellt man diese Frage in derart vereinfachter Form, so wird meines Erachtens recht gut erkennbar, wieso dieser oder jener Schriftsteller aufgrund von leichtfertigen Analysen und Beurteilungen von Kritik und Publikum gut oder schlecht aufgenommen wird. Die Vereinfachung entsteht durch Typisierung, durch Klischeebildung. Ist es denn nicht bequem, zu behaupten, Heinrich Böll sei ein katholischer Schriftsteller? Und das fällt noch um so leichter, als seine öffentlichen Aktionen häufig die hierarchischen Strukturen der Kirche in Frage stellen und folglich auf einen inneren Konflikt schließen lassen. Eine tiefe Verbundenheit wird doch höchstens vereitelt durch äußere Ereignisse und den Gang der Geschichte.

H. B.: Ich bin kein katholischer Schriftsteller, ich habe den Ausdruck und diese Bezeichnung immer abgelehnt, weil solche Bezeichnungen von Natur falsch sind. Ob man Kommunist ist oder Katholik oder beides, was ja möglich ist, oder liberal, demokratisch, sozial-demokratisch, ist eigentlich nebensächlich. Wichtig ist die Sprache und ob man das, was man ausdrücken will, ausdrücken kann.

Die Generation vor uns, und das geht nach meinem Gefühl bis zu Walter Dirks und Ida Friederike Görres, hat unter der Exkommunikationsangst gelebt. Das Problem ist wahrscheinlich für einen Franzosen nicht so ernst, das hängt wieder damit zusammen, daß es eben in Deutschland die Reformation gegeben hat, diesen Luther, diesen furchtbaren Luther, und daß man den Deutschen gegenüber, auch den deutschen Theologen gegenüber, immer von Rom aus sehr streng gewesen ist.

Ich erzähle Ihnen jetzt eine Anekdote, die sehr wichtig für mich war. Im Grunde genommen hat mich das überhaupt nie geschreckt: Exkommunikation. Wir waren darüber hinausgewachsen, durch die Nazis schon; soviel Terror, dann auch noch den kirchlichen Terror, nein. Als junger Mensch, so mit neunzehn Jahren, war ich Lehrling in einer Buchhandlung, die gleichzeitig einen Verlag für katholische Theologie hatte, und da habe ich oft erlebt oder einige Male erlebt, daß sehr, sehr kluge alte Herren, Theologieprofessoren, ihr Manuskript den Verlegern ablieferten, und das mußte dann dem Generalvikar in Köln eingereicht werden, dann weiter nach Rom. Und ich habe schon als Neunzehnjähriger nicht verstanden, daß diese klugen alten Herren solche Angst vor dem Index hatten. Wie kann man ein Denker sein, was ja ein Theologe sein sollte, und sich Grenzen des Denkens setzen lassen? Das habe ich damals schon nicht verstanden.

Es gab ein paar Publikationen in diesem Verlag, das waren ein ganz biederer katholischer Schulbuchverlag in Bonn, der auch eine theologische Reihe hatte, eine sehr ordentliche, auch eine

Bibelexegese. Und ich habe oft erlebt vor der Tür, hinter der Tür, das Gemunkel; um Gottes willen, was wird damit passieren, wird das indiziert? Das habe ich nie verstanden, denn ich war damals schon ein Autor, ich schrieb nicht viel, aber ich dachte mir, das gibt's doch gar nicht, es gibt doch keine Grenze, es gibt doch keine Furcht vor dem Erzbischof oder vor dem Papst, oder vor irgendeinem Prälaten in Rom, der mir sagt: dein Buch darf nicht erscheinen. Ich hab's gar nicht persönlich genommen, denn ich schrieb nur ein paar Gedichte und ein paar Kurzgeschichten, für mich und meine Freunde.
Diese Exkommunikationsangst oder Indexangst hat alle Generationen von Katholiken, die schrieben, Publizisten und alle eingeschlossen, bis kurz vor meiner Generation frustriert. Man hat Gertrud von Le Fort noch erschreckt mit Index-Drohungen, als *Der Kranz der Engel* erschien. Das war ein Roman mit einem theologisch sehr heiklen Eheproblem. Diese Grenze hat für uns, ich nenne jetzt alle die jungen Autoren nach dem Krieg, die katholischer Herkunft waren, Enzensberger, Walser, Grass, Amery und andere, überhaupt keine Bedeutung mehr gehabt, und das nenne ich dann doch Befreiung. Das ist für Deutschland ein sehr wichtiger Vorgang gewesen. Weil dieser Druck des Milieus, dieser Terror, den Intellektuellen vor uns einfach den Mut genommen hat, die Grenze zu überschreiten. Und diese Grenze haben wir überschritten.
Für Grass und Walser und Enzensberger ist das überhaupt kein Problem gewesen. Das ist eine jüngere Generation. Für mich war's noch eins, noch ein bewußtes. Ich hab mir gedacht: da gibt's nichts, was du schreibst, schreibst du, auf Grund der Moral der Sprache, die mir viel höher ist als irgendein Blödsinn, den ein Kardinal in Rom mir vorschreibt. Bei mir war das wahrscheinlich noch ein bewußter Vorgang, aber inzwischen kümmert sich kein Mensch mehr darum, sogar die Theologen nicht mehr, und das ist gut. Das ist ein wesentlicher Prozeß der Befreiung.
R. W.: Ganz sicher. Aber glauben Sie, daß Schriftsteller wie Bloy, Bernanos oder Mauriac wirklich »befreit« waren, so wie Sie es verstehen?
H. B.: Nein, das ist eine ganz andere Frage. Man kann aber, das trifft auf alle Gebiete der Kunst zu, auf die Malerei oder die Musik oder die Bildhauerei, man kann bei jemandem dieses Element Freiheit entdecken und es weiterentwickeln als der, der es par-

tiell in seinem Werk hat. Insofern waren diese Autoren auch auf diesem Befreiungswege für uns wichtig, weil sie, wenn auch selber nicht befreit, dieses Element der Rebellion in sich hatten. Es kann ein im Grunde genommen unbedeutender Autor sein, der einem einen Anstoß gibt, den ein bedeutender einem nicht gibt.

R. W.: Konnten wirklich Schriftsteller, die innerlich nicht befreit, die durch ihre Herkunft, ihr Milieu, ihre Erziehung grausam gebrandmarkt waren, die ihre Qualen, ihre Ängste beschrieben, indem sie ihren Figuren Seelenzustände verliehen, die der Schwärmerei oder der Verzweiflung bedenklich nahekamen . . . konnten diese Schriftsteller Ihnen tatsächlich Antworten auf Ihre persönlichen Fragen liefern.

H. B.: Wenn man die persönliche psychologische Schwierigkeit hindurchspürt, erkennt man doch ein persönliches Leiden an diesem Milieu und dem Erbe, das der Autor selbst noch nicht überwinden kann. Aber das bedeutet nicht, daß nicht andere befreit werden können. Schon die Beschreibung bestimmter Vorgänge, psychischer, milieumäßiger, religiöser, kann eine entzaubernde Wirkung für den Leser haben.

Und vergessen Sie nicht, daß wir Deutsche in einer ganz anderen Situation waren als Sie. Kulturell und unserer Tradition nach speziell als deutsche Katholiken waren wir nicht verwöhnt, und immerhin sind die vier, über die wir jetzt reden, Autoren von einigem Rang, die also formulieren konnten, darstellen konnten. Das war für uns eine große Sache. Später ist mir wohl klargeworden, wo die Grenzen dieser Autoren liegen. Es sind ja noch mehr gewesen, Mounier und andere auch und Péguy, Péguy ist eine wichtige Figur, eine große. Die Schwächen werden einem später klar, wenn man vierzig, fünfzig ist und liest das noch mal. Aber in der Zeit, in der sie es zum erstenmal lesen, als junger Mensch, kann das ungeheuer wichtig sein.

R. W.: Haben Begriffe wie Katholizismus und Bürgertum, Katholizismus und Kleinbürgertum, Katholizismus und Arbeitermilieu für Sie als junger Mann, als Schüler und später als Soldat eine Bedeutung gehabt? Anders ausgedrückt: Könnte man Ihre Eltern dem Kleinbürgertum zurechnen? Waren sie Rheinländer? Welche Erinnerung bewahren Sie an sie? Man hat den Eindruck, daß Sie Ihren weiblichen Figuren wie z. B. Käte in *Und sagte kein einziges Wort*, Leni Pfeiffer in *Gruppenbild mit Dame*, ja sogar *Katharina Blum* eine Liebe entgegenbringen, die ein wenig der ähnelt, die Sie für Ihre Mutter empfanden, eine Frau, von der Sie schrieben, sie sei mutig, stolz und lebensklug gewesen.

Katholizismus und Kleinbürgertum

H. B.: Meine beiden Eltern kamen aus Schichten, die man Kleinbürgertum nennt. Mein Großvater war Schreinermeister, relativ wohlhabend für die damalige Zeit, ein sehr patriarchalischer Mensch. Mein Großvater mütterlicherseits war Beamter, mittlerer Beamter in Düren im Rheinland, und meine Mutter ist auch da geboren. Mein Vater ist in Essen geboren, direkt der Fabrik von Krupp gegenüber. Ich vermute, ich habe dafür keine Beweise, daß beide mit dieser kleinbürgerlichen Zuversicht ein Leben zusammen gegründet haben.

Es war die zweite Ehe meines Vaters, der mit 26 Jahren eine Tischlerei gegründet hatte. Er hatte vorher in vielen Abendkursen und Fortbildungskursen sich mit Kunstgeschichte usw. beschäftigt und Bildhauerei als Handwerk gelernt. Er war Holzschnitzer und konnte eigentlich mit Holz alles machen, was Sie wollen, und zwar ganz im neo-gotischen Stil. Er hat Altäre gemacht, Heiligenfiguren, Dekorationen, sehr schöne Dekorationen übrigens, und da kommen wir auf etwas sehr Wichtiges.

Wir, ich meine jetzt meine Frau und mich, sind groß geworden in dieser Neo-Gotik, die ja in unvorstellbarem Ausmaß das Rheinland überschwemmt hat, mit Kirchen, Klöstern, Schulen, Internaten, hauptsächlich die Vorstadtkirchen und die Kirchen, in denen ich, zum Beispiel, Schulmesse hatte, waren in diesem Stil gebaut. Und wir haben bis heute eine solche Aversion gegen die Neo-Gotik, weil damit viele Kindheitserlebnisse religiöser Art verbunden sind.

Meine ganze religiöse Erziehung spielte sich in solchen fürchterlichen neo-gotischen Kirchen ab, die waren von einer derartigen industriellen Kälte, eine richtige Industrie war das. Mein Vater war natürlich in seiner Eigenschaft als kleiner Unternehmer an dieser Industrie beteiligt. Diese Kunst und die damit verbundene Religion, das war für uns identisch. Die schönen romanischen Kirchen, die ging man besichtigen, in den andern fanden die Pflicht-Gottesdienste statt, der Kathechismus-Unterricht, dieser ganze fürchterliche Wahnsinn des 19. Jahrhunderts wurde über einem abgerollt.

Ich glaube, daß ich angefangen habe, mich verhältnismäßig früh davon zu befreien, mit vierzehn, fünfzehn, und bis heute wundere ich mich über meine Eltern, die ja klassisch-katholisch erzogen waren im Sinn des 19. Jahrhunderts, daß sie meine religiöse Praxis niemals kontrolliert haben. Ich bin jahrelang gar nicht in die Kirche gegangen, als Junge so zwischen vierzehn und achtzehn, und auch nicht zu den Sakramenten. Ich war nicht unreligiös, aber ich hatte meine Schwierigkeiten mit der Kirche und auch mit all dem Drum und Dran. Aber niemals haben mich meine Mutter oder mein Vater kontrolliert. Das war erstaunlich, und bis heute bin ich erstaunt, und ich schließe daraus, daß sie beide so unter ihrer religiösen Erziehung gelitten haben, daß sie gewünscht haben, die Kinder sollten davon verschont bleiben. Nicht ausgesprochen, sondern unausgesprochen.
Meine Mutter hat uns oft erzählt, daß sie als junges Mädchen in Düren jeden Tag zweimal in die Kirche mußte, morgens in die Messe, abends in die Andacht, und zwischendurch wurde noch der Rosenkranz gebetet. Und mein Vater hat immer mit kaum verhchlener Wut über die schreckliche Tyrannei seines Vaters gesprochen, der seine Jungen, es waren sehr viele Kinder bei meinem Großvater, zu Pilgerfahrten zwang, bei denen sie das Kreuz durch die Nacht tragen und bis in den nächsten Vormittag hinein nüchtern bleiben mußten.
Es wurde nie ausgesprochen, und trotzdem glaube ich heute, daß meine Eltern gedacht haben: diesen Schrecken wollen wir unseren Kindern nicht aufladen. Dafür bin ich natürlich sehr dankbar. Mich hat das Ganze nicht bedrückt im religiösen oder, wie soll man sagen, im intellektuellen Sinn, sondern nur ästhetisch.
Ich denke eben in diesem Zusammenhang an die religiöse Erziehung meiner Eltern, die wahrscheinlich schlimm war. Mein Zorn oder meine Wut bezieht sich nicht auf meine eigene religiöse Erziehung, von der ich mich sehr schnell freigemacht habe, ohne unreligiös zu werden, sondern auf dieses entsetzliche, auf ein paar rituelle Handlungen beschränkte religiöse Leben, dem die Generation meiner Eltern und viele Generationen vor ihnen unterworfen waren. Die Vorenthaltung nenne ich das.
Mein Vater ist dann als sehr junger Mann, nachdem er Meister war und auch die Bildhauermeisterprüfung gemacht hatte, nach Köln gegangen, weil Essen für ihn eine schreckliche Stadt war.

Er ist da geboren, fünfzig Schritt vom Haupttor der Kruppschen Fabrik entfernt, wo mein Großvater eine Schreinerei hatte. Dieser war ein sehr erfolgreicher Mann im kleinbürgerlichen Sinne. Mein Vater ist also nach Köln gegangen, hat sich dort so mit fünfundzwanzig selbständig gemacht. Das war mutig, und ich nehme an, er tat es mit ziemlicher Zuversicht. Zwischen 1870 und 1914 war eine Art Wirtschaftswunder, er war sehr tüchtig, er war sehr fleißig, hatte wohl auch beruflich Erfolge, baute Häuser, wie das üblich war. Früher baute man ein Haus oder zwei, damit man eine Altersrente hatte, das war wahrscheinlich in Frankreich genauso. Dann kam der Erste Weltkrieg und die »Revolution« in Deutschland, dieses kleine rebellische Intermezzo, die Inflation, und ich denke mir, ich kann das nicht genau sagen, weil wir darüber nie gesprochen haben, daß diese beiden Menschen, mein Vater und meine Mutter – es war die zweite Frau meines Vaters, die erste war gestorben – jegliche Sicherheit und Zuversicht verloren. Ich weiß nicht, ob Sie wissen, was diese Inflation für das Bürgertum und Kleinbürgertum in Deutschland bedeutet hat, es war der totale Bankrott. Und dann kam also der sukzessive wirtschaftliche Abstieg. Es gab noch einmal eine kleine Blütezeit so Ende der Zwanziger Jahre, und ich nehme heute an, daß mein Vater das Ganze finanziell nicht mehr überschaut hat, das war zu kompliziert. Wir hatten sechs Kinder, wir hatten eine große Wohnung, Schwierigkeiten aller Art, und da entstand eben etwas Anarchistisches. Keine Sehnsucht nach dem bürgerlichen Leben mehr, sondern eine absolute und fast schon sehr bewußte Ablehnung aller bürgerlichen Formen, etwas, was ich ohne jede Einschränkung proletarisch nennen würde, bei gleichzeitiger, sehr hoher Sensibilität gegenüber allen politischen Vorgängen.

Das hat mich wahrscheinlich sehr geprägt. Unbewußt damals. Wir waren eine große Gemeinschaft, wir hatten, wie gesagt, sechs Kinder und viele Freunde und nie Geld, nie Geld. Eine Zeitlang hatte mein Vater noch Zuversicht, da wohnten wir im eigenen Haus in einem Vorort ländlicher Art. Dann wurde er in den Bankrott einer Bank verwickelt, und wir mußten in die Stadt, und ich erinnere mich einfach nicht, daß wir auch noch jemals einen Monat die Miete sicher bezahlen konnten. Dieses Gefühl: jetzt müssen wir wieder raus oder werden rausgeschmissen, war natürlich bitter, und trotzdem haben wir das auch auf eine merkwürdige Weise genossen. Es war eine Art Anarchismus, Nihilismus, Anti-Bürgerlichkeit, auch Hysterie, die mich bis heute geprägt haben. Wir waren keine Kleinbürger mehr, wir hatten aber die Erinnerung an Kleinbürgertum und an relativen Wohlstand, und dann kam diese große Weltwirtschaftskrise. Gleichzeitig die religiöse Entwicklung, wahrscheinlich wäre es eine Fortentwicklung von der katholischen Amtskirche geworden. Aber, wie gesagt, ich möchte meine Eltern heute fragen können: was war das, warum seid ihr so liberal mit uns gewesen, es entsprach nicht eurer Erziehung, und es entsprach nicht dem, was in vergleichbarem Milieu üblich war. Andererseits hat wahrscheinlich dieses Nicht-Bestehen auf religiöser Praxis, das, was religiös in mir geblieben ist, sehr gestärkt. Ich habe mich nie tyrannisiert gefühlt, auch schon als junger Mensch nicht durch diese fürchterlichen Drohungen mit Exkommunikation und Todsünden. Aber ich kann deshalb so wenig darüber sagen und schon gar nicht darüber schreiben, weil meine Zeugen nicht mehr leben. Und ich möchte nicht über ihre Köpfe hinweg etwas in sie hinein interpretieren, deshalb sage ich, ich denke mir, ich stelle mir vor, so war das.

Porträt meiner Mutter

H. B.: Welch eine intelligente, sensible und leidenschaftliche Frau meine Mutter war, was sozusagen aus ihr hätte werden können, wenn sie nicht dieser sklavischen religiösen Erziehung, die wieder durch ihre Mutter kam, ausgeliefert gewesen wäre. Was sich in ihr hätte artikulieren können, egal ob politisch oder literarisch. Diese Verhinderung, dieses Vorenthalten ist mein Einstieg in die Problematik, weil ich sie in die Zukunft projiziere. Weil ich mir vorstelle, was heute Katholiken oder anderen religiösen Minderheiten oder Mehrheiten vorenthalten wird; Tabus, die man in zehn Jahren abstößt wie schnöde Kleinigkeiten, vielleicht Ehescheidung oder Geburtenkontrolle.
Nehmen Sie so etwas wie die Nüchternheit vor dem Empfang einer Kommunion: Generationen hat man damit terrorisiert – dann hat man dieses Gebot mit Recht fallengelassen, ohne zu begründen, warum man es jahrhundertelang aufrechterhalten hat. Einfach weg damit – das nenne ich Schnödigkeit – Schnödigkeit bleibt das Medium der Beherrschung.

Die Erinnerung an meine Mutter und auch der Rückblick auf die Kindheit meiner Eltern ist es, der mich sehr bewegt, sehr schmerzlich bewegt. Ich möchte meine Mutter oder die Frau befreit sehen. Es könnte sein, daß es Befreiungsversuche der Frau sind: bei Leni Pfeiffer, bei Katharina Blum und auch bei der alten Frau Fähmel im *Billard um halb zehn* und ...
Das ist aber alles nur mit Einschränkung zu verstehen. Was wichtiger ist, glaube ich, ist natürlich meine eigene Frau und andere Frauen, die ich gekannt habe, oder Mädchen, die für mich sehr wichtig waren als Junge und junger Mensch, deren Natürlichkeit mich beeindruckt hat. Ich glaube einfach, daß Frauen ein weniger komplexes und weniger kompliziertes und weniger intellektuelles Verhältnis zu sich selber, zu ihrem Körper und zur Natur haben. Und das macht sie freier und befreiungsfähiger.
Aber nicht weniger wichtig ist, glaube ich, die Lächerlichkeit des Mannes. Der Krieg hat mich gelehrt, wie lächerlich die Männlichkeit ist. Hätte es keinen Krieg gegeben, dann hätte ich wahrscheinlich diese Lächerlichkeit in irgendeinem Beruf entdeckt. Sagen wir, ich wäre Lehrer geworden oder Angestellter in einem Betrieb; meine Kollegen, fast alle lächerlich in ihrer Männlichkeit, in ihrer Wichtigtuerei und in ihrem Gerede. Das klingt jetzt sehr böse, weil ja Männer im Krieg auch einiges mitmachen, sie sterben, sie werden verwundet. Und trotzdem hat mich der Krieg in seiner Lächerlichkeit, in seiner absurden Lächerlichkeit, möglicherweise zum Verächter des Mannes gemacht.
Was ich nie kapiert habe; ich habe Hemingway natürlich verschlungen und bin wahrscheinlich auch von ihm beeinflußt worden nach dem Krieg (da müssen wir noch drüber reden, wie wichtig das alles war, was nach 45 so zu uns rein kam), aber der Mythos der Männlichkeit in seinem Werk hat mich immer abgestoßen, nicht abgestoßen, sondern traurig gemacht, weil es eben ein zwanghafter Mythos bei ihm ist, immer wieder Männlichkeit und Erfolg.
Ich glaube, lassen wir das Persönliche stehen, es war ganz wichtig für mich, daß ich wahrscheinlich, na, sagen wir es ganz banal, sehr wenig schlechte Erfahrungen mit Frauen gemacht habe in allen Lebenslagen und in allen Situationen, von meiner Mutter bis zu denen, die ich dann kennenlernte. Aber das Entscheidende ist, glaube ich, nicht nur die Lächerlichkeit, sondern auch die Hilflosigkeit des Mannes im Krieg, dieses Hinundherbe-

wegtwerden wie eine Herde und immer mitmachen, laufen. Das ist wahrscheinlich viel entscheidender gewesen. Natürlich möglicherweise bis zu meiner eigenen lächerlichen Männlichkeit. Das könnte ein Grund dafür sein, daß ich so viel über Frauen geschrieben habe und mich eigentlich für das Thema Emanzipation jetzt im politisch-aktuellen Sinne nicht erwärmen kann. Sie ist für mich selbstverständlich. Es ist für mich selbstverständlich, daß Frauen mindestens so wichtig sind wie Männer. Jetzt gar nicht nur erotisch, sexuell, und nicht nur als Hausfrauen und Mütterchen, sondern als Existenz, als existientielles Eins.

R. W.: Die Frau in Ihren Büchern ist nicht die karikierte, stereotyp durch die berühmten drei K (Kirche, Küche, Kinder) gekennzeichnete deutsche Frau. Die unabhängige, freie Frau nimmt den ersten Platz, die Vorbühne ein. Warum? Warum spielen die Männer bei Ihnen nur eine nachgeordnete Rolle? Vermutlich können Sie anhand des Schicksals einer Frau wie Leni Pfeiffer in *Gruppenbild mit Dame* die Geschichte einer Gesellschaft, die Sittengeschichte im Ablauf von zwei Generationen besser einkreisen und erklären, und gerade weil Ihre Heldin verheiratet, dann verwitwet ist und schließlich Liebhaber hat ...
Diese in bestimmten politischen, ökonomischen und sozialen Kontexten am Beispiel eines Frauenschicksals dargestellten Gemütslagen (das ist auch bei Katharina Blum so) sind vielleicht deutlicher, ja, einsichtiger?

H. B.: Sicher, und in diesen beiden Fällen sind es berufstätige Frauen, also nicht Hausfrauen, aber ich möchte hinzufügen, daß ich auch eine Frau, die in der Küche ist, zu Hause, durchaus für befreiungsfähig halte. Das ist ja Unsinn, diese Alternative Küche oder Freiheit. Eine Mahlzeit für eine Familie erstellen ist doch eine wunderbare Sache und ein Befreiungsvorgang.
Es gibt natürlich in der Weltliteratur genug Frauen, die Sensibilität entwickeln gegenüber der Gesellschaft, gegenüber den Gesetzen, aber ich glaube, daß man die Sensibilität der Frau, und zwar die Genialität, die in der Sensibilität liegt, noch nicht erkannt hat. Die Katharina Blum ist eine ganz einfache Hausangestellte, völlig unpolitisch, die durch dieses Erlebnis politisiert wird. Das wollte ich darstellen, einen völlig unbefangenen Menschen, der im Grunde nur darauf aus ist, sein Geld zu verdienen. Das könnte eine Taxifahrerin sein oder eine Sekretärin oder sonst was, die ganz unpolitisch ist und plötzlich politisiert wird durch ein bestimmtes Erlebnis. Und genauso ist es mit Leni.

R. W.: Sie stellen die sensible Genialität der Frau der Lächerlichkeit des Mannes gegenüber, seiner Verwundbarkeit, beispielsweise im Krieg oder in der deutschen »Wirtschaftswunder«-Gesellschaft. Dies trifft gewiß zu für Bogner in *Und sagte kein einziges Wort:* er kehrt aus der Gefangenschaft zurück in ein zerbombtes Land, in eine Geisterstadt, findet eine Frau wieder, die selbst auf grausame Weise geprägt wurde durch das, was sie durchgemacht hat, findet Kinder wieder, die er kaum gekannt hat . . . Er ist ratlos. Dies stimmt ebenfalls für Hans Schnier, den Clown in *Ansichten eines Clowns,* den die rheinische bürgerliche Gesellschaft der Nachkriegszeit seelisch kaputtmacht, indem sie ihm, aus Gründen der Schicklichkeit, des Anstands, seine Verlobte Maria entfremdet. In Ihren Büchern gibt es aber auch männliche Figuren, die die Stärke, die Kraft, die Arbeit verkörpern, die an die Zukunft glauben, etwas aufbauen, errichten; ich denke an Robert Fähmel in *Billard um halb zehn* und an den Journalisten Werner Tötges, der skrupellos, arrogant, karrieresüchtig ist. Auf der einen Seite also schwache, geschwächte Männer und auf der anderen kämpferische Naturen, für die die einzig interessanten Götzen Geld, Erfolg und Macht sind. Warum diese Zweipoligkeit, diese Vereinfachung in der Gegenüberstellung von gut (Lämmer) und böse (Büffel)?

H. B.: Ich glaube nicht, daß man das so schwarz-weiß sehen kann, wie Sie es zu interpretieren versucht haben, schwache Männer, starke Männer, harte Männer, weiche Männer, erfolglose, erfolgreiche. Ich glaube eher, daß die Generation, die aus dem Krieg kam oder den Krieg noch mitgemacht hat, sehr stark geprägt worden ist von einem gewissen Nihilismus, der mit der völligen Unsicherheit des Soldatenlebens zusammenhängt, auch Unsicherheit gegenüber Leben und Tod, und daß dieser Typ, der so vom Krieg geprägte Mann, beide Potenzen in sich hat. Die Brutalität oder Härte oder Kälte, die zum Erfolg nötig ist, aber auch die Gleichgültigkeit diesem gegenüber. In dem Sinne sehe ich diese Menschen, auch wie Sie sie nennen erfolgreiche Wiederaufbauleute, nicht als Bürger im klassischen Sinne, weil sie alle innerhalb eines gewissen Risikos leben.

Ich glaube, daß man die Männer einteilen muß oder gruppieren muß in pathetische und unpathetische Männer, was fast gleich-

bedeutend ist mit ironisch und nicht-ironisch. Ein Mann, der sich so ganz ernst nimmt, wenn er öffentlich redet, im Parlament oder im Aufsichtsrat, der ist eigentlich wirklich lächerlich. Ich finde also Pathos lächerlich und auch jede Abwesenheit von Ironie in einer männlichen Existenz.
Über Frauen und Ironie müßte man lange reden. Frauen haben wenig Begabung dazu, glaube ich, auch meistens gar keinen Grund dafür, weil sie vernünftige selbstverständliche Dinge tun. Eben diesen Alltag organisieren und ordnen und genial, nach meiner Vorstellung genial, direkt mit dem Leben konfrontiert sind.
Während die meisten männlichen Berufe ohne Ironie unerträglich sind. Ganz gleich, was einer macht, ob er Parlamentspräsident ist oder Aufseher beim Straßenverkehrsamt oder was weiß ich. Das ist meine Unterscheidung. Ich möchte auch noch korrigieren, daß natürlich ein Mensch, ein Mann im Krieg in Todesgefahr oder sterbend oder schwer verwundet nicht lächerlich ist. Der Krieg als Ganzes in seinem Ablauf, in seiner Absurdität, in seiner abstrakten Absurdität, in diesem permanenten Hin und Her und im Grunde gar nicht genau wissen, was los ist und was man tut, darin liegt die Absurdität und die Lächerlichkeit, die nicht immer im einzelnen zu finden ist.
Ich glaube, die meisten Menschen stellen sich den Krieg als eine geordnete Sache vor. So eine Schlacht wird geplant, Vorbereitung, Aufmarsch, Angriff. Im Grunde, nach meiner Einsicht und meinem Erlebnis ist das alles ziemlich zufällig und wird nachher als geplant dargestellt. Da wird eine große Schlacht, eine Einkesselung oder eine Eroberung, was weiß ich, von Paris oder Kiew als ein ordentlicher geplanter Vorgang geschildert. Natürlich wird das alles im Generalstab ordentlich geplant und vorbereitet, das ist die planerische, abstrakte Seite des Kriegs, die Reize hat wie jede Planung, jede formalistische Tätigkeit, und ich halte auch Generalstabsoffiziere für hochintellektuelle Menschen. Ja, im Ernst, aber die Ausführung dieses Plans ist meistens so vielen Zufällen unterworfen, daß man eigentlich nicht mehr von Ordnung sprechen kann.
Nachher wird dann gesagt: so war's geplant, so haben wir's gemacht, an dem Morgen haben wir den Punkt erobert, an dem den, dann haben wir die Stadt eingenommen oder die Schlacht geschlagen . . . Die Lächerlichkeit, die Absurdität, die Diffe-

renz zwischen Planung und Realität ist das, was mich veranlaßt hat, den Krieg lächerlich zu nennen, nicht das Leiden des einzelnen. Und das alles hat natürlich auch einen tieferen Zusammenhang mit der Sexualität des Mannes. Ich glaube schon, daß die Analytiker recht haben, die Zusammenhänge zwischen Krieg und Sexualität des Mannes erkennen.

Und der Begriff des Fremden, der Fremdheit und des Fremdseins wird da sehr deutlich, weil natürlich ein Soldat in einem fremden Land ungeheuer isoliert ist und manchmal dann mit Gewalt Kontakt sucht und wär's nur mit einer Prostituierten. Das ist, glaube ich, ein sehr wichtiger Aspekt des Krieges.

R. W.: Sie verwerfen zwar diese vereinfachende Teilung der Menschheit in zwei Lager, in das der Schwachen und das der Starken. Und doch scheuen Sie in Ihrem Roman *Billard um halb zehn* nicht davor zurück, diese Zweiteilung selbst zu erstellen. Den einen ist das Sakrament des Lammes aufgeprägt: das sind die Idealisten, die Dichter, die Träumer – also die Opfer. Die anderen stehen im Zeichen des Büffels: das sind die Baulöwen, die Bankleute, die Politiker, die nach immer mehr Macht streben.

H. B.: In diesem Roman wird die Zweiteilung vorgenommen, aber ich würde das heute nicht mehr so machen. Ich glaube, daß es zur Darstellung dieser Familien, dieser drei Generationen von Architekten, die aufbauen, zerstören, aufbauen, zerstören, notwendig war, aber ich weiß nicht, ob es gerecht ist gegenüber der Natur des Mannes. Weil auch der Begriff der Macht in diesem Roman, glaube ich, zu wenig differenziert dargestellt wird. Es gibt ja auch Menschen, die Macht bekommen oder Macht zu erlangen versuchen, um damit etwas Gutes zu tun.

Ich würde diese Zweiteilung nicht mehr vornehmen, damals war sie notwendig, für mich war das wichtig, das mußte so dargestellt werden in diesem Roman. Bis zu einem gewissen Grade ist es ja noch weitergegangen in *Ansichten eines Clowns,* sogar noch in *Gruppenbild mit Dame* teilweise, da sind ja schon gebrochene Typen drin, mächtige Unternehmer, die gebrochen sind durch die geschichtlichen und politischen Erkenntnisse, die sie gewinnen.

Diese Zweiteilung in *Billard um halb zehn* basiert hauptsächlich auf meiner Vorstellung von Hindenburg und all den deutsch-nationalen Kriminellen, die ich für die eigentlich Verantwortlichen halte.

Ich glaube, daß diese Leute Hitler regelrecht ausgesucht haben, die Hitlerpartei verlor ja Stimmen. Ich glaube, daß die Nazipartei wieder reduziert worden wäre durch natürliche Wahlvorgänge, und in dem Augenblick, wo der Verfall einsetzte und die Führung der Nazipartei ziemlich verzweifelt war nach einem Wahlverlust, nach Geldverlust, in dem Augenblick haben die Deutsch-Nationalen zusammen mit den Industriellen und Bankiers sie sozusagen gepackt und an die Macht gebracht.
Diese Kraft, diese düstere, ziemlich mysteriöse Kraft, diese Verbindung von Junkertum und Bankiers und deutsch-nationalen Ideen, das waren für mich die Büffel, die habe ich in diesem Roman Büffel genannt, weil sie einfach wie eine Büffelherde über alles hinwegstampfen. Und die anderen habe ich die Lämmer genannt, nicht wahr, die Opfer.
Ich glaube, daß es für diese historische Situation, so wie ich die sogenannte Machtergreifung in Erinnerung habe, so dargestellt werden müßte. Wir haben doch die Wahlergebnisse, ich war fünfzehn, mit Spannung verfolgt und waren froh, daß im November 1932 die Nazis schwere Verluste hatten, das war ein Hoffnungszeichen. Die Art, wie das gedreht worden ist mit Papen, Hindenburg, den Bankiers und Deutsch-Nationalen, diese Büffel seh ich natürlich heute noch in anderer Form. Nur sind auch die klüger geworden, etwas subtiler, weil die Entwicklung des Nachkriegs-Deutschland mit sehr starken Gewerkschaften, mit der DDR als permanenter Provokation und Konfrontation, sie klüger gemacht hat. Diese Leute heute Nazis zu nennen oder Faschisten wäre ganz dumm, Büffel ist viel besser. Diese düstere Macht im Hintergrund, die meistens undefinierbar ist, auch nicht auffindbar, aber existiert, die habe ich eben Büffel genannt.
Es ist fast unmöglich, über einen Roman zu sprechen, den man geschrieben *hat* – in dieser Situation, zu dieser Zeit Ende der 50er Jahre, mußte ich ihn so schreiben.

R. W.: Solche Büffel findet man aber auch heute noch, verstreut innerhalb der deutschen Gesellschaft. Der Journalist aus der *Verlorenen Ehre der Katharina Blum* gehört zu dieser Kategorie von Männern.

H. B.: Nein, ich glaube, dieser Journalist nicht. Er ist ein Opfer des Marktes, den er bedient. Schrecklich und verantwortungslos, aber nicht mächtig. Er hat Macht über einzelne Personen, die er zur Schlagzeile machen kann usw., gut. Aber im Hintergrund sitzen die Großindustriellen, die natürlich solche Zeitungen ganz gut gebrauchen können als eventuelle Stimmungsmacher.

Leute, die man kaum kennt, deren Namen sehr wenig in Erscheinung treten, die auch meistens jede Publizität scheuen, die finde ich gefährlich. Ein Journalist, ein Schriftsteller, ein Politiker, ein aktiver Politiker muß ja immer in der Öffentlichkeit sich präsentieren, artikulieren, er ist kontrollierbar. Ich glaube, die Büffel sind im Hintergrund, wahrscheinlich Leute, deren Namen Sie und ich noch nie gehört haben. Da sich die Demokratie so geordnet hat wie in der Bundesrepublik, muß man ein paar von ihnen nach vorne schieben, sie müssen gelegentlich öffentlich auftreten, müssen diskutieren, müssen immer wieder sagen: die Löhne sind zu hoch und die Gewinne sind zu niedrig. Wenn Sie deren öffentliche Artikulation analysieren, finden Sie eine Primitivität im Ausdruck und in der Denkweise, die sich gegenüber der von 1932 nicht einen Millimeter verändert hat. Diese Leute treten auf wie die Herren: wir sind die Herren, das ist ganz klar, und Ihr, zwar muß man Euch die Löhne ein bißchen erhöhen, Ihr müßt natürlich auch leben, dürft Ihr auch, aber nur nicht zu sehr. Ich sehe dieses Modell immer noch wirksam.

Das Gefährliche daran ist, daß der größere Teil der Presse im Grunde dieses Herrentum anerkennt, es sogar bewundert, und daß bisher noch keiner das Vokabularium dieser Leute einmal analysiert hat, das würde ich gerne einmal machen. Man redet immer wieder davon, daß ein Arbeiter oder ein kleiner Angestellter sich schlecht artikuliert, gut, dann spricht man über Bildungsprobleme und so, aber diese Herren, die vorgeschickten Repräsentanten der Büffel, haben ein Vokabularium – obwohl die meistens akademische Bildung haben – und eine Art, ihre Gedanken zu artikulieren, die primitiv sind wie Treiber-Jargon.

Das will ich immer mal machen, ich möchte mir ein Tonband anschaffen und ein Jahr lang das Vokabularium der Leute aufnehmen, die öffentlich als Repräsentanten dieser Gruppe vorgeschickt werden. Und deren Vokabularium mal auseinander nehmen, ich fürchte, daß das höchstens zweihundert Worte sind, die immer wieder . . .

Man kann heute nicht sagen: mein Gott, der Faschismus steht

vor der Tür und die Großindustrie wird alles übernehmen, das wäre zu einfach, deshalb stimmt auch die Einteilung Büffel und Lämmer nicht mehr. Aber damals in meiner Erinnerung an die Deutschen, die ich die eisernen Deutschen nennen würde, so Bismarck und Hindenburg und die, die ewig von einem Krieg als halb gewonnen sprechen, den man eindeutig verloren hatte, 1914–18, und Dolchstoß und dieser ganze nationalistische irrationale Kitsch, das alles fand ich mit Büffel richtig benannt.

Ein nicht legalisiertes Zusammenleben

R. W.: Wenn Sie von Frauen sprechen, wird es eine Huldigung an das Genie ihrer Sensibilität. Sie sagen nicht: dies sind starke Frauen. Und dabei stehen sie fast alle allein im Leben. Das trifft zu für Käthe Bogner, deren Mann während des Krieges an der Front steht und nach dem Krieg sich nicht recht nach Hause traut . . . er kommt erst, nachdem er lange in den zerstörten Stadtvierteln von Köln herumgeirrt ist. Er wird versuchen, das gemeinsame Leben wiederaufzunehmen. Auch die Frauen in Ihrem Roman *Haus ohne Hüter* stehen allein, ziehen allein ihre Kinder groß. Ihre Männer sind tot, gefangen oder vermißt. Natürlich gibt es im Leben dieser Frauen »Ersatzmänner«, wenn Sie mir dieses schreckliche Wort gestatten; man nannte sie »Onkel«, um den Fragen der Kinder vorzubeugen. Auch Leni Pfeiffer in *Gruppenbild mit Dame* ist Kriegerwitwe; allein kann sie jedoch nicht leben. Ihr erster Geliebter ist ein russischer Kriegsgefangener, ein großartiger Kenner der russischen und der deutschen Lyrik. Durch ihn entdeckt Leni die russische Lyrik. Nach dem Krieg liebt Leni einen Gastarbeiter, einen Türken.
Im Grunde verlieben sich all Ihre »Heldinnen« in verletzliche, geschwächte, bedrohte Männer; in Kriegsgefangene, in Soldaten, die vom Tod gezeichnet sind, in Gastarbeiter oder solche, die auf der Flucht sind wie in *Die verlorene Ehre der Katharina Blum*. Gleichzeitig wissen diese Frauen aber sehr wohl, daß sie hier etwas Außergewöhnliches tun, das für die etablierte Gesellschaft provozierend wirken muß. Wie sehen also die Beziehungen zwischen diesen Männertypen und diesen Frauen aus? Was bedeutet diese Frau einem solchen Mann? Und inwieweit sind diese Liebesbeziehungen innerhalb der Gesellschaft ein Störfaktor? Ist diese Gesellschaft befreit, oder ist sie noch intolerant? Und wieso?

H. B.: Ja, Sie bringen mich auf eine Idee; ich hab das natürlich gar nicht bewußt gemacht. Zunächst einmal, wenn Sie einen Roman, eine Erzählung schreiben, die von einer Liebesgeschichte getragen wird, muß es Belastung und Spannung und Konflikt geben. Den üblichen Konflikt, das sogenannte Dreieck, finde ich langweilig. Erstens ist er schon achthunderttausend Mal abgehandelt, hat kaum noch Varianten, ist auch für die meisten Menschen, glaube ich, gar nicht so problematisch.

Wenn Sie das genau analysieren, was Sie mir eben gesagt haben, von den Beziehungen der Frauen in meinen Romanen, dann sind es eigentlich alles Arten des Zusammenlebens, die nicht rechtlich verankert sind. Das ist, glaube ich, das Entscheidende. Ich glaube, daß es ein Irrtum war oder ist, Dinge wie Erotik, Sexualität, Liebe, auch Ehe zu verrechtlichen. Sie so zu verankern, daß der eine ein Recht auf den anderen hat. Das kann man nur mit Ironie, ganz unabhängig von Dreieck, Viereck, Fünfeck, das ist ein anderes Problem, ein sehr persönliches, das tragisch, schwierig werden kann und natürlich Konflikte genug in sich birgt. Aber immer nur den Konflikt eines zweiten, dritten, vierten Dreiecks darzustellen, das ist dann auch langweilig, finde ich. Die übliche Ehe- oder Liebeskomplikation.

Was *Und sagte kein einziges Wort* betrifft, so ist es ganz eindeutig, daß der Mann die rechtlichen Pflichten, die mit der Ehe verbunden sind, nicht erträgt. Er liebt seine Frau, er liebt seine Kinder, er arbeitet so viel er kann, verdient ein bißchen Geld, pfuscht sich durch, aber dieser permanente Anspruch, der durch die Verrechtlichung des Verhältnisses entsteht oder entstanden ist, den kann er nicht ertragen.

Nein, ich glaube nicht, daß das mit dem Krieg zu tun hat. Der Krieg hat natürlich sehr viele Männer verantwortungslos gemacht, entwurzelt, wie man das nennt, ein bißchen Nihilismus, hat sie auch verwöhnt, der Krieg verwöhnt die Männer auch, sie brauchen sich eigentlich um nichts zu kümmern, sie kriegen ihr Essen, sie kriegen ihre Uniform, sie haben ein Dach über dem Kopf, kriegen noch Geld dazu. Es ist eine ziemlich verantwortungslose Art, Geld zu verdienen, der Krieg.

Aber gehen wir weiter, und wahrscheinlich ist es so, daß eine Ehe, eine rechtlich und kirchlich verankerte Ehe ohne Ironie weder für den Mann noch für die Frau zu ertragen ist. Wenn die Frau aber sich ironisch verhält gegenüber ihrem Mann, dann ist

es für den starken Mann unerträglich, denn er muß ja ewig seine Stärke und seinen Erfolg beweisen. Für den schwachen Mann ist es sehr schwer zu ertragen, weil die Überlegenheit der Frau sehr leicht sichtbar wird. Und im Grunde sind das alles, was Sie genannt haben, die Frauen ohne Männer, Frauen mit Männern, mit Liebhabern, ohne Liebhaber keine richtigen Ehen im bürgerlichen Sinne und auch nicht im kirchlichen Sinne.
Ich denke mir, daß da ganz neue Formen entstehen müssen, die natürlich für die Frauen nicht belastend sein dürfen, weil sie auch eine rechtliche Sicherung brauchen. Vor allem mußte der Unterschied zwischen ehelichen und unehelichen Kindern aufgehoben werden. Ich könnte mir denken, daß ein unverheiratetes Zusammenleben die Menschen mehr bindet als eine Ehe, weil diese Pflicht und die rechtliche Institutionalisierung eines Vorgangs wie Beischlaf: ich hab ein Recht darauf, du hast ein Recht darauf, zu absurd ist, um wirklich zu tragen.
Die Entwicklung der abendländischen Kultur ist geprägt von zwei Hierarchien, die uns beherrschen, dem Staat und der Kirche, die immer sehr gut miteinander arbeiten, auch wenn sie sich gelegentlich bekämpfen, weil natürlich die Unterordnung und Unterwerfung unter die oder jene Hierarchie der jeweils anderen dient. Sie werden niemals erleben, daß etwa in Deutschland irgendeine Partei ernsthaft, kritisch oder gar aggressiv gegen irgendwelche Kirche vorgeht. Die Kirchen dienen immer noch als Domestizierungs-Institutionen, das kann ein Staat immer gut gebrauchen.
So wie sich das in puncto Ehe entwickelt hat, sind die Frauen fast auf diese Verrechtlichung angewiesen. Solange sie keine Berufsausbildung haben. Diese Seite müßte gerecht gelöst werden, dann kann man darüber reden, ob man die bisherige Form der Ehe und der Familie aufrechterhält. Es ist ein Kompromiß, der wahrscheinlich noch eine Weile halten muß, aber es ist ein Kompromiß, und den ohne Ironie auszuhalten, halte ich für unmöglich.
Ich erinnere mich, es gab damals heftige Diskussionen über *Und sagte kein einziges Wort* innerhalb des katholischen Milieus in Deutschland. Es war sozusagen ein Roman, der unerträglich war fürs Milieu, mehr als manches, was ich später geschrieben habe, gerade wegen dieser ehekritischen und existenzialistischen und etwas anarchistischen Elemente. Es gab also Diskussionen, auch

einige, an denen ich teilnahm, und ich erinnere mich, daß ich sagte: Ich kann mir eine Ehe ohne Ironie gar nicht vorstellen. Und da ging es los, da platzte die Bombe, da hatte ich einen wunden Punkt berührt, natürlich damit auch die Herrschaft des Mannes angetastet und, sagen wir, den Samen der Rebellion bei den Frauen ausgestreut.
Das ganze Spiel: Stärke, Schwäche, starker Mann, schwache Frau, schwache Frau, starker Mann, starke Frau, starker Mann ist eigentlich absurd. Menschen lieben sich, sie leben zusammen, sie kriegen Kinder, sie richten sich ein, sie verabreden sich, treffen bestimmte Vereinbarungen, wie man das unter Freunden und auch unter Liebenden machen kann, und dann kommen von außen die Probleme rein, Schule, Erziehung, Rechtlichkeit, Standpunkt des Kindes in der Gesellschaft, und all dieses kommt von außen durch die Kirche und den Staat. Insofern schwebt mir schon eine anarchistische Gesellschaft vor, und das drückt sich wahrscheinlich in all diesen Romanen und Erzählungen und Essays aus.

Die »heilige Familie« ist keine wirkliche Familie

R. W.: Eines der Hauptthemen Ihres Werkes ist die Ehe – die Familie, die Kinder. Das mag heute ein wenig veraltet erscheinen. In Frankreich, unter dem Vichy-Regime des Marschalls Pétain, galt die Parole: Travail, Famille, Patrie (Arbeit, Familie, Vaterland). Dies sind Werte, die seit Kriegsende – vielleicht wegen des Krieges – in Frage gestellt werden. In Ihren Romanen zeigen Sie sehr deutlich, daß sie gefährdet sind, und Sie fragen: sind Ehe, Familie, Kindererziehung unwandelbare Gegebenheiten? Die Gesellschaft, die Sprecher der Gesellschaft – damit meine ich die Parteien, die Abgeordneten, die Soziologen und andere – denken in diesem Bereich an Veränderung, Fortentwicklung. Es gibt aber auch Strukturen, die eine solche Fortentwicklung bekämpfen, wie zum Beispiel die katholische Kirche. Das zeigen Sie insbesondere in den Romanen *Das Brot der frühen Jahre*, *Ansichten eines Clowns* oder *Die verlorene Ehre der Katharina Blum*. Die Haltung der katholischen Kirche ist in diesem Punkt problematisch. Und diesem Problem rücken Sie in Ihrem Werk auf den Leib. Es ist ein Problem der Ethik, aber auch ein Problem der Politik. Es geht um die Rolle der Kirche im

Leben der Gesellschaft. Welches Gewicht hat sie, wenn es um Entscheidungen geht und um die Weiterentwicklung der Lebensformen?

H. B.: Ja, versuchen wir's. Sprechen wir erst über die Kirche, die ja eine der Hauptstützen der Familie ist oder der Ehe, und da entdecke ich eine ganze Menge Heuchelei und Taktik. Wenn Sie das Neue Testament durchlesen, das die Basis unserer Religion ist, so finden Sie sehr wenig familienfreundliche Äußerungen. Von Jesus sehr wenig, die meisten sind familienfeindlich, ausgesprochen familienfeindlich, also immer: was willst Du hier, was wollt Ihr von mir, laßt mich in Frieden. Sie finden beim heiligen Paulus nicht sehr viele familien- und ehefreundliche Äußerungen, und die heilige Familie, so wie sie uns dargestellt worden ist, ist ja eigentlich keine Familie im biologischen und juristischen Sinne. Selbst da ist die Unlogik und das Übertünchen sehr stark sichtbar. Das klassische Bild der heilige Joseph, die heilige Maria und das Jesuskind, das ist eine konstruierte Familie, was? Weil ja nach kirchlichem Verständnis zwischen den Eltern dieser heiligen Familie überhaupt keine erotischen oder sexuellen Beziehungen bestanden. Es ist eine konstruierte Familie, die uns als Vorbild dienen soll. Wir leben aber nicht in abstrakt zurechtkonstruierten Familien.

Maria ist eine Jungfrau, Joseph ist, ich finde, ein sehr sympathischer, anständiger Mensch, und Jesus ist das göttliche Kind. Es ist also weder juristisch noch biologisch eine Familie, die uns als Vorbild dienen soll.

Das Problem der Sexualität, das in der heiligen Familie nicht, in jeder anderen aber existiert, ist seit mindestens 1500 Jahren verdeckt, verschüttet, verheuchelt, übertüncht worden, und es gibt sehr interessante Dinge im Zusammenhang mit der Reformation in Deutschland, diesen Punkt betreffend, wo also junge Kleriker und Mönche heiraten wollten, und zwar weil sie den Zustand der Heuchelei leid waren. Es gibt da einen Fall, er ist mir in Erinnerung geblieben, ich hab neulich die Geschichte der Reformation gelesen, wo ein junger Mönch vor seinen Oberen tritt und sagt: Ich möchte heiraten, und er ihm sagt: Mein Gott, es gibt doch Huren genug. Verstehen Sie. Warum mußt du unbedingt heiraten?

Ich glaube, diese Haltung ist sehr typisch. Man hat also der Sexualität des Mannes und in dem Falle auch des Priesters, ich glaube, sehr viele Konzessionen gemacht. Aber heiraten durften sie nicht, also den angeblich anständigen Weg gehen durften sie nicht. Sie durften eine Geliebte haben, möglichst heimlich. Die Bischöfe hatten sowieso zur Zeit der Reformation ihre Weiber, jede Menge. Aber das, was das christliche Vorbild Familie war, durften sie nie gründen. Ich nenne dieses Modell und diesen Fall, um die komplette Heuchelei und Verkennung der menschlichen Sexualität durch die katholische Kirche darzustellen.

Ich möchte ganz klar betonen, ich will diese Gruppierung heilige Familie hier nicht verhöhnen; das ist nicht das Problem. Aber es ist eine Retortenfamilie. Die Eltern haben keine sexuellen Beziehungen, das Kind ist göttlichen Ursprungs, es ist eigentlich nur ein Arrangement nach außen. Und das hat man uns 2000 Jahre lang als Vorbild hingestellt und hat die Sexualität des Menschen verkannt, sowohl positiv wie negativ, man hat sie unterschätzt und überschätzt, hauptsächlich überschätzt.

Sexualität ist ein wichtiges Element und ein sehr schönes und großartiges im menschlichen Leben, aber nicht das einzige. Es gibt Formen von Zärtlichkeit und Zuneigung und Liebe, die gar nichts damit zu tun haben, die man natürlich dann auch verkennt und bei denen wieder Heuchelei entsteht. Es gibt Zuneigung zwischen Vater und Sohn und Tochter und Mutter und Sohn und Tochter, die natürlich im Grunde erotisch sind, aber gar nicht in diesen groben Raster passen, den die Kirche immer angelegt hat, diese plumpe Art, dem Menschen seine Sexualität vorzuwerfen und sie gleichzeitig zu verzeihen, und ihm dann eine heilige Familie als Vorbild anzubieten. Da gibt's gar nichts zu verzeihen. Und da fängt für mich die totale Heuchelei an, die unsere Kultur bestimmt hat.

Wenn Sie dann noch sehen, daß die Familie bei den Römern eine ähnliche Rolle gespielt hat. Im Grunde waren es nur die Adelsfamilien, die wichtig waren, weil man da wieder die Führer ausbrütete, die Oberste, die Generäle, die Senatoren, die Konsuln. Die Fassade der sogenannten keuschen römischen Frau und Familie wurde aufrechterhalten, aber wenn Sie dann Geschichte lesen, was da alles hinter den Kulissen sich abgespielt hat an Promiskuität, an Prostitution, so kommen Sie auf ein ähnliches Modell wie das katholische. Und ich denke mir überhaupt, daß die Formierung des Katholizismus durch das Römische zu stark war, da kommt auch das Rechtliche rein, die Verrechtlichung al-

ler Dinge. Im Grunde eine vollkommen phantasielose, verächtliche Haltung gegenüber Sexualität und damit auch gegenüber der Familie, die ja durch die Ausübung der Sexualität entsteht.
Es kommt hinzu, daß man uns gesagt hat: was Gott zusammengefügt hat, soll der Mensch nicht trennen. Das ist eigentlich die Grundformel, auf der die Unauflöslichkeit der Ehe basiert. Die Arroganz, die Anmaßung besteht darin, kirchlicherseits zu sagen: ich vertrete Gott, was ich zusammengefügt habe, kann der Mensch nicht trennen. Wenn Sie das jetzt weiterdenken, theologisch weiterdenken, könnte es ja sein, daß der zweite Mann der Frau oder die dritte Frau des Mannes die sind, die Gott zusammengefügt hat. Zu sagen: jetzt hat Gott Euch zusammengefügt, weil ich Euch zusammengefügt habe, das ist doch verrückt.
Dann sagt man noch: das Sakrament der Ehe spendet Ihr Euch selber. Komplette Heuchelei, vollkommene Verkennung der Tatsachen, denn wenn die Kirche das Sakrament nicht spenden kann, und das kann sie nicht, was hat sie überhaupt damit zu tun? Die Rolle der Familie für den Staat ist undiskutabel. Staaten oder Regierungen haben den Wunsch nach Ordnung, sie wollen untertänige Staatsbürger haben, alle, alle Staaten. Das werf ich ihnen gar nicht vor. Und da spielen die Familie, die Schule, die hängen ja zusammen als Erziehungsinstrument, eine wichtige Rolle. Ich kann sehr gut verstehen, wenn die Staaten, ganz gleich welchen Ursprungs – sogar die kommunistischen Staaten sind in dem Punkt inzwischen sehr streng geworden –, darauf bestehen, daß der Vertrag rechtlich verankert wird und die Sache klar ist vor dem Gesetz. Was die Kirche damit zu tun hat, ist mir völlig unklar, außer sie betrachtet sich als Lieferanten von Gehorsam für den Staat. Und diese Funktion hat sie natürlich ausgeübt.
Ich habe den Eindruck, daß diese Zeit vorbei ist, daß wir in einer Wende leben, die Beziehung der Menschen zu ihren Kirchen betreffend, die viel, viel tiefgreifender ist als die Reformation. Das haben wir noch nicht kapiert. Wenn man junge Leute kennenlernt, so, sagen wir, zwischen achtzehn und dreißig, für die ist das gar kein Problem mehr, zum Beispiel Mischehe oder was man uns da alles so vor die Füße geworfen hat, das existiert für die gar nicht mehr, es ist noch nicht einmal für sie ein Anlaß des Ärgers mehr. Das hat sich lautlos gewandelt, und nun versuchen bestimmte Kreise in der Kirche natürlich, die Reste zusammenzutrommeln und ihrer Ordnung wieder zur Ehre zu verhelfen.

Kirchensteuer: eine Zuhältermanier

Aber wenn wir über Katholizismus sprechen, dann müssen wir ganz speziell über die deutsche Variante sprechen, die, glaube ich, im internationalen Katholizismus eine verhängnisvolle Rolle spielt, die nicht erkannt wird. Die Verankerung, die die Kirchen in der Bundesrepublik haben via Kirchensteuer, habe ich noch keinem Ausländer erklären können, weil es keiner versteht, weil keiner glaubt, daß das wahr ist, daß nämlich die Kirchen 10% der Einkommensteuer oder der Lohnsteuer per se bekommen, automatisch. Das ist gesetzlich geregelt, da gibt's keinen Pardon. Das gibt ihnen ein Einkommen und eine Basis wie einem Großunternehmen.

Zur Verteidigung der Großunternehmen muß man aber sagen, daß sie gewisse Risiken haben. Ein großer Konzern hat Risiken, der kann Pleite machen, der kann Ärger mit seinen Aktionären kriegen, der kann Personalschwierigkeiten haben. Die Kirche hat keinerlei Risiko und keinerlei Schwierigkeiten, die schnippelt diese Aktie automatisch ab von der letzten Verkäuferin, die vielleicht drei Mark im Monat bezahlt, bis zum Millionär, der vielleicht hunderttausend Mark im Jahr bezahlt.

Diese Basis halte ich ohne jede Einschränkung für kriminell, ich habe sie mit Zuhälterei verglichen, und ich nehme den Vergleich nicht zurück. Man verrechtlicht das Verhältnis zu einer Religion, man fiskalisiert es, materialisiert es, das ist klassischer Materialismus. Man gibt dem Menschen überhaupt keine Möglichkeit, diese Zahlung zu verweigern, weil man ein im Grunde mystisches Verhältnis – ich kann mir das gar nicht anders vorstellen, als daß ich ein mystisches Verhältnis zu einer Religion oder Kirche habe – fiskalisiert. Das heißt: ich muß aus der Kirche austreten, wenn ich diese Steuer nicht mehr zahlen will. Und in dem Augenblick kommen die Kirchen und sagen: Du willst ja nur das Geld sparen. Sie können nur materialistisch denken, das ist das Problem, sie können nicht spirituell oder spiritualistisch denken.

Das ist also die Basis der Kirchen in Deutschland, die sie unendlich reich macht, wobei gleichzeitig gesagt werden muß, daß nach der Säkularisation, die wir gehabt haben, schon 170 Jahre vergangen sind und die Kirchen wahrscheinlich wieder ein unermeßliches Vermögen angehäuft haben, über das keine Aus-

kunft erteilt wird. Das ist also ein Großunternehmen, das völlig unkontrolliert, auch nicht vom Finanzamt kontrolliert, herumwirtschaften kann. Auf dieser Basis werden die Kirchen in Deutschland immer unglaubwürdiger, denn jeder Mensch, der Geld verdient, ganz gleich, ob er Generalmanager bei Krupp ist oder Taxifahrer, muß arbeiten. Er hat Risiken, er ist einem harten Prozeß unterworfen, nur die Kirche nicht, die staubt nur ab. Das als Voraussetzung für das nicht-deutsche Publikum.
Die großen Parteien bei uns, SPD oder FDP, sogar die CDU im Grunde, haben keinen religiösen Hintergrund. Die CDU hat überhaupt keinen religiösen Hintergrund, es ist ein reiner Machthintergrund, ein Herrenhintergrund, aber denen paßt dieses Verhältnis offenbar sehr gut, weil jeder, der versucht, dieses Tabu anzugreifen, sofort diffamiert und denunziert wird.
R. W.: Es hieß, daß jemand, der seine Kirchensteuer nicht mehr zahlen wolle, Schwierigkeiten bei seiner Berufsausübung bekommen könnte, vor allem, wenn er im öffentlichen Dienst oder der Bundeswehr beschäftigt ist. Wenn man einen Posten im Verwaltungsapparat anstrebe, müsse man seine Karten auf den Tisch legen, das heißt, seine Religionszugehörigkeit bekennen – ob katholisch oder evangelisch –, was die Zahlung der Kirchensteuer mit einschließt. Wer sich weigert, diese Steuer zu zahlen, tritt aus der Kirche aus und setzt damit seine Karriere aufs Spiel. Ist das richtig?
H. B.: Es hat eine Zeit gegeben, wo in der Bundeswehr ein prononciert militant-katholischer Personalchef etwa Leute, die geschieden waren, in ihrer Karriere behindert hat. Wieweit das bei Beamten zutrifft, kann ich Ihnen nicht sagen. Ich könnte mir das nicht denken, es ist aber wahrscheinlich regional verschieden. Ich weiß nicht, ob Sie in Bayern Oberregierungsrat oder Schulrat werden können, wenn Sie aus der Kirche ausgetreten sind. Oder in Baden-Württemberg. Aber schon in Niedersachsen, Hamburg, Nordrhein-Westfalen könnte ich mir das nicht vorstellen, weil diese Regionen zwar auch katholisch oder evangelisch sind, aber die Verwaltung den Terror nicht ausüben würden.
Es ist sehr schwer für Lehrer, je nachdem, wo sie Lehrer sind, in welchem Dorf oder in welchem Städtchen, wenn sie da ankommen und in keiner Kirche sind. Das könnte wahrscheinlich Schwierigkeiten machen. Wie man ja überhaupt die Lehrer sehr scharf überwacht bei uns, die jungen besonders, und ich denke

mir, wenn Sie als junger Lehrer in ein Dorf kommen, ob katholisch oder evangelisch, und Sie sind in keiner Kirche, das ist bestimmt nicht angenehm, das fördert Sie ganz sicher nicht. Selbst wenn es theoretisch keine Einschränkung geben darf. Es gibt ja ein Grundgesetz, laut Grundgesetz darf keiner wegen Religion- oder Parteizugehörigkeit behindert werden, aber die Gesetze werden ja auf lokaler und regionaler Ebene verschieden ausgelegt und praktiziert.

Deutschland, Land der Reformation

R. W.: In unserem gestrigen Gespräch mit Jean Lacouture haben Sie die Probleme der Kirche in Deutschland nochmals aufgegriffen. Und mir sagten Sie, Sie wollten Ihre Gedanken hierzu präzisieren, sobald wir unser Zwiegespräch fortsetzten . . .

H. B.: Ja, es war nicht so sehr die Entwicklung der Kirchen wie der Konfessionen. Ich glaube, wenn man über Deutschland spricht, über irgendwelche deutschen Probleme, sollte man immer voraussetzen, daß Deutschland das Land der Reformation war, daß also religiöse Auseinandersetzungen, wie Luther und seine Gruppe vor ihm, mit ihm und nach ihm sie bewirkt haben, immer ein sehr schmerzliches Problem waren. Und zwar besonders deswegen, weil sich nachher im Lauf der Geschichte ein eben fast fifty-fifty Verhältnis der Konfessionen ergeben hat, keine war eine Minderheit, keine war eine Mehrheit. Es gab regionale Mehrheiten, regionale Minderheiten, und das war ein schmerzliches Problem bis in unsere Generation hinein.
Ich glaube, daß Länder mit einer relativ einheitlichen Konfession, wie Frankreich, ganz gleich, ob es einen verbreiteten Atheismus oder Laizismus gab, oder Großbritannien, wo die Katholiken eine kleine Minderheit waren, oder Norwegen und Schweden, wo sie eine verschwindende Minderheit sind, viele Auseinandersetzungen, die in Deutschland stattgefunden haben, nicht verstehen. Man muß immer wieder daran denken, daß das Konfessionelle eine entscheidende Rolle gespielt hat bis in den Alltag der Menschen hinein. Die sogenannte Mischehe war noch in meiner Generation ein Problem. Es gab schmerzliche Prozesse in den betroffenen Familien, in den Pfarren, es gab Einmischung des Klerus auf beiden Seiten, weil es auch gleichzeitig ein Kampf um statistische Einheiten war; soundso viele Katholiken weni-

ger oder mehr. Die Konfessionen haben natürlich auch im Zusammenhang mit dem Nationalsozialismus eine Rolle gespielt. Die Evangelischen oder die Protestanten in Deutschland waren anfälliger dafür, das kann man statistisch nachweisen. In streng katholischen Siedlungsgebieten war der Anteil der Nationalsozialisten geringer.
Nach dem Krieg kam es so, daß viele Protestanten und auch der protestantische Episkopat diese Bindung der evangelischen Kirche an den Staat, an das, was wir Thron und Altar genannt haben, bereuten, daß die progressiveren kirchlichen Entwicklungen bei den Protestanten geschahen, während in der katholischen Kirche eher ein umgekehrter Reflex sich zeigte, ein nationalistischer, fast militanter Zug. In dem Zusammenhang mit Konfessionen in Deutschland ist wichtig zu wissen, daß durch die Flüchtlingsbewegung und die Ansiedlung der Flüchtlinge die streng konfessionell-einheitlichen Gebiete aufgelockert wurden. Man hat also, ich weiß nicht, ob bewußt oder unbewußt, evangelische Flüchtlinge ins Rheinland geschickt, ins katholische Rheinland, ins katholische Westfalen, katholische Flüchtlinge ins evangelische Schleswig-Holstein. Das hat am Anfang die Spannung zwischen Eingesessenen und Flüchtlingen noch verschärft, weil die Fremden, die da kamen, nicht nur Flüchtlinge waren und Arbeitsplätze, Wohnungen usw. wegnahmen, sondern auch noch die schrecklichen Protestanten beziehungsweise die entsetzlichen Katholiken waren. Das hat sich inzwischen gemildert und hat eigentlich zur Entspannung der konfessionellen Situation sehr beigetragen. Eine Großstadt wie Köln etwa, die fast geschlossen katholisch war, ist heute 60/40 statt 95/5 katholisch, was sehr wohltuend ist.
Diese konfessionellen Spannungen, die unser Leben, ich sage unser Leben, also das deutsche, bitter gemacht haben, sind nicht mehr vorhanden, und für die jetzt lebende Generation, die etwa Zwanzig- bis Dreißigjährigen, existiert die Frage überhaupt nicht mehr.
R. W.: Die Religion hat einen wichtigen Stellenwert in Ihrem Werk. Sie bildet den Hintergrund, wenn sie nicht gar im Vordergrund steht. Die Sakramente ebenfalls. Nehmen wir zum Beispiel die Erzählung *Der Zug war pünktlich.* Andreas und Olina werden sterben. Sie ahnen, daß ihr Tod nicht mehr fern ist. Im Augenblick ihres Todes liest Paul, der Bruder von Andreas, der

Priester ist, die Messe. In *Wo warst du, Adam?* zwingt der Kommandant eines Konzentrationslagers Ilona, Psalmen zu singen, bevor er sie tötet. Das Sakrament der Ehe steht im Mittelpunkt Ihrer Romane *Und sagte kein einziges Wort* und *Das Brot der frühen Jahre.* Der Glaube und die Gnade verwandeln Ihre Figuren. Religion und Literatur sind in Ihrem Werk eng verfugt. Und dennoch behaupten Sie, kein katholischer Schriftsteller zu sein. Sollte die Literatur der Religion nicht vielleicht eine neue Funktion zuerteilen, sie vielleicht gar reinigen? Beim Lesen Ihrer Bücher bekommt man den Eindruck, als seien Sie irgendwie einer, der Wunder wirkt, der das Dickicht lichtet, der reinigt.

H. B.: Ja, natürlich ist das eines der Hauptprobleme und auch eine der Hauptauseinandersetzungen, die mehr oder weniger bewußt stattgefunden haben. Wahrscheinlich hauptsächlich eine Auseinandersetzung mit dem Begriff Kirche und Sakrament. Weder der Begriff Kirche noch der Begriff Sakrament sind je genau definiert worden. Sie haben eine mystische Komponente und eine administrative. Also, sagen wir, eine reine Glaubenskomponente und eine administrative. Die Sakramente werden verwaltet, sie werden registriert, sie werden verbucht, und da kommen wir wieder auf das, worüber wir an den ersten Tagen gesprochen haben: diese Verrechtlichung der Dinge, ist, glaube ich, unerträglich. Es ist einzusehen, daß Ordnung sein muß, aber welche? Wie kann man mystische Dinge juristisch festlegen? Das ist vollkommen unmöglich, ich denke oft darüber nach, sehr viel und rede auch sehr viel mit meiner Frau darüber, da wir die gleiche Erziehung haben und auch die gleiche Entwicklung genommen haben. Wie kann man, zum Beispiel, Lourdes oder Fatima zu einer Industrie machen? Man kann sich durchaus vorstellen, daß sehr fromme und abgeschieden lebende Hirtenkinder Visionen haben, das haben andere auch, ich habe nichts dagegen einzuwenden, werde das auch nie verspotten, aber wie kann man aus dieser Vision politisches und kommerzielles Kapital schlagen? Alle Sakramente haben eine mystische Dimension, die im rationalen Sinne, im juristischen Sinne, völlig unkontrollierbar ist.
Sie können nicht Ehe und Liebe gleichsetzen, das geht einfach nicht. Es kann durchaus möglich sein, daß ein Ehepaar fünfzig Jahre in Liebe miteinander lebt, es kann aber auch sein, daß die Liebe in einem Jahr weg ist, und es bleibt eben nur noch die Ehe als Institution. Das können Sie übertragen auf die Kommunion,

auf die Beichte, sogar auf das Sakrament der Priesterweihe. Alle diese Dinge sind, weil sie eine mystische Komponente haben, keine rein rechtliche, nicht kontrollierbar.

Es gibt diesen wirklich großartigen und düsteren Roman von Bernanos *Das Verbrechen*, glaube ich, und einen anderen noch, dessen Hauptfigur ist Abbé Quenabre, ich meine nicht *Journal d'un curé de campagne*, sondern einen anderen: *Die Freude* heißt er, *La Joie*, wo ein Priester diesen mystischen Betrug begeht. Ein ungläubiger Priester, der jeden Morgen seine Messe liest, die Wandlungsworte spricht, tiefsinnig genug ist zu denken: selbst wenn ich nicht glaube, glauben die andern und dadurch, daß ich das spreche, wird es wahr.

Unbewußt habe ich als junger Mensch wahrscheinlich diesen Zwiespalt empfunden, vor allen Dingen die niederschmetternde Erkenntnis, wie wenig die Sakramente bei den Menschen als Masse bewirken. Wenn Sie sich vorstellen, daß Millionen Menschen morgens zur heiligen Kommunion gehen, daß sie beichten gehen am Freitag oder Samstag und daß im Laufe der Geschichte das milliardenfach passiert ist, und es ändert eigentlich die Menschen gar nicht. Es wird zu einer fast automatischen Abfertigung, zu einem Abladeplatz, nicht zu einer Befreiung und Veränderung. Und auch das Sakrament der Ehe hat ja die Schmerzlichkeiten der Sexualität gar nicht gelöst, geschichtlich, menschheitsgeschichtlich gesehen. Und möglicherweise sind in vielen meiner Bücher und Erzählungen bewußt und unbewußt Versuche, nicht nur die Brüchigkeit des Rechtlichen innerhalb der Religion zu zeigen, sondern auch das, was man früher Sakramente genannt hat, neu zu definieren durch Beispiele, durch Versinnlichung, wie man es heute nennt. Ich bin mir auch der Schwierigkeit bewußt, die durch dieses Improvisierte, Mystische, das zweifellos enthalten ist in vielen meiner Bücher, entsteht, weil man ein mystisches Erlebnis nicht weitergeben kann. Ich glaube, das ist der große Irrtum gewesen. Man kann auch Glauben nicht weitergeben. Das ist ein großer Irrtum gewesen in unserer Erziehung, in der Erziehung unserer Eltern, man kann Glauben nicht zum Gegenstand des Gehorsams machen, man muß ihn erleben. Das ist ein schlimmes Wort, erleben, das weiß ich, aber wenn Sie an einen Autor wie Paul Claudel denken, der von einem mystischen Erlebnis aus, das er gehabt hat, seine ganze Literatur geändert hat, dann sehen Sie, wie gefährlich das ist. Ich glaube nicht, daß man durch automatisches Absolvieren von Sakramenten wirklich Heilung erfährt. Immer nur im Zusammenhang mit konkreten, ich möchte sagen sinnlichen Erlebnissen von Brot und Wein und Liebe und Brüderlichkeit.

Und ich denke mir, daß die große Krise des Katholizismus in der ganzen Welt damit zusammenhängt. Und daß eben Autoren wie Bernanos bewußt oder unbewußt an einer richtigen Stelle angesetzt haben, nicht zu zweifeln, nicht zu glauben, sondern die Gefährlichkeit der Sakramente in ihrer Rechtlichkeit zu sehen. Das betrifft alles Weitere, das betrifft den Kirchgang, der ja doch letzten Endes zur Tortur wurde für viele. Ich weiß nicht, ob Ihnen das auch so erging: sonntagsmorgens, genau um die Zeit, wo die Familie endlich einmal zusammen ist, der Vater braucht nicht zu arbeiten, die Kinder brauchen nicht zur Schule, die Mutter könnte sich etwas entspannen, in dem Augenblick muß plötzlich alles zur Messe gehen. Also, ich erinnere mich an diese bürgerlichen Sonntagvormittage mit Schrecken. Das heißt, wenn einer fünf Kinder hat, muß er nachgucken, ob alle fünf Kinder saubere Hände, saubere Strümpfe, saubere Schuhe, gebügelte Hosen und die ganze Scheiße haben.

Im Grunde genommen hat die Sonntagsmesse viel mehr Familie zerstört als aufgebaut. Das ist meine Ansicht und meine Erfahrung, weil eine gemeinsame Mahlzeit die Familie endlich einmal versammelt. Sagen wir mal, sie hätte da beim Frühstück gesessen, der Vater hätte erzählt, die Mutter und die Kinder hätten geplaudert, man hätte Zeit gehabt an diesem einzigen arbeitsfreien Tag der Menschheit, mal wirklich sakramental zusammen zu sein, mit Brot und Kaffee, Milch und Wein vielleicht, in diesem Augenblick der Schreckensschrei: wir müssen in die Messe.

Gewiß nicht für alle Menschen, aber für eine Familie, für eine Hausfrau ist der Sonntag in dieser Form immer noch der reine Terror, reine Tortur. Wenn Sie den ganzen Blödsinn mit den Kleidern bedenken, das ist die bürgerliche Konkurrenz: was hat der für Strümpfe an, was hat die für einen Hut an, was . . . Und was da an Hysterie und Frustration und Hetze an diesem frühen Sonntagmorgen passiert ist, das hat wahrscheinlich die Familie und die Autorität der Eltern und der Kirche viel mehr zerstört, als was Millionen zersetzender Schriftsteller anrichten können.

Es muß ein neuer Begriff für das Sakramentale gefunden werden, es muß ein neuer Begriff für Gottesdienst gefunden werden, für dieses Zusammensein von Menschen, die gemeinsam etwas wollen, es ist ja eine großartige Sache ursprünglich. Das Ganze derart minutiös und terroristisch zu ordnen, war einfach verheerend, und ich glaube, die Folgen der Verheerung treten jetzt ein. Wenn ich mir vorstelle, ich habe sehr gute Freunde, sie sind so alt wie ich, die wissen ganz genau, daß sie nicht in die Hölle kommen oder eine Todsünde begehen, wenn sie sonntags mal nicht in die Kirche gehen, sondern lieber friedlich mit ihrer Frau oder ihren Kindern frühstücken und sich unterhalten, was viel sakramentaler ist als dieser offizielle und partiell langweilige Vorgang in der Kirche, wo man mit niemandem Kontakt hat. Jeder sitzt da, betet vor sich hin, empfängt die Kommunion wie eine Pille, und dann geht er wieder nach Hause. Ich hab also wirklich gute, alte Freunde, die das alles einsehen, sie kommen aber nicht davon los. Der Druck, diese Magie, dieser Terror sitzt so fest, daß sie sich ihm unterwerfen, gegen ihre Einsicht.

Wenn man darüber redet und vielleicht auch meine Arbeiten daraufhin analysiert, kommt man wahrscheinlich, bewußt von mir, zum Teil auch unbewußt, auf einen neuen Sakramentsbegriff, vielleicht auch auf neue Formen des Zusammenseins, ich will es gar nicht Gottesdienst nennen, weil ich den Begriff Gott, das Wort, schrecklich finde, nicht das, was damit gemeint ist. Was hat man mit Gott gemacht? Man hat ihn eigentlich zum Abladeplatz der menschlichen Schmerzen und Schwierigkeiten gemacht. Wenn jemand in Schwierigkeiten ist, sagt man, ach, betet zu Gott, da wird alles auf Gott abgeladen, von den Menschen abgewälzt, und wenn man sich die katholische Szene ansieht, ich kann über die evangelische nichts sagen, ich lese nur in den Statistiken, daß die Teilnahme am Gottesdienst bei den Evangelischen in Deutschland an manchen Orten 1,5 % beträgt, 1,5 bis 5 oder was – dann müßten eigentlich die Kirchen zur Einsicht kommen, daß das Bisherige sinnlos ist. Nicht, weil es statistisch zerstört ist, sondern von innen. Ich entdecke bei völlig unchristlich ambitionierten Autoren sakramentale Züge, wenn sie über die Liebe schreiben, über eine Mahlzeit schreiben. Und das meine ich auch mit dem Alltag, das hat etwas Feierliches, wenn morgens die Frau das Frühstück für die Familie macht und sie sitzen dann miteinander und reden, bevor sie zur Arbeit gehen, das ist das wirklich Feierliche.

Man müßte noch ergänzen, daß fast alle Sakramente, sogar in ihrer theologisch abstrakten Form, mit dem Austausch von Materien verbunden sind: Öl, Salbung, Sprache. In dem Sinne ist auch Sprache für mich eine Materie, weil in einer menschlichen Stimme sehr viel enthalten sein kann und viel mit ihr bewirkt werden kann. Brot, Wein und all dieses Materielle, das ja nicht zufällig in Sakramenten drin ist, sind ja nicht rein abstrakte Formen, sondern es wird mit Wasser getauft, mit Öl gesalbt, es werden Brot und Wein ausgeteilt, und das Sakrament der Ehe besteht im Austausch von erotisch-sexuellen Substanzen, die auch materielle Natur haben.
Das alles hat man im Laufe der Geschichte, ich fürchte eben am meisten im 19. Jahrhundert, vollkommen abstrahiert, theoretisiert, zur Nebensache gemacht und das Disziplinäre, Juristische in den Vordergrund gestellt. Ich fürchte, ich nehme an, daß das ein großer Irrtum über den Menschen war, über die Natur des Menschen und vor allen Dingen über die Natur des Heils. Heilen ist ja auch in Heilung drin, und die Sakramente sollen ja eine heilende Wirkung haben, nicht nur im Sinne von Therapie wie Ärzte oder Psychoanalyse, sondern im direkten Austausch von Materien. Und ich entdecke eben hin und wieder bei Autoren und Essayisten, die gar nicht aus der christlichen Tradition kommen, daß deren Materialismus, wie man es abfälligerweise nennt, sakramentale Züge hat.
Wir sprachen ja schon einmal davon, daß es diese permanente Konfrontation von Atheisten und Nicht-Atheisten gegeben hat, keine Brücke zwischen beiden, beide in ihrer Arroganz, auf ihrem Standpunkt beharrend, keine andere Idee einlassend. Ich hoffe, daß diese Zeit vorbei ist. Es kommen viele Menschen aus der kommunistischen, sozialistischen, materialistischen Tradition zu der Erkenntnis, daß in diesen Materialien mehr enthalten ist als Materie. Gerade in Frankreich gibt es ja viele oder einige kommunistische Theoretiker, die auf diesem Wege sind, fast schon wieder in eine Religiosität, die in Metaphysik überschlagen könnte.

3. DER SCHRIFTSTELLER, SEINE FIGUREN UND DIE ANDEREN

R. W.: Von Ihren Figuren, den Männer- und Frauengestalten in Ihrem Werk, haben wir bereits gesprochen. Und doch bleiben noch viele Fragen offen. Welche Beziehung haben Sie beispielsweise zu Ihren Figuren? Identifizieren Sie sich mit ihnen? An irgendeiner Stelle haben Sie geschrieben, der Autor – also Sie, Heinrich Böll – verberge sich in seinen Büchern hinter bestimmten Figuren, und verberge sich auf eine ihm praktisch unbekannte Art. Was hat es damit in Wirklichkeit auf sich? Können Sie Ihren Gedanken etwas präzisieren?

H. B.: Na ja, das ist eine Äußerung gegen die plump oberflächlich autobiographischen Interpretationen von Romanen. In den meisten Interpretationen, auch im üblichen Schul- und Universitätsunterricht, wird der Autor immer mit der Hauptperson identifiziert, das ist ein Irrtum. Manchmal erfindet er sie nur oder findet sie, um sich um sie herum irgendwo zu gruppieren. Er kann, jetzt auf die letzte Äußerung bezogen, ein Kellner sein, der ein Glas Bier bringt in einem Roman, das kann der Autor sein. Er kann auch annähernd mit dem Helden identisch sein.

Ich glaube, daß ein Autor im gesamten Werk vorhanden ist und daß man das ganze Werk immer vor Augen haben muß, in seiner ganzen Entwicklung, auch in seinen Widersprüchen. Ich bin nicht der Clown, vielleicht bin ich sogar eher der Vater des Clowns, verstehen Sie. Diese oberflächliche Art, zunächst mal auf den Haupthelden zu tippen, wenn man den Autor sucht, ist ganz töricht, auch unsensibel, sprachlich falsch, intellektuell falsch. Darauf geht diese Äußerung. Und natürlich ist das Schreiben eines Romans und das Zusammensetzen von Figuren, die sich um eine Hauptfigur gruppieren, Konflikte, Situationen, ein Vorgang, der nicht komplett bewußt zu machen ist. Es bleibt ein Rest von Intuition oder Spontaneität oder auch Zufall, Phantasie, der nicht kontrollierbar ist.

Deshalb sind Auskünfte, die Autoren über ihre Romane geben, auch die, die ich hier gegeben habe, immer nur annähernd richtig. Eine zuverlässige Auskunft zu geben, ist nicht möglich. Sie können nicht rekonstruieren. Wie soll man den Einwand widerlegen, daß der Autor mit dem Helden identisch ist? Ich glaube, diese Vorstellung kommt aus einer bestimmten bürgerlichen

Tradition der Literatur und der Literaturinterpretation, weil man voraussetzt, daß ein Autor sich zunächst immer mit sich selbst beschäftigt; aber das halte ich für uninteressant. Totale Selbstanalysen von Autoren, die dann auch noch über ihr Werk schreiben, finde ich verdächtig, und ich wiederhole, auch uninteressant. Mich interessieren vielmehr Menschen, die keine Autoren sind, keine Künstler sind, weil mich das Problem beschäftigt, wie deren Sensibilität, die möglicherweise größer ist als die eines Künstlers, sich ausdrückt, in welchen Gesten, in welchen Zärtlichkeiten, in welchen Beziehungen.

Die Tradition, von der ich sprach, sitzt in der ganzen abendländischen Kultur so tief, der Gedanke, der Autor sei der Held oder sei annähernd der Held, daß ich dem heftig widersprechen möchte. Es gibt einen anderen Vergleich: Sie wissen, daß viele Regisseure manchmal aus Spaß in ihren Filmen eine kleine Rolle übernehmen, nicht nur Faßbinder, auch Käutner und andere haben das gemacht. Sie kommen plötzlich als Diener, bringen ein Glas Bier oder machen die Tür auf oder was, und ich sehe mich eher in dieser Rolle in meinen Romanen. Das ganze Werk mit allen Personen, Frauen, Männern, Guten, Schlechten, enthält wahrscheinlich den Autor, den Kosmos, den er darstellt, aber den kann man gar nicht herausanalysieren. Das muß die Voraussetzung sein, wenn wir hier über meine Bücher sprechen. Wir können nur ganz grobe Strukturen erkennen und können versuchen, die zu erklären, aber natürlich muß auch ein Autor sich selbst gegenüber ironisch sein. Und wenn er sich schon in einem Roman darzustellen versucht, in einer Figur, Hauptfigur oder Nebenfigur, kann das nur ein Böser sein, kein Guter.

Es gibt verschiedene Ausdrucksformen, es gibt Formen der Literatur, die genau konstruiert sind, Satiren etwa. Am Anfang steht der Einfall, der Einfall muß plaziert werden, das heißt, der muß eingepflanzt werden in den richtigen Boden und entwickelt sich da auf Grund fast mathematischer Formeln. Das ist ganz etwas anderes, als wenn ich einen Roman schreibe oder eine mehr oder weniger lyrische Erzählung, ein Hörspiel oder einen Essay. Eine Satire ist eine planbare Form der Literatur, die im Gehirn entsteht, und dann, wie man das heute nennt, versinnlicht werden muß. Das heißt, der Einfall, nehmen wir etwa den Einfall Dr. Murke mit dem Tonband, muß den richtigen Ort finden. Wo gehört der Einfall hin? In ein Funkhaus? Ich habe ein Jahr ge-

braucht, eh ich wußte, wohin mit dem Einfall. Die Geschichte geschrieben habe ich dann sehr schnell.
Das ist bei einem Roman nichtsatirischen Charakters und bei einem Hörspiel ganz etwas anderes, weil da viele Unberechenbarkeiten hereinkommen, denen sich ein Autor auch ausliefern muß. Er muß seine Personen frei lassen, sie müssen sich frei entwickeln, er muß vorurteilslos an sie rangehen und sie innerhalb der Sprache, innerhalb des Ausdrucks, den er ihnen gibt, frei lassen. Wie gesagt also, diese generelle Interpretationstechnik in unseren Schulen, die ja von der römischen Literatur beeinflußt ist, also eigentlich nur vom *bellum gallicum* oder von Augustins *Confessiones,* halte ich für ganz falsch, genau wie ich die Bildinterpretation für falsch halte, bei der man im Grunde immer wieder alte ikonographische Maßstäbe anlegt. Das macht es auch so schwierig, über die moderne Kunst zu sprechen, die nicht mehr figurativ ist. Ich glaube, daß man an der bildenden Kunst unsere Interpretations-Tradition noch besser kritisieren kann als an der Literatur, wo man ja nichts auf einen Blick sieht, sondern nur innerhalb der Entwicklung in einer fast labyrinthischen Form. Und ich hab mich eben für Malerei und bildende Kunst immer mindestens so interessiert wie für Literatur und bin, wie ich schon gesagt habe, wahrscheinlich von der Malerei, der Musik und der Architektur mindestens so beeinflußt wie von den literarischen Vorbildern, die ich genannt habe.
Man könnte ein riesiges Computersystem erfinden, in das man einen Autor hineinfüttert, scin gesamtes Werk, alle Personen, dreihundert, vierhundert, das ganze Sprachmaterial in allen Ausdrucksformen, und könnte dann versuchen, so eine Art Wurzel zu ziehen aus all dem Eingefütterten, dann hat man ihn vielleicht. Aber ich halte das für unmöglich, weil er sich selber so wenig kennt, daß er sich nicht anders als in der komplizierten Form eines langen Romans oder von fünf Romanen oder fünfzig Erzählungen ausdrücken kann. Das meinte ich mit dieser Äußerung, auf die Sie mich angesprochen haben.

Die Absicht des Autors ist nichts Geringeres als die Definition der Kunst

R. W.: Haben Sie eine Vorliebe für die eine oder andere Ihrer Figuren? Zum Beispiel für Katharina Blum, weil sie in Ihrem Werk

diejenige ist, die Ihnen am nächsten steht? Und haben Sie andererseits gewisse Figuren aus Ihren Romanen vergessen, wie z. B. Käthe Bogner aus *Und sagte kein einziges Wort,* Nella, Wilma aus *Haus ohne Hüter,* Marie aus den *Ansichten eines Clowns?*
H. B.: Das hat mit der zeitlichen Entfernung gar nichts zu tun. Katharina Blum ist mir sehr weit entrückt, weil diese Erzählung natürlich einen pamphletistischen Zug hatte, eine politische Aktualität, die nichts mit meiner Autobiographie zu tun hat. Das war für mich ein Thema, das mich sehr lange beschäftigt hat. Die Denunzierung von Menschen durch Medien, durch Massenmedien. Das ist ein altes Thema übrigens, das ist ein uraltes Thema, im Grunde ein mythisches Thema, die Ehre eines Menschen, der sich nicht wehren kann, verletzt durch Klatsch, es ist ja im Grunde ein Klatschproblem.

Nein, daran denke ich sehr wenig, und seitdem ich den Film gesehen habe, noch weniger, weil die Geschichte durch die Verbildlichung mir noch mehr entfremdet ist. Ich denke manchmal nicht an Romanfiguren, sondern an Themen der früheren Romane, weil vieles natürlicherweise unvollendet geblieben ist, in der Zeit, in der es geschrieben wurde, eine bestimmte Aktualität hatte, eine bestimmte realistische Fundierung in den sozialen, soziographischen, politischen Verhältnissen, das Thema aber ein altes war, das man nochmal entwickeln müßte. Etwa Ehe wie in *Und sagte kein einziges Wort* oder Witwenschaft, ein sehr heikles Problem, weil es meistens in der Literatur, im Film und im Volksmund auf eine sehr grobe Weise vereinfacht wird.

Eine Frau, die ihren Mann verliert, oder ein Mann, der seine Frau verliert, die er geliebt hat und mit der er noch lange hätte leben mögen, eines der heikelsten Themen, weil so viele Menschen sich betroffen fühlen können. Weil das Sexuelle oder Erotische eine Rolle spielt, aber nicht die Hauptrolle, und doch immer wieder in den Vordergrund geschoben wird, meistens wird das sehr vordergründig behandelt. Ich hab's in *Haus ohne Hüter* ich weiß nicht wie behandelt.

Solche Dinge interessieren mich, und daran denke ich, nicht an die Personen, weil mit der Personifizierung auch das Thema in dieser Form weg ist, vergessen. Ich hab nicht ein so inniges und Identifikations-Verhältnis zu den Figuren. Es kommt wieder manchmal; wenn mir Leute schreiben über einen Roman, den ich vor zehn Jahren geschrieben habe, denke ich: ach ja, so war das, so haben die das verstanden . . .

R. W.: In Ihrem Werk gibt es bevorzugte Themen, die man in allen Ihren Romanen, aber auch in den Erzählungen und Gedichten wiederfindet; im kurzen Text, im Bericht vermag man das Interesse an einem Thema länger aufrechtzuerhalten, man kann es nuancieren, Varianten anbringen. Dies vermittelt in gewisser Weise den Eindruck, als sei Ihr Werk eine logische Konstruktion rund um einen Kern von Themen, die ständig neu aufgegriffen, variiert, überarbeitet werden.
H. B.: Eben, als wir über Frau, Mann, Ehe sprachen, fiel mir ein, daß das Thema Unabhängigkeit der Frau auch noch nicht richtig angepackt worden ist. Das klassische, popularistische Emanzipations-Klischee trifft die Sache auch nicht oder, sagen wir, so ein Thema wie Abtreibung oder Geburtenkontrolle; sehr wichtige Themen sind noch nicht behandelt worden im Zusammenhang mit der Humanisierung der Welt. Auch Themen wie z. B. Schule.
Aber an Personen denke ich gar nicht mehr, an Romanfiguren. Ich glaube, ich werde keinen Kriegsroman mehr schreiben, das ist vorbei. Sehr früh hab ich das gemacht, manchmal denke ich: mein Gott, da fehlt noch was. So, in diesem Sinne, im Sinne der Ergänzung einer Problematik, denke ich daran.
R. W.: Aber immerhin doch nicht in dem Maße, daß man von Ihnen sagen könnte, Sie seien ein »Tendenzromancier«, Ihre Werke wollten etwas aufzeigen, ein zu erreichendes Ziel aufweisen, Lösungen für Konfliktsituationen, die durch den Krieg entstanden sind, nennen und anerkannte, etablierte Werte wie Ehe und Kindererziehung in Frage stellen. Das ist nicht Ihre Absicht, aber sobald man von ethischen Problemen im Werk eines Romanschriftstellers spricht, ist das Mißverständnis über seine Intentionen fast unvermeidlich.
H. B.: Nein, das ist gar nicht das Problem, sondern die elementaren Dinge, die im Leben der Menschen wichtig sind, eben wie Schule, wie Krieg, plötzliche politische Konstellationen, die zum Krieg führen. Es bleibt immer ein Rest, nicht ein ungesagter Rest, sondern ein undargestellter Rest, eine im Grunde doch zu geringe Sensibilität. Das ist eine Frage des Ausdrucks und der Sprache. Es ist sprachlich noch nicht geschafft, nicht theoretisch und nicht thesenhaft, das ist ein anderes Problem.
Das ist so ähnlich, wie wenn Sie sich von einem Menschen verabschieden für längere Zeit und Sie denken: mein Gott, eigent-

lich haben wir nur Banalitäten zusammen gesprochen, am Bahnhof, am Flughafen oder vor der Straßenbahnstation oder vor dem Haus. Und man denkt darüber nach: was hättest du eigentlich sagen sollen, sagen müssen. Gar nicht, um ein bestimmtes Programm auszudrücken, sondern um der Situation gerecht zu werden. In dem Sinne möchte ich das eine oder andere noch ergänzen, aber das werde ich nicht tun, es bleibt so wie es ist, fragmentarisch und torsohaft.
Aber Sie fragten mich, ob ich an Romane und Figuren denke. Wenn ich daran denke, denke ich an das Ungesagte im Zusammenhang mit einer bestimmten Situation.

Radikalität seit 1967

R. W.: Sie scheinen in Ihrem Werk zu betonen, daß Freiheit und geistiges Leben in unserer Gesellschaft der Geschäfte, des Handels, des Konsums und auch der Verachtung nicht mehr zu verwirklichen sind. Es ist eine Gesellschaft, die die Persönlichkeit zerstört, die ihren Reichtum und ihr Wohlbehagen aus der Ausbeutung der Masse bezieht. Sie selbst bringt aber auch die Reaktion hervor, revolutionäre Bewegungen wie die von 1967 und 1968. Sie provoziert terroristische Aktionen, Zerstörungswut. Ich denke dabei an jene jungen Linksintellektuellen, die zur sogenannten Baader-Meinhof-Bande gehörten. Hat diese Aktion, bevor sie kriminell wurde, nicht sogar bei einem recht großen Teil der deutschen Gesellschaft eine gewisse Sympathie gefunden?
H. B.: Nein, ich glaube nicht, daß diese Basis geschaffen wurde und geschaffen werden konnte in einem Land wie der Bundesrepublik, und es bringt mich auf eine Idee, daß die Konzeption der Baader-Meinhof-Leute, die ja publiziert ist, die ich nicht der Springer-Presse entnehmen muß, auf eine Weise so abstrakt und so absurd ist wie das Gerichtsverfahren; daß da etwas sehr Deutsches herauskommt.
Sympathien dieser Gruppe gegenüber hat's ganz bestimmt gegeben, und zwar, wie ich glaube, zum Teil aus ganz persönlichen Gründen, weil Ulrike Meinhof wirklich eine einmalige Kolumnistin und Theoretikerin der gesellschaftlichen Veränderung war, ohne je Waffengewalt zu predigen. Ich glaube, daß man später einmal die ganze Entwicklung dieser Gruppe, Gudrun

Ensslin, Ulrike Meinhof, Baader und die paar Leute, die jetzt noch dazu gehören und schon gefaßt sind, einmal analysieren wird und analysieren muß. Ich glaube bis heute nicht, ich betone, das ist Glauben und nicht Wissen, daß zum Beispiel Ulrike Meinhof persönlich in irgendwelche Gewalttaten verwickelt war. Es müßte auch analysiert werden, wie das Ganze entstanden ist, aus der Studentenbewegung, aus der vollkommenen Negierung der guten Impulse durch fast die gesamte Presse, besonders die Springer-Presse in Berlin – die Sache ist ja in Berlin entstanden –, durch die Verhöhnung des sozialen Engagements dieser Leute. Das muß alles noch geklärt werden.

Wenn sie Gewalttaten begangen haben, sollen sie verurteilt werden. Aber die ganze Entwicklung muß rekonstruiert werden, damit man den Personen gerecht wird und auch einer gewissen Sympathie, die sie bei Intellektuellen aller Art gehabt haben, sagen wir bis zum Jahre 1971 oder 70, wo ja noch gar nichts passiert war außer der Entführung von Baader. Ich fürchte, und das ist jetzt eine Analyse, die ich als Romanschreiber gebe, der eine bestimmte Art der Psychologie, nicht Schulpsychologie anwendet, daß die Entwicklung durch Baader verursacht worden ist, der der unklarste Kopf ist und dessen Motive am unklarsten sind. Man muß wissen, daß Gudrun Ensslin seit Jahren soziale Arbeit getan hat, sehr engagiert war, viel publiziert hat; Ulrike Meinhof desgleichen; das alles muß rekonstruiert werden, um der ganzen Erscheinung rückwirkend gerecht zu werden und auch der persönlichen Sympathie und intellektuellen Sympathie, die für Ulrike Meinhof als Kolumnistin und als Intellektuelle bestand. Das kann man doch nicht einfach als Sympathie für Gewalt bezeichnen. Wenn Sie sich vorstellen, daß ein Mann wie Peter Brückner, der natürlich Ulrike Meinhof gekannt hat – jeder fast hat sie gekannt –, daß er wahrscheinlich mit ihren Theorien sympathisiert hat, nicht nur mit ihrer Person, und sie steht plötzlich vor der Tür und sagt: kann ich bei dir schlafen heute nacht? Es ist doch albern, das rückwirkend mit all dem zu belasten, was nach 1971 möglicherweise passiert ist. Der Fall wird uns noch sehr beschäftigen, da bin ich sehr sicher, und ich hoffe, daß eines Tages ein Historiker, ein unvoreingenommener Historiker, die ganze Entwicklung vom 2. Juni 1967 bis zum Ende des Baader-Meinhof-Prozesses rekonstruiert.

Im Grunde ist es ja auch ein Kampf gegen Springer gewesen, und

daher kommt viel Sympathie, weil wir, ich meine jetzt viele Intellektuelle aller Schattierungen, auch gegen Springer sind und gegen dessen Demagogie. Manchmal verbindet einen ja nur der gemeinsame Feind, nicht das politische Programm. Das muß alles rekonstruiert werden von der ersten Demonstration in Berlin an bis zum Ausschluß der Verteidiger, die ganze intellektuelle Geschichte von Ensslin, Meinhof, Baader vielleicht und auch den anderen jungen Leuten. Insofern wird der Prozeß, wird diese ganze Problematik schon ein wichtiger Teil der intellektuellen und politischen Entwicklung der Bundesrepublik bleiben. Die Deutschen und ihre Medien scheuen sich, den geistesgeschichtlichen Zusammenhang zu sehen. Man muß ja auch überlegen, ob die totale Demagogisierung des Falls in der Öffentlichkeit nicht diese Leute psychologisch in die Ecke gedrängt hat, all das muß alles noch analysiert werden.
Aber der Vergleich mit der Bretagne, mit Korsika, auch mit Irland, ist nicht zutreffend, weil die Basis fehlt und das direkt sichtbare politische Ziel. Also, für die Bretagne kulturelle Unabhängigkeit, für Korsika vielleicht politische Unabhängigkeit, für Irland Wiedervereinigung unter sozialistischen Vorzeichen, es sind Ziele, die man ansprechen kann und die man zu verwirklichen versuchen kann. Und wenn man über Terroristen spricht, darf man auch nicht vergessen, daß einer der ehrwürdigsten und verehrungswürdigsten Staatsmänner und Politiker des 20. Jahrhunderts, ein gewisser Eamon de Valera, Präsident der Republik Irland, Ministerpräsident etliche Male, vor sechzig Jahren einer der schlimmsten Terroristen der britischen Geschichte war. Der Unterschied ist, für die Baader-Meinhof-Konzeption, die eigentlich eine Meinhof-Konzeption ist oder Mahler-Konzeption auch, habe ich bei uns nie eine Möglichkeit der Verwirklichung gesehen. Da muß man sehr lange reden über die entmutigenden Erfahrungen der deutschen Arbeiterbewegung, vor 33, nach 33, nach 45, das ist eine sehr lange Geschichte, den Zusammenhang mit Baader-Meinhof müßte man noch klären.
Aber die objektiv-intellektuelle und historische Auseinandersetzung mit der Entwicklung, sagen wir, des Anarchismus und Terrorismus in der Bundesrepublik, die ist noch nicht erfolgt. Ich wünsche mir, daß ein ganzes Team junger Historiker das alles rekonstruiert von der ersten Demonstration in dem fast total von der Springer-Presse beherrschten Berlin. Es ist ja eine andere Si-

tuation in Berlin. In der Bundesrepublik gibt's auch Springer-Zeitungen, aber unter anderem; in Berlin gehört, glaube ich, 80 % der Presse Springer.

Ein Land, das seine Geschichte erstickt hat

R. W.: Sie prangern Ungerechtigkeiten verschiedenster Art an. Sie stellen sich auf die Seite Ihrer Kollegen und engagieren sich zu ihrer Verteidigung, Sie schicken Beate Klarsfeld Blumen, nachdem sie Herrn Kiesinger, den damaligen Kanzler der Bundesrepublik Deutschland, dessen Nazi-Vergangenheit bekannt ist, geohrfeigt hatte. Sie halten den Kampf dieser mit einem Franzosen verheirateten jungen deutschen Frau für gerecht: sie verfolgt die letzten Nazis und will sie vor Gericht bringen. Und gleichzeitig beteuern Sie, es sei unwichtig, ob Ihre Figuren Nazis gewesen seien oder nicht, und die Dimension, die Sie ihnen geben, habe mit einer politischen oder geschichtlichen Situation nichts zu tun. Können Sie das erklären?

H. B.: Ja, aber sicher, zunächst sprechen wir über die Blumen. Ich will es sehr einfach ausdrücken; ich bin gegen Ohrfeigen. Und auch einen Kiesinger hätte ich nicht geohrfeigt . . . Die Blumen habe ich Frau Klarsfeld geschickt, weil nach ihrer, sagen wir, Aktion sofort die gesamte deutsche Presse, auch die liberale, von Hysterie sprach. Wenn eine Frau so etwas macht, wird sofort gesagt: sie ist hysterisch. Und das hat mich empört. Warum? Wenn es ein Mann getan hätte? Wäre der auch hysterisch? Wahrscheinlich nicht, der wäre verrückt oder töricht. Also, meine Blumen galten nur dem Vorwurf der Hysterie, den ich Frau Klarsfeld nicht mache.

Das zweite ist, daß ich einen Bundeskanzler Kiesinger für eine ziemliche Zumutung gehalten habe, verstehen Sie. Es war eine Frechheit, uns den als Bundeskanzler zu servieren und auch noch bei der großen Koalition. Es gibt ja viele begabte christlich-demokratische Politiker, warum einen mit der Vergangenheit von Herrn Kiesinger?

Ich möchte sagen, Frau Klarsfeld hat etwas getan, was wir nicht getan haben, nämlich Herrn Kiesinger massiv angegriffen. Wir haben natürlich gegen ihn polemisiert, Grass und ich und andere, weil das einfach eine Zumutung war, ein Bundeskanzler mit dieser Vergangenheit in diesem Europa von 1969, das war ein starkes Stück. Im übrigen fange ich an, Frau Klarsfeld immer mehr zu bewundern, weil sie durch manche ihrer Aktionen Punkte sichtbar macht oder sagen wir Probleme, die die Deutschen permanent verdrängen. Was mich interessiert hat bei dem Lischka-Prozeß in Köln, war folgendes: das Gericht hat offenbar versucht, französische Zeugen nicht zu laden, Überlebende der KZs, jüdische, kommunistische, jüdisch-kommunistische usw., und es gab eine massive Reaktion der französischen Öffentlichkeit von der äußersten Linken bis zur äußersten Rechten. Das haben die Deutschen nicht kapiert, das wollen sie auch nicht kapieren, daß das mit Kommunismus und Nicht-Kommunismus gar nichts zu tun hat, sondern mit der Okkupation und der Résistance. Das ist bei dem Prozeß klargeworden. Aber er hat nicht die Öffentlichkeit gehabt, die er hätte haben müssen, damit die Deutschen endlich kapieren, in welcher Situation sie sind. Diese Öffentlichkeit hat Frau Klarsfeld durch ihre Aktion geschaffen. Für mich war das ganz klar. Dann hat's ein Telefongespräch gegeben zwischen Giscard d'Estaing und Helmut Schmidt, glaube ich, und plötzlich waren die Zeugen vor Gericht.

Das zweite ist etwas, was mich sehr überrascht hat, wieder ein juristisches Problem: ich weiß nicht, wieviel hat die Klarsfeld bekommen, zwei Monate? Entführung ist eines der schwersten Verbrechen in der Welt. Die ganze deutsche Presse schreit mit Recht über die Entführung von Herrn Lorenz, aber komischerweise kriegt eine Entführerin oder die Frau, die eine Entführung versucht hat, zwei Monate mit Bewährung. Ich bin damals von einer Gruppe in Köln, alten Widerstandsleuten, gebeten worden, gegen dieses Urteil zu protestieren, und ich habe ihnen gesagt, wenn ich protestiere, protestiere ich nur gegen die geringe Strafe. Wie kommt es denn, daß eine Frau, die einen Mann entführt hat oder entführen wollte, nur zwei Monate kriegt und daß sich kein Jurist darüber aufregt?

Ich hätte gerne einen Leitartikel in unserer guten *Frankfurter Allgemeinen Zeitung* gelesen, wieso Entführung oder versuchte und zugegebene Entführung nur mit zwei Monaten auf Bewährung bestraft wird. Das beweist doch eine vollkommene Unsicherheit, Rechtsunsicherheit, wieso darf ich einen alten Nazi entführen und kriege nur zwei Monate dafür? Diese zwei Monate für Beate Klarsfeld auf Bewährung bei zugegebenem Entführungsversuch müßten eigentlich Franzosen sowohl wie Deutsche sehr nachdenklich machen, in welchem Land leben wir eigentlich?

Meine Antwort: Wir leben in einem Land, das seine Geschichte verdrängt hat, den Krieg, die Judenverfolgung – in einem Land, das sich Illusionen über seine Beliebtheit macht.

Hinter dieser kleinen Beobachtung – 2 Monate für versuchte Entführung, während in der ganzen Welt über Entführungen geschrien und gezetert wird – verbergen sich zehn Romane mit zeitgenössischem Hintergrund.

Bescheidenheit verweigern

R. W.: Der Schriftsteller Heinrich Böll kümmert sich auch um die materielle Situation des Schriftstellers in der Bundesrepublik Deutschland. Wie lebt ein Schriftsteller in Ihrem Land? Gut? Schlecht? Hat er die Möglichkeit, sich gegen seine Verleger, gegen Presse, Rundfunk und Fernsehen zu verteidigen? Sie waren einer der Begründer des Schriftstellerverbandes und haben als Präsident des internationalen PEN-Clubs Position bezogen. Was wollten Sie sagen mit Ihrer Rede, die den Titel trug *Ende der Bescheidenheit*?

H. B.: Der PEN-Club hat mit autorenrechtlichen Dingen gar nichts zu tun, er arbeitet aber international und national immer mit den Autorenverbänden zusammen, stützt sie. Ich habe gar nicht viel getan in der Bundesrepublik, ich habe diese Rede gehalten, um an einigen Details klarzumachen, daß ein Buch in dem Augenblick, wo es fertig ist, zu einem kommerziellen Artikel wird. Man redet sehr viel über Literatur, über formale Dinge, gut, das muß alles sein, und ich glaube nicht, daß es sehr viele Autoren gibt, die, während sie etwas schreiben, ein Gedicht oder einen Roman, das Kommerzielle im Auge haben. Aber in dem Augenblick, wo das Manuskript auf dem Tisch des Verlages liegt und akzeptiert ist, wird ein Buch zu einem kommerziellen Gegenstand.

Und ich finde eben und ich fand, daß der kommerzielle Anteil, den der Autor hat, zu gering ist, und daß die Autoren als Sozialpartner zu devot alles haben über sich ergehen lassen. Das hat vor allen Dingen die Übersetzer betroffen. Ich habe sehr viel übersetzt, meine Frau noch mehr, und wir haben das oft genug erfah-

ren, daß man ein pauschales Honorar bekam, und ein Buch wurde ein Erfolg, und man bekam nichts mehr. Das gibt's wahrscheinlich hier auch, das ist international, daß das Honorar der Übersetzer eine kriminelle Sache ist. Diese Situation mindert nachweislich die Qualität der Übersetzung – man sollte einmal eine internationale Kommission Übersetzungen prüfen lassen. Und diese Dinge habe ich einfach einmal studiert, analysiert, hab mir Unterlagen verschafft und hab bei der Gründung des Autorenverbandes auf diese Details hingewiesen. Mehr nicht. Diese sozial-politischen Erkenntnisse sind dann vom deutschen Schriftstellerverband übernommen worden, und Dieter Lattmann, der dann für die SPD ins Parlament gewählt wurde, hat die Sache vertreten, und er hat immerhin durchgesetzt, daß es den sogenannten Bibliotheksgroschen gibt.
Es gibt ja noch eine merkwürdige Form der Ausbeutung, die in den Bibliotheken erfolgt, nicht Schuld der Bibliothekare und auch nicht Schuld der Leser. Wir wollen ja die Leser nicht mit Honoraren belasten und auch nicht die Bibliotheken, aber es ist so: die Bibliothek schafft ein Buch an, der Autor bekommt sein Honorar für ein Exemplar, manche Bücher werden aber fünfzig- bis hundertmal ausgeliehen. Und wir fanden die Abfindung für den Autor dann zu gering und dachten, daß das ausgeglichen werden sollte, und da hat's ein Gesetz gegeben über den sogenannten Bibliotheksgroschen, das ist eine minimale pauschale Abfindung für jede Ausleihe. Das Geld wird gesammelt, von einer Gesellschaft verwaltet und an Autoren, an Witwen, an Hinterbliebene, auch an lebende Autoren, verteilt. Es gab bei uns ein Gesetz, das war geradezu verrückt, daß Abdrucke von Autoren in Schulbüchern und in kirchlichen Publikationen honorarfrei waren, nicht nur honorarfrei, sondern auch redigierbar und zensierbar. Man konnte also streichen in einem Text, so sagen wir mal, wenn eine Frau mit einer nackten Brust rumlief. All das haben wir einmal aufgeräumt, und da sind Gesetzesänderungen erfolgt. Inzwischen müssen Abdrucke von Prosa oder Gedichten in Schulbüchern nicht nur vom Autor genehmigt werden, auch Kürzungen müssen genehmigt werden, das ist sehr wichtig, weil man ja den Schulkindern die Literatur in reduzierter oder kastrierter Form geboten hat. Und die Autoren müssen auch honoriert werden.
Da habe ich nicht sehr viel daran getan, ich hab das nur mal zu-

sammengefaßt und geklärt und meinen Kollegen klargemacht, daß in einer kapitalistischen Welt, die den Besitz anbetet, ausgerechnet das bißchen Besitz, das ein Autor hat, vogelfrei war. Sehr merkwürdig. Und ausgerechnet Autorenrechte wurden für Schulbuch und kirchliche Zwecke honorarfrei per Gesetz gegeben. Ich bin darauf gekommen, weil mir gelegentlich Freunde geschrieben haben von Lyrikern, die wirklich nicht wußten, wie sie ihre Miete zahlen sollten, deren Gedichte aber immer wieder honorarfrei in Schulbüchern abgedruckt wurden. Und eben diese Dinge haben wir einmal geklärt, mehr nicht.

Von Peter Huchel zu Solschenizyn

R. W.: Ihre Bücher wurden in der ganzen Welt übersetzt und erscheinen auch in der DDR. Ihre Reputation in jenem anderen Deutschland hat es Ihnen vielleicht ermöglicht, einigen Ihrer Kollegen, die jenseits der Mauer leben, zu helfen. Der große Lyriker Peter Huchel, der lange Jahre die Zeitschrift *Sinn und Form* leitete, eine der besten deutschen Literaturzeitschriften, wurde vor etwa zwölf Jahren von den DDR-Behörden zum Schweigen verurteilt. Heute lebt er im Westen. Darf ich Sie fragen, was Sie unternommen haben, um Peter Huchel beizustehen, um ihn aus dem Schweigen, aus seinem »Gefängnis« herauszuholen und ihm für seine letzten Jahre ein vielleicht ärmliches, aber doch freies Leben zu ermöglichen?
H. B.: Ich glaube, daß man nie genau herauskriegen wird, welche Rolle ich da gespielt habe. Es gab sehr viele Aktionen und Aktivitäten zugunsten von Peter Huchel, und ich habe nicht mehr getan als etwas ganz Selbstverständliches. Als ich Präsident des deutschen PEN-Clubs wurde, habe ich den Fall Huchel in den Akten gefunden. Meine Vorgänger hatten schon viel unternommen, Briefe geschrieben, usw., auch eine internationale Aktivität in der Londoner *Times* für Huchel entwickelt, auch einen Brief an Ulbricht geschrieben, und ich habe einfach diese Korrespondenz mit Organen der Deutschen Demokratischen Republik weitergeführt. Ich habe Peter Huchel ein paarmal besucht, ich kannte ihn persönlich schon länger, und dann eines Tages rief er mich an und sagte: ich darf in die Bundesrepublik ausreisen. Ich glaube wirklich nicht, daß meine Rolle dabei so groß war, vielleicht war's der letzte Tropfen im Faß, verstehen Sie, das mag

sein. Wir werden's nie herauskriegen, auch Peter Huchel nicht, was wirklich alles dahinterstand an Aktivitäten und Aktionen, die ja auch zum Ziel hatten, daß er wieder publizieren konnte. Ich war Präsident des deutschen PEN geworden und fand den Fall und kannte Huchel und habe mich dann mit Schwab-Felisch zusammengetan, der sehr viel für Huchel getan hat. Er war damals, glaube ich, Sekretär des PEN-Clubs, wir haben das gemeinsam gemacht.

R. W.: Ich will Ihnen keine indiskreten Fragen stellen. Aber man sollte doch sagen, was Sie getan haben, um den sowjetischen Intellektuellen zu Hilfe zu kommen, die in ihrer Gedankenfreiheit, in ihrer schriftstellerischen Freiheit, ja selbst in ihrer Freiheit zu leben, bedroht sind. Sie haben Solschenizyn gerettet . . .

H. B.: Nein, aber fahren Sie fort.

R. W.: Sie haben Manifeste und offene Briefe veröffentlicht, um Amalrik, Sacharow, Bukowski, Glossmann und viele andere, auch unbekannte, Wolgadeutsche, die niemand kennt, zu verteidigen. Darin ähneln Sie in gewisser Weise dem von Ihnen bewunderten Jean-Paul Sartre: er könnte schweigen und Sie auch, aber genau wie er schweigen Sie nicht.

H. B.: Auch das war weitaus weniger heroisch, als es klingt. Ich bin im Jahr 1962 zum erstenmal in die Sowjetunion gefahren, und zwar als Mitglied einer offiziellen Delegation der Bundesrepublik. Ich wollte gar nicht, weil ich mitten in der Arbeit an einem Roman war und es mich sehr störte, aber es war ausgerechnet eine Regierung Adenauer, die sagte: also ohne Sie hat das keinen Sinn, und die Russen haben dasselbe gesagt, weil ich damals in der Sowjetunion schon ziemlich bekannt war. Bin also hingefahren, habe einige sehr unangenehme Dinge erlebt, aber das Wichtigste war: ich habe sofort mit einigen sowjetischen Kollegen persönliche Freundschaft geschlossen, richtige persönliche Freundschaft.

Und aus dieser Freundschaft und der Bekanntschaft mit anderen haben sich viele Dinge entwickelt. Ich habe mich dann mit der Problematik der nicht-publizierten Schriftsteller in der Sowjetunion beschäftigt, der Fall Solschenizyn fing ja an mit *Krebsstation,* die nicht mehr erscheinen durfte, von daher hat sich ja das ganze Problem entwickelt und immer mehr verhärtet und immer neue Dimensionen angenommen. Ich bin öfter hingefahren, ich habe mich immer wieder informiert, ich habe auch mit den Offi-

ziellen im Schriftstellerverband gesprochen, mit denen ich mich überhaupt nicht verstand, und das eine hat sich aus dem anderen ergeben. Und dann kam es so, daß ich Präsident des internationalen PEN-Club wurde und damit geradezu die Verpflichtung übernahm, aktiv zu werden. Wenn man schon berühmt ist, ja, nehmen wir das mal an, dann kann der Ruhm nur den Sinn haben, daß man ihn zum Vehikel benutzt, anderen zu helfen. Wenn ich schon in der Sowjetunion ein bekannter Autor bin, und das war ich und bin ich, dann wollte ich diese Bekanntheit auch benutzen, um anderen zu helfen. Das war für mich eine Selbstverständlichkeit, das hängt mit meiner Biographie zusammen, mit dem Erlebnis des Faschismus, Nachkrieg usw., das ist eigentlich alles so logisch wie eine lineare Gleichung.
Die Sache ist dann heftiger geworden, weil wirklich persönliche Freundschaft entstand. Es ist ja etwas anderes, ob Sie abstrakt aus irgendeinem humanistischen Engagement heraus für jemanden etwas tun, schreiben oder Telegramme schicken oder unterschreiben, oder ob Sie jemand persönlich kennen und mit ihm befreundet sind, da kommt eine andere Dimension hinein, die einen heftiger engagiert, und dieses heftige Engagement nützt dann natürlich auch wieder Unbekannten. So, das ist es. Ich sage das nicht aus Bescheidenheit – ich bin nicht bescheiden –, sondern aus Wirklichkeitssinn.
R. W.: Sie sagten eben, Sie hätten Solschenizyn nicht gerettet. Meine Frage war falsch gestellt. Aber auch Ihre Antwort ist nicht völlig zufriedenstellend. Seien Sie ehrlich: wie hätte Solschenizyn ohne Sie, ohne Ihr Einschreiten, die Sowjetunion verlassen können?
H. B.: Ich glaube, daß Solschenizyn sich selber gerettet hat, durch seine Hartnäckigkeit ist zu wenig gesagt, durch seine Ablehnung jedes Komprommisses und auch dadurch, daß er sich als Autor national und international in eine Position gebracht hat und gebracht worden ist, die ihn fast unangreifbar machte. Die Verhaftung am Tage vor seiner Abschiebung war wahrscheinlich ein Verzweiflungsakt der sowjetischen Regierung. Ihn wirklich einzusperren, wäre unmöglich gewesen, weil er ja gar kein Vergehen begangen hatte. Er hatte nur im Westen ein Buch publiziert. Es ist alles seine eigene Kraft und Unerbittlichkeit gewesen, glaube ich. Man wird über den Fall später noch viel, viel schreiben müssen, viel drüber nachdenken müssen, die ganze

Entwicklung vom Verbot der *Krebsstation* bis zur Ausweisung noch einmal rekonstruieren müssen. Er hat es selber in *Eiche und Kalb* auf eine sehr kluge und einleuchtende Weise getan.
Die sowjetischen Behörden haben sich, sogar abstrakt gesehen, sehr dumm verhalten. Man kann an dem Fall Solschenizyn die Klugheit eines Autors, der nicht nachgeben kann, und die Dummheit einer politischen Linie genau analysieren. Wenn man Solschenizyn nicht ausgewiesen hätte, sondern ihn nur weiterhin, wie man's Jahre gemacht hat, auf eine fürchterliche Weise isoliert und unter Druck gesetzt und abgehört und provoziert und terrorisiert hätte, wäre der *Archipel Gulag* wahrscheinlich nicht ein solcher Welterfolg geworden. *Archipel Gulag* und die vielen anderen Publikationen über die Straflager, die Exekutionen, über die ganze Entwicklung des Terrors in der Sowjetunion wären niemals in dieser Quantität verbreitet worden.
Unabhängig von meiner Verehrung und Sympathie und Freundschaft für Solschenizyn, ist dieser Fall, wenn ich ihn abstrakt sehe, der klassische Fall der Dummheit von Politikern und der Klugheit von Autoren, und zwar der *politischen* Dummheit von Politikern und der *politischen* Klugheit von Autoren. Das muß nicht immer eine Frage des Charakters sein; Solschenizyn hat einen großen Charakter. Aber wir kommen da wieder auf die Moral der Sprache. Ein Autor, der seine Sprache preisgibt und bestimmte Dinge verschweigt und unterdrückt, der ist sowieso verloren. Ob eine Regierung ihn ausweist oder einsperrt oder nicht. Das hat's bestimmt in der Sowjetunion gegeben, Leute, die diese Moral der Sprache verraten haben. Eine große Dummheit wie die Ausweisung Solschenizyns zieht viele Dummheiten nach sich, weil die Regierenden, die Mächtigen, die Politiker, die glauben, so klug zu sein, eins nie können, sie können nie zugeben, weder innerlich noch außen, daß sie eine Dummheit begangen haben.
Ich sehe die Entwicklung in der Tschechoslowakei in einem ähnlichen Zusammenhang. Ich könnte mir denken, daß zwei Monate nach der Invasion – und Solschenizyns Schicksal hat mit der Entwicklung in der Tschechoslowakei zu tun –, daß man zwei Monate oder drei Wochen oder eine Woche nach der Invasion möglicherweise im Kreml gedacht hat: um Gottes willen, das war eine Dummheit. Weil man aber die Dummheit nicht zugeben kann, vor sich selber nicht und nach außen nicht, kommt die

Konsequenz von hunderttausend anderen Dummheiten hinzu, und wenn Sie die Entwicklung in der Tschechoslowakei heute sehen, wo eine Kultur regelrecht getötet wird, auf den Friedhof gelegt wird, nur noch im Untergrund und im Widerstand lebt, dann wäre das ein Anlaß, über diese Dummheiten sehr lange nachzudenken. Ich habe Solschenizyn kennengelernt, wir haben uns befreundet, und ich habe nicht nur als Präsident des PEN-Clubs, das war eigentlich nebenbei, auch als bekannter Autor immer wieder auf den Fall hingewiesen, ich habe vor allen Dingen über ihn geschrieben, das war das Wichtigste, seine Bücher gelesen und rezensiert und auf ihn aufmerksam gemacht als Autor; gerettet hat er sich selber.

R. W.: Warum soll es so natürlich, so selbstverständlich sein, über einen Autor zu schreiben, wenn man selbst Autor ist? Es gibt doch viele Schriftsteller, viele Autoren, die es nicht tun, die sich in Schweigen hüllen.

H. B.: Nun ja, mich interessiert eben Literatur und auch das, was andere schreiben, weil ich mich in einem Zusammenhang sehe. Hätte Franco vor fünf Jahren gesagt: Ich bin alt, jetzt höre ich auf, wäre er möglicherweise als ein ganz anderer Mensch in die Geschichte eingegangen. So hat erst der Tod ihn von den Dummheiten seiner Regierung erlöst. Es hat mich immer wieder überrascht, daß alte Staatsmänner oder alte gefestigte Systeme nie nachgeben können. Es war dasselbe mit Adenauer; er hat eine große Periode gehabt, er war für die Bundesrepublik unersetzlich, das sage ich, obgleich ich in weltanschaulichen Dingen viel gegen ihn gehabt habe, und er hätte, was weiß ich, spätestens 1959 zurücktreten müssen. Aber er mußte und mußte bleiben, und er mußte diese törichten Manipulationen machen, Bundespräsident oder nicht und dann nochmal Kanzler, in dieser harten Vergreisung dann sehr böse werden auch gegenüber seiner eigenen Partei. Ich denke heute manchmal, daß alle Krisen der CDU-CSU im Grunde noch Adenauer-Krisen sind.

Warum kann ein Staatsmann, wenn er 75 ist und merkt, daß er alt wird, nicht sagen: ich gehe. Warum kann die Sowjetregierung nicht einsehen, welche ungeheure Dummheit sie im Falle Solschenizyn begangen hat, wie kann sie diese Politik der Unterdrückung und Manipulation, des Einsperrens in Irrenhäuser oder Gefängnisse betreiben?

»Das andere Deutschland« oder die DDR

R. W.: Zu Beginn dieses Gesprächs haben Sie gesagt, Sie fühlten sich voll und ganz als Deutscher, als Bürger der Bundesrepublik Deutschland. Was empfinden Sie denn dann, wenn Sie »drüben« sind? Ich weiß, dieser Ausdruck »drüben« klingt irgendwie verächtlich, unangenehm; aber die Grenzen bestehen ja nun einmal, sie sind sogar durch Stacheldraht markiert und durch Minenfelder geschützt. Eine Mauer hat Berlin in zwei Teile geteilt. Deutschland ist geteilt. François Mauriac schrieb einmal in seinen *Bloc-notes,* er könne mit einem Auge schlafen, seit er wisse, daß Deutschland geteilt ist, sollte es aber wiedervereinigt werden, könne er überhaupt nicht mehr schlafen. Wie denken Sie über die Teilung Deutschlands? Über die DDR? Wie sehen Ihre Beziehungen zu Ihren Kollegen aus dem anderen Deutschland aus? Haben Sie niemals daran gedacht, ein Buch über jenes »andere Deutschland« zu schreiben?
H. B.: Nun, die Teilung Deutschlands ist eine Konsequenz des Zweiten Weltkriegs. Und da wir, ich sage wir Rheinländer und speziell ich in meiner Familie, anti-preußisch und anti-bismarckisch erzogen sind und die Reichsgründung 1870 eigentlich für eine Art Schwindel gehalten haben, ist die sogenannte Einheit Deutschlands für mich kein unersetzlicher Wert gewesen. Und da wir den Zweiten Weltkrieg bewußt erlebt haben, seine Ursachen, seine Folgen für Europa, und da immer noch verlorene Kriege mit Gebietsverlust bezahlt werden und auch mit Verlust von Einflußsphären, ist die Teilung Deutschlands eine bittere Konsequenz des Zweiten Weltkrieges, vielleicht sogar eine Konsequenz des Bismarckschen, etwas verkrampften Versuchs der deutschen Einheit, ganz sicher eine Folge auch des Ersten Weltkriegs, das wäre meine Meinung zum politisch-geschichtlichen Aspekt der Teilung.
Die andere Frage ist, unter welchem politischen System diese Deutschen da leben. Das ist eine ganz andere Frage, das bewegt mich natürlich, es würde mich bewegen, auch wenn es Tschechen wären oder Polen. Ich denke, daß Deutschland, das Deutschland von 1918 bis 45, in einem latenten Bürgerkrieg zwischen rechts und links oder sagen wir zwischen Kapitalismus und Sozialismus gelebt hat. Es konnte sich nicht entscheiden, es hat den Bürgerkrieg vermieden, die Kräfte, die ich in einem an-

deren Zusammenhang genannt habe, haben Hitler installiert, um den Bürgerkrieg zu vermeiden auch und in dem Glauben, es würde vielleicht gutgehen. Da die Deutschen sich nicht selber vom Faschismus befreit haben, vielleicht auch nicht befreien wollten, ich weiß das nicht, wenn man von den paar einzelnen Aktionen absieht, sind sie durch die vier alliierten Mächte befreit worden; die Entscheidung zwischen Kapitalismus und Sozialismus ist ihnen abgenommen worden.

Der eine Teil ist sozialistisch oder kommunistisch, wie immer man will, der andere ist kapitalistisch. In dieser Konfrontation, die vielleicht künstlich war und ist, liegt das Schicksal des geteilten Deutschland. Der Staat als solcher, die DDR, ist mir absolut fremd, auch zu preußisch. Das fängt an mit Details, wenn ich die Grenze überschreite, wenn ich die Uniform der ehemaligen deutschen Wehrmacht sehe, wenn ich angeschnauzt werde, weil ich eine Zigarette im Mund habe. Diese Details sind für mich sehr deutsche Details, denn es ist schon ganz anders, wenn Sie die Grenze nach Polen überschreiten oder auch in die Sowjetunion, da wird man kontrolliert, da gibt es Zöllner, Paßkontrolle, alles ganz normal. Bei den Behörden in der DDR, bei den Zöllnern merkt man, wie soll ich das nennen: nicht Arroganz, ja etwas wie Arroganz und gleichzeitig Untertänigkeit, eine merkwürdige Mischung. Das ändert sich natürlich in meinem Fall, das muß man dazu sagen. Ein Prominenter wird anders behandelt. Da ich aber oft ganz anonym, normal die Grenze überschreite, werde ich auch den normalen Prozeduren unterworfen, und was ich am schlimmsten finde, ist, wie man seine eigenen Landsleute da drüben bei der Kontrolle behandelt. Kleinigkeiten, die für mich sehr bezeichnend sind: wenn da zum Beispiel ein Großvater aus West-Berlin zurückkommt, hat eine Tüte in der Hand, vielleicht mit Schokolade für seine Enkel oder Strümpfen für seine Schwiegertochter. Die absolute Verächtlichkeit und auch Härte, mit der all die kleinlichen Vorschriften befolgt werden, erschrecken mich. Der Staat in seiner Abstraktheit ist mir fremd, es kommt hinzu, daß wir Westdeutsche Ostdeutschland nie richtig gekannt haben, ich jedenfalls nicht. Ich war fünfzehn Jahre alt, als die Nazis kamen, viel Geld zum Reisen hatten wir nicht, und wenn ich die Landschaft in der DDR sehe und die Menschen kennenlerne, unabhängig von ihrer politischen Funktion oder Position, empfinde ich etwas wie Verlust. Erstens, weil ich das

Land nie richtig gekannt habe, ich habe Ostpreußen nicht gekannt, Schlesien nicht, Sachsen nicht, Brandenburg nicht, Berlin nicht. Seither bin ich ein paarmal mit dem Auto durch die DDR gefahren, auch natürlich mit dem Zug, und habe ein Gefühl des Verlustes gehabt, weil diese Landschaft doch sehr deutsch ist, und weil die Menschen, die dort leben, mehr Wärme und Ruhe ausstrahlen als die Westdeutschen, die sehr, sehr selbstbewußt, schnell, ein bißchen oberflächlich sind.

Verstehen Sie, das ist das andere. Und ich kenne natürlich die Literatur, die deutsche, die dort entstanden ist, ich kenne die Malerei, die dort entstanden ist, und dann kommt ein ganz anderer Einstieg. Auch wenn Sie eine Künstlerin wie Käthe Kollwitz sehen, die eine Ostpreußin war; diese Art von Intensität, Tiefe und auch Ruhe fehlt uns. Die Flüchtlinge, die aus diesen Teilen Deutschlands in die Bundesrepublik gekommen sind, es sind zwölf Millionen oder zehn, haben, so scheint es, die Qualitäten des Ostens nicht aufrechterhalten können, weil sie in den hektischen Betrieb des Wiederaufbaus, des notwendigen Wiederaufbaus, hineingezogen wurden. Einige von ihnen versuchen auch rührend, aber wie ich glaube vergeblich, die Qualitäten ihrer Kultur in Vereinen, Museen zu erhalten. Wenn man Kulturen nur noch museal erhalten kann, sind sie fast schon nicht mehr da. Ich bin dafür, daß sie erhalten werden, damit man nicht vergißt, was alles dort an Qualitäten, an speziell ostdeutschen Qualitäten, existiert hat. Aber eingebracht in unseren Staat haben sie sie nicht. Die Bundesrepublik ist ein sehr kleines Land, das vergißt man, territorial glaube ich kaum ein Drittel von Frankreich, wahrscheinlich ein Viertel von Spanien, mit sehr viel mehr Einwohnern, also ein sehr enges Land, sehr eng, sehr dicht besiedelt. In einem solchen Territorium entstehen natürlich Hektik und Nervosität. Und die Flüchtlinge aus Ostdeutschland sind in dieses Lebensgefühl hineingezwungen worden, jedenfalls haben sie die Qualitäten dieses deutschen Ostens als Ganzes, diese größere Gelassenheit, auch die Öffnung nach Osten hin, nicht eingebracht in die Bundesrepublik.

Ich habe einen Autor aus der DDR gekannt, der inzwischen verstorben ist. Wir haben uns einmal ziemlich betrunken über die Teilung Deutschlands unterhalten, und er endete mit einem Witz, der sehr makaber klingt, er sagte nämlich: Deutschland ist gar nicht geteilt genug. Ich vermute, das hängt damit zusammen,

daß die Reichsgründung 1870 eine ziemlich künstliche, gezwungene Sache war. Lebten die Menschen im östlichen Deutschland nicht in einem politischen System, das, wenn nicht terroristisch, so doch totalitär ist, und gäbe es nicht diese idiotische Grenze mit den tausend Sicherungen und den ewigen Schießereien und die fürchterliche Mauer, würde ich die Teilung Deutschlands unter möglicherweise föderativen Bedingungen nicht beklagen.
Das liegt aber wirklich daran, daß wir im Rheinland und besonders im westlichen Rheinland sehr anti-bismarckisch und anti-preußisch erzogen sind. Dieses deutsche Reich war für uns ein preußisches Gebilde, und die Preußen haben auch nicht gerade viel Freundlichkeit in das deutsche Leben im Westen gebracht, das muß man verstehen. Ich würde wahrscheinlich anders darüber denken, wenn ich in Sachsen oder Ostpreußen geboren und anders erzogen wäre. Aber ich bin ganz bewußt anti-preußisch und besonders anti-bismarckisch erzogen worden, weil meine Eltern als Kinder den Kulturkampf miterlebt haben. Das muß man den französischen Lesern erklären. Der Kulturkampf war offenbar doch härter, als man heute weiß und glaubt, er war eine richtige Religionsverfolgung, und das hat das politische und auch religiöse Bewußtsein meiner Eltern natürlich geprägt, und sie haben das auf uns übertragen. Nicht in seiner Totalität, aber als Haltung und Stimmung gegenüber diesem deutschen Reich.
Die DDR ist mir als Staatsgebilde und als Organisation vollkommen fremd. Die spezielle Art der Bürokratie, die es da gibt, erschreckt mich. Ich habe keine persönliche Angst, aber die spürbare, total subordinierte Organisation ist mir fremd, sehr fremd. Und da das alles dort mit einer Perfektion läuft, die eben doch ziemlich deutsch zu sein scheint, macht das Deutsche daran mir noch fremder. Man glaubt, man spricht dieselbe Sprache, natürlich sprechen wir dieselbe Sprache, und ich kann mich mit den Leuten verständigen, trotzdem sind Begriffsverschiebungen da, vor allen Dingen Entwicklungen nach 45 entstanden, die für viele Bewohner der DDR vieles selbstverständlich machen, was für uns vollkommen fremd ist. Etwa die bürokratischen Dinge, Anmelden, früh genug über die Grenze, da, wo sich der Staatsapparat oder Polizeiapparat deutlich zeigt, scheinbar harmlos, aber wohl organisiert und fest, das ist mir vollkommen fremd. Und weil es ein deutsches Land ist, fremder als ein fremdes Land.

Was meine Kollegen betrifft, die Schriftsteller, so kenne ich einige sehr gut, wir sind befreundet, ich besuche sie oder sie besuchen mich. Wir reden natürlich auch über politische Details, vor allen Dingen über Zensur-Geschichten, über das Schicksal von Biermann und anderen. Es besteht keine persönliche Feindschaft per politischem System. Aber auch sie sind natürlich diesem System unterworfen und dieser Bürokratie ausgeliefert, und auch sie sind an vieles gewöhnt, vieles ist für sie selbstverständlich, was für uns fremd ist.
Und was die Mauriacsche Bemerkung anbetrifft, so kann ich sie natürlich gut verstehen. Er hat es sehr hart ausgedrückt, und es ist sehr einfach, ein fremdes Volk geteilt zu wünschen. Aber ich verstehe Mauriacs Vorstellung; wenn man diese beiden Deutschland zusammensieht, unabhängig vom politischen System, mit ihren Armeen, mit ihrer funktionierenden Wirtschaft, denn die DDR ist das Wirtschafts-Wunderland des gesamt-sozialistischen Blocks, das könnte schon ein beängstigendes Gebilde werden.
Ich bin nicht dafür, daß man über andere Völker in dieser Weise spricht; ich finde das zu hart, politisch kann ich's verstehen, menschlich nicht. Ich habe nicht den Wunsch, Frankreich geteilt zu sehen. In der Äußerung Mauriacs liegt natürlich auch eine unmenschliche Arroganz, weil diese Teilung Deutschlands, unter diesen beiden politischen Systemen, in der DDR immerhin für siebzehn Millionen Deutsche oder achtzehn Millionen Deutsche das totale Polizei-System, die Menschen verurteilt zu einer Existenz, die sie gar nicht wollen. Man kann darüber streiten, ob Deutschland wiedervereinigt ein beruhigender Faktor in Europa wäre, ich zweifle daran. Aber man kann nicht ein existierendes Gewebe des politischen Systems wie die DDR einfach einem Volk verordnen.

Ein Sozialismus, der nicht aus der Kälte kommen wird

R. W.: Sie haben harte Urteile gefällt über die großen Parteien der Bundesrepublik. Die CDU hätte, nach Ihren Worten, das Christliche in Ihrem Lande zerstört; und gleicherweise wäre die SPD für das Verschwinden des Sozialismus verantwortlich. Diese beiden Parteien lägen in Agonie. Urteilen Sie auch nach der Regierungszeit von Willy Brandt noch so brutal, so scharf?

H. B.: Nein, ich habe das geschrieben, ich glaube im Jahre 1966 in einem Zusammenhang, der satirisch und ironisch zugleich war. Bei meiner Meinung, daß die CDU, eine Partei, die sich christlich nennt und damit auch christliche Gedanken besetzt, das Christliche in Deutschland zerstört hat, dabei bleibe ich. Das bedeutet natürlich nicht, daß diese Parteien in ihrer gesamten Personalität und in ihrer gesamten Wählerschaft anti-christlich sind. Aber die Reduzierung des Christlichen auf die Verteidigung des Privatbesitzes und einiger Privilegien erscheint mir bis heute tödlich. Es gibt Anzeichen dafür, daß sich das in der CDU ändert, und ich will nicht ausschließen, daß sich das in anderen Programmen und in einer anderen Attitüde niederschlägt.
Mit Willy Brandt, mit der Ostpolitik, sagen wir, mit der Bereinigung der Reste von 45 in Europa, hat auch die SPD einen anderen Rang bekommen, aber ich fürchte, daß dieser Rang, diese Größe auf Willy Brandt beschränkt bleibt, der in diesem Sinne kein Pragmatiker war, kein bloßer Pragmatiker, und das war seine Größe. Inzwischen wird in Europa pragmatische Politik gemacht, ganz gleich, ob von Christdemokraten oder Sozialdemokraten. Und im Zusammenhang mit dem Wort Sozialismus und mit der Schwierigkeit, die dieses Wort in der Bundesrepublik hat, darf man nicht vergessen, daß die DDR ein sozialistischer Staat ist, ein unmittelbarer sozialistischer Nachbar, der nicht sehr einladend wirkt. Und daß junge Leute, die sozialistische Ideen vertreten, sofort auf DDR-Modelle festgelegt werden, die sie gar nicht wollen. Es ist sehr schwer mit dem Wort Sozialismus in der Bundesrepublik. Das muß man in Europa verstehen. Es gibt außer Österreich und Italien, glaube ich, kein Land, das an einen sozialistischen Staat grenzt. Und wir sind konfrontiert mit einem sozialistischen Staat, der sogar deutsch ist, und man denkt sich immer: nun ja, wenn die Deutschen Sozialismus machen, dann wird das so wie in der DDR.
Ich glaube, daß der sozialistische Gedanke nur im Zusammenhang mit Europa in Deutschland eine Chance hat. Von Großbritannien, Frankreich, Italien, Spanien aus. Und insofern erscheint mir die Propagierung eines vereinten Europas, auch von CDU-Politikern sehr heftig propagiert, ein bißchen selbstmörderisch, Gott sei Dank, möchte ich hinzufügen. Wir sind ja umzingelt oder umgeben von großen Staaten, Frankreich, Italien, Spanien kann man fast schon dazurechnen und Portugal, also

westeuropäischen Staaten, die möglicherweise einmal eine sozialistische Regierung haben werden. Vielleicht auch Frankreich in fünf Jahren, ich weiß es nicht. Die Bewährung des sozialistischen Gedankens oder irgendwelcher sozialistischen Vorstellungen kann nur von Westeuropa in die Bundesrepublik vordringen, niemals aus Osteuropa, aus vielen Gründen, über die wir schon gesprochen haben. Die Erfahrung des Krieges, die Erfahrung der Besetzung, die Erfahrung der DDR, die Konfrontation mit ihr, und die SPD, die sozialdemokratische Partei, kann es sich gar nicht leisten, sozialistische Gedanken bis in die Spitze eindringen zu lassen.

Aber kommen wir zurück auf diese meine überspitzte Äußerung; in der Übertreibung, die darin liegt, entdecke ich immer noch ein bißchen Wahrheit. Die Regierung Schmidt ist schon ganz anders als die Regierung Brandt. Und in der gegenwärtigen Situation der Bundesrepublik mit vielen Arbeitslosen, einer bestimmten Krise, die noch nicht gefährlich ist, aber eine Krise ist, wird ganz deutlich, daß die Arbeitgeberverbände die Situation ausnützen wollen. Sehr, sehr übertrieben gesagt, ist deren Lösung für die augenblickliche Schwierigkeit Steuererleichterungen für die Unternehmer, also höhere Gewinne und keine Lohnerhöhungen für die Arbeiter. Die Formel ist deutlich durchzuhören. Und wenn Sie das sehen und wenn Sie sehen, wie man die Arbeiter einschüchtern kann mit der Menge der Arbeitslosen und auch ein bißchen Lohndrückerei betreibt, verstehen Sie, daß eine Form des Sozialismus zu erwägen wäre.

R. W.: Sie haben geschrieben, den meisten jungen Deutschen sei die geistige Auseinandersetzung mit dem Kommunismus zu leicht gemacht worden. Erstens wegen der Nazis, die darauf nur eine Antwort kannten: Mord. Zweitens wegen der Korruption innerhalb des kommunistischen Systems, die bis zu Stalins Tod Terror und Säuberungsaktionen hervorbrachte. Drittens wegen des »kalten Krieges«. Stalin ist inzwischen tot, der »kalte Krieg« ist mehr oder weniger abgeklungen: Ist nun die intellektuelle Konfrontation mit dem Kommunismus möglich geworden und wenn ja, unter welchen Bedingungen?

H. B.: Man muß noch etwas hinzufügen, ein schwerer Schlag für alle jungen Deutschen, die möglicherweise Kommunisten waren oder geworden wären, war der Stalin-Hitler-Pakt, eine ganz eindeutige Wendung der Sowjetunion zum Imperialismus. Die

Teilung Polens, dieses Einverständnis plötzlich zwischen Deutschland und der Sowjetunion, war, ich vermute, auch für die anderen westeuropäischen Kommunisten ein schwerer Schlag. Den haben die Kommunisten dialektisch zu begründen versucht, aber es hat nicht sehr viel geholfen.
Was hinzukam für viele junge Deutsche meines Alters ganz sicher, war die Begegnung mit der Sowjetunion im Krieg. Selbst wenn man die verschobene und falsche Optik, die ein Krieg verursacht, justiert, war dieser Staat in seinem wirtschaftlichen und sozialen Gefüge nicht sehr einladend. Auch die Armee nicht, die sehr schnell wieder eine hierarchisch geordnete, feudalistische, eine Klassenarmee war. Die Rote Armee war spätestens 1942 eine Klassenarmee wie die zaristische oder preußische, also nicht-sozialistisch in ihrer Struktur, sondern feudalistisch.
Alle diese Dinge haben natürlich viele Millionen Soldaten gesehen, beobachtet, diejenigen, die sich überhaupt Gedanken machten über Sozialismus und die anderen, und immerhin nannte der Nationalsozialismus sich National-*Sozialismus*, es gab ja auch da eine, wenn auch verschobene, sozialistische Optik. Und merkwürdigerweise hatte die deutsche Armee, das klingt sehr komisch und absurd, aber es trifft zu, bis zu einem gewissen Grade eine nicht-feudalistische Struktur. Sie hatte Ränge, wie jede Armee sie hat, aber sie hatte auch bestimmte Gleichheiten. Also fast eine Andeutung von Sozialismus. Ich glaube, daß man das nicht versteht und nicht verstanden hat. Wenn es auch Äußerlichkeiten waren, zum Beispiel gleiches Essen für alle. Natürlich hatte der eine oder der andere mehr als die Ration, und das war für einen General leichter als für einen Soldaten, aber theoretisch hatte die deutsche Wehrmacht eine andeutungsweise unfeudalistische Struktur. Es war sozusagen der Versuch einer Volksarmee. Das wirkte sich im Vergleich mit der Roten Armee, die ganz eindeutig eine hierarchische Struktur hatte, negativ für diese aus.
All das kommt zusammen. Besetzung, sogenannte Befreiung, Vertreibung und die ganz eindeutige Entwicklung zu einem Imperialismus in der Sowjetunion. Auch nach Stalins Tod, nach Stalins Tod noch bis zur Besetzung der Tschechoslowakei, die der letzte sichtbare Akt von Imperialismus war. Ich glaube überhaupt, daß man Worte wie Sozialismus oder Kommunismus ganz neu definieren muß, vielleicht neue Worte dafür finden

muß, weil es zu viele Variationen gibt und zu viele Mißverständnisse durch diese Variationen. Ich vergleiche es immer mit dem Katholizismus, den man als eine Einheit gesehen hat, was ein Irrtum war, ein ganz gewaltiger Irrtum. Wenn ein portugiesischer Landarbeiter katholisch war und ein Oberstudiendirektor im Rheinland, so war das lange noch nicht das gleiche, obwohl sie beide das Recht hatten, sich so zu nennen. Ich denke, es ist ähnlich mit dem Wort Kommunismus, genauso mit dem Wort Christ, usw.: Man müßte nach all dem Hin und Her, den Verwirrungen und mißglückten Reformationen und verhinderten Revolutionen Kommunismus, Sozialismus, Christentum, Katholizismus neu definieren. Alle diese Begriffe katholisch, christlich, kommunistisch, sozialistisch, auch kapitalistisch sind eigentlich nicht mehr brauchbar, weil sie zu viel decken und zu viele Variationen decken. Was weiß ich, was ein junger Araber sich unter Sozialismus vorstellt, oder ein junger Norweger, vielleicht sogar ein junger Nordamerikaner. Deshalb fände ich es richtig, wenn man unter diesen Begriffen aufräumen würde. Wenn man im Ausland, ob unter kapitalistischer oder sozialistischer Optik über die Bundesrepublik im Zusammenhang mit Worten wie Sozialismus und Kapitalismus spricht, darf man nicht vergessen, welchem Verschleiß diese beiden Begriffe bei uns ausgesetzt sind. Man muß sich doch überlegen, warum ein Land wie Deutschland, das mit die stärkste und auch aktivste KP gehabt hat, heute keine mehr hat, praktisch keine, denn die SED ist eine Staatspartei mit langweiligen Funktionären, mit einem ganz neuen Klerikalismus, und die DKP in der Bundesrepublik ist politisch völlig nebensächlich.

Eine weltoffene Literatur

R. W.: Ich glaube, Sie wollten noch einmal auf die Nazizeit und den Krieg zurückkommen. Deutschland war damals eine Art Gefängnis. Sie konnten Ihr Land nicht verlassen, und wenn Sie es konnten, dann nur als Soldat, als »Befreier«, wie es damals sogar hieß. Sie erfuhren damals praktisch nichts über die sogenannte freie Welt, und doch – wenn ich Sie recht verstanden habe – konnten Sie in Ihrem »Gefängnis« alle wichtigen Werke der verbotenen Autoren wie Proust, Faulkner, Kafka, Joyce lesen. Wie war das möglich? Und was mußten Sie riskieren?

H. B.: Nein, das ist ein Mißverständnis. Ich habe diese Autoren nicht vor Kriegsende gelesen, habe sie erst nach dem Krieg kennengelernt. Proust habe ich 1936 gelesen, 37 oder 38 in einer Übersetzung von Benjamin, glaube ich. Aber alle anderen habe ich erst nach dem Krieg kennengelernt. Als ich Soldat in Frankreich war, konnte man hin und wieder etwas kaufen. In einem Antiquariat habe ich zum Beispiel Thomas Mann in Paris gekauft und gelesen, aber ausgerechnet *Die Betrachtungen eines Unpolitischen,* die mir um diese Zeit, also 1942, nicht sehr imponiert haben, in ihrem merkwürdigen Nationalismus und Prussizismus.

Ich habe Kafka und Joyce erst nach 45 oder 50 kennengelernt. Wir waren vor 45 ganz auf die uns erreichbaren Klassiker reduziert, soweit man überhaupt welche hatte oder bekommen konnte. Bücher waren ja immer teuer. Aber ich erinnere mich sehr gut, daß ich zum Beispiel Kierkegaard gelesen habe während des Krieges, ich hatte das als Soldat in meinem Gepäck, die Tagebücher und einige kleine Schriften. Ich weiß gar nicht, ob der verboten war, das hat mich nie interessiert. Genau wie mich der Index der Kirche nie interessiert hat.

Wir haben die russischen Klassiker gelesen, die französischen bis Flaubert. Aber die Bekanntschaft mit der Weltliteratur, wie sie zwischen 33 und 45 außerhalb Deutschlands entstanden war, kam nach 45, und die hatte damals einen sehr befreienden Effekt. Ich glaube, daß man die ganze deutsche Nachkriegsliteratur nicht verstehen kann, wenn man nicht weiß, welche Bedeutung Camus und Sartre, auch Kafka, Hemingway und Faulkner für uns gehabt haben. Ich habe in anderem Zusammenhang von der befreienden Wirkung der französischen katholischen Schriftsteller gesprochen, die eine relative war.

Aber immerhin, die große Befreiung kam nach 45, als wir nicht mehr isoliert waren und lesen konnten und teilnehmen konnten an dem, was in der Welt außerhalb Deutschlands alles passiert war. Italienische Autoren, Pavese und Moravia, alles, Graham Greene hat eine große Rolle gespielt. Man müßte einen ganzen Katalog von Weltliteratur aufstellen, der natürlich im Nazi-Deutschland einem bestimmten Kreis von Privilegierten und Intellektuellen zugänglich gewesen war. Man muß da etwas klären, was auch für die Situation der Sowjetunion wichtig ist. Es gibt immer Leute in jedem totalitären System, die zu allem Zugang haben, auch zur verbotenen Literatur. Aber um einen Autor zu suchen, den ich lesen möchte, muß ich erst einmal von ihm wissen. Ich muß also eine bestimmte Information oder Bildung haben, um zu wissen, es gibt da diesen Proust, es gibt da diesen Greene, es gibt da diesen Hemingway. Und diese Information hatten wir nicht, wir waren ja junge Leute, ich war fünfzehn Jahre alt, verstehen Sie. Wenn man gewußt hätte, da und da gibt's das und das, dann hätte man sich das auch unter Schwierigkeiten besorgen können, aber ich finde, daß das ein zu elitärer Zugang zur Literatur ist. Denn ein Autor ist erst da, wenn jeder, der möchte, ihn lesen kann, ganz unabhängig von seiner Bildung oder seinen Privilegien.

Natürlich gab es eine ganze große Gruppe von nicht-nazistischen Intellektuellen im deutschen Reich, auch in der Nazi-Hierarchie, in irgendwelchen Posten und Büros versteckt, im Oberkommando der Wehrmacht oder irgendwo, die keine Nazis waren und gebildet genug, um zu wissen, es gibt Hemingway, aber das finde ich uninteressant, weil Literatur für jeden da ist, ganz gleich, wie exklusiv sie in ihrem Anspruch ist. Ich glaube nicht, daß Proust sehr popularisierbar ist, aber jeder müßte die Möglichkeit haben, ihn zu kaufen und zu lesen, das ist eine andere Frage.

Und so gesehen waren wir, ich meine meine Altersgruppe, auf Zufälligkeiten angewiesen. Ich bekam also Kierkegaard, eine kleine Ausgabe, von einem Freund meines Bruders geschenkt. Ich habe mir dann mehr von Kierkegaard besorgt auf sehr schwierigen Umwegen. Merkwürdigerweise erschien sogar Kierkegaard während der Nazizeit, zum Teil mit merkwürdigen Vorworten verschon, aber man konnte ihn lesen.

Dieser Vorgang des Einflusses der Weltliteratur auf Nachkriegs-Deutschland ist, glaube ich, noch nicht analysiert worden. Die Schwierigkeit bestand darin, daß in der Nazizeit erlaubte Literatur für uns indiskutabel war, auch wenn es zum Teil durchaus diskutable Autoren waren. Der Zugang zur verbotenen Emigrationsliteratur, der deutschen also, sagen wir von Tucholsky bis Thomas Mann, Kästner, war nach 45 sehr bald da, aber merkwürdigerweise konnten wir damit nicht viel anfangen. Ich nicht, ich weiß nicht, wie das bei meinen Kollegen ist. Später habe ich dann auch Döblin nochmal gelesen, und das hat eine Rückkoppelung an die deutsche Tradition gegeben. Aber diese

zwölf Jahre in Deutschland hatten die deutsche Sprache verändert, nicht nur zum Negativen, es hatte eine Entverinnerlichung stattgefunden. Das populäre Vokabularium hatte sich verändert, durch Flüchtlinge, durch Soldaten, durch den Bombenkrieg, ein gewisser Zynismus, vor allen Dingen auch bei den deutschen Frauen, den sogenannten Bombenfrauen, hatte sich breit gemacht: In Lazaretten, in Hospitälern, in Zügen, in Wartesälen war man mit diesem Vokabularium konfrontiert, das durchaus nicht im national-sozialistischen Sinne konform war.
Diese Veränderung der deutschen Sprache hatten wir mitgemacht, wir hatten sie erlebt, diese Sprache war auch unsere Sprache, und da gab es zur Sprache der Emigrationsliteratur sehr wenig Anknüpfung. Das kam später, nachdem wir unser eigenes Vokabularium, befreit durch manche ausländische Autoren, wirklich anzuwenden wagten, verstehen Sie, ein sehr komplizierter Vorgang. Erst vor zehn oder fünfzehn Jahren hat die wirkliche Begegnung mit der Emigrationsliteratur stattgefunden.
R. W.: Glauben Sie nicht, daß die Alliierten, die Besatzungsmächte, in diesem kulturellen Bereich eine wichtige, eine positive Rolle gespielt haben? Und das schon gleich nach 1945? Haben sie nicht alles getan, um bis dahin verbotene literarische, philosophische und künstlerische Strömungen nach Deutschland hereinzulassen? Natürlich brachte auch die alliierte Besatzung politische Ausschreitungen, Verblendungen, Irrtümer mit sich . . . Ein »Umerziehen« war erst einmal nötig. Aber war ihre Aktion auf kulturellem Gebiet nicht letztlich doch ein Gewinn?
H. B.: Aber ganz sicher. Durch die Besatzungsmächte, die ja innerhalb ihrer Zonen Kulturhoheit hatten, sind diese Publikationen ermöglicht worden. Es war ja auch eine Frage der Papierzuteilung. Es sind sehr gute Zeitungen gegründet worden von den Amerikanern. Auch durch die Kulturhäuser, das Amerika-Haus, die britischen Häuser »Die Brücke« und die französischen Kulturinstitute ist sehr viel getan worden, und zwar mit positiver Wirkung. Theaterstücke wurden aufgeführt, Filme haben wir kennengelernt, wir konnten Bücher leihen, es wurden Bücher publiziert.
Ich erinnere mich überhaupt an keine negative Auswirkung der Besatzung. Nun lebten wir in der britischen Zone, und die Eng-

länder waren sehr zurückhaltend, wir haben sie kaum gesehen, kaum bemerkt. Daß sie da waren, daß es Sperrstunden gab die ersten Jahre, das fand ich normal, aber als belästigend oder unangenehm habe ich das überhaupt nicht empfunden. Im Gegenteil, es hatte etwas sehr Beruhigendes. Die Besatzungsmächte. Sie haben natürlich die Zonen mitgeprägt. Auch das ist noch nicht analysiert, wie zum Beispiel die amerikanische Kultur in der von Amerikanern besetzten Zone sehr beherrschend wurde. In der französischen Zone die französische Kultur wahrscheinlich auch, das weiß ich nicht, weil ich sehr wenig damals im Zonen-Deutschland herumgefahren bin. Die englische Besatzung hatte eine sehr angenehme Art in ihren Kulturhäusern, Autoren vorzuführen, Diskussionen zu veranstalten, Informationen zu geben. Das wäre noch ein Thema für einen Soziologen und Kulturgeschichtler, die Prägung der Teile Deutschlands durch die Besatzungsmächte zu eruieren. Ganz sicher hat diese Prägung stattgefunden.

Ein verfluchtes Land

R. W.: Ebensogut kann man wohl auch sagen, daß die aus Krieg und Gefangenschaft heimkehrenden jungen deutschen Schriftsteller sich nicht mehr so ganz isoliert fühlen mußten. Es klaffte vermutlich ein Abgrund zwischen dem Gestern und dem Heute . . . Naziterror, Krieg, Zerstörungen, all diese grausamen Erfahrungen mußten ja erst einmal überwunden werden. Und wie? Wie sahen die Anfänge der deutschen Literatur nach dem Krieg aus? Welchen Schwierigkeiten begegneten die jungen Schriftsteller? Wie waren ihre Beziehungen zu den Älteren, zu jenen, die unter dem Dritten Reich in Deutschland geblieben waren oder zu den anderen, die aus der Emigration zurückkehrten? Wie drückten sich diese jungen Schriftsteller rein sprachlich gesehen aus? Realistisch? Sie wollten Zeugnis ablegen, erzählen, was sie gesehen, was sie mitgemacht hatten . . . Durfte man ihnen – wie es geschah – Mangel an Humor vorwerfen? Sie lebten doch in einem Land, das in totale Verwirrung geraten war.

H. B.: Ein verfluchtes Land, man vergißt das heute, in Europa auch. Da gibt es also diese tüchtigen Deutschen, die aus einem Trümmerfeld einen neuen Staat gebaut haben, eine Wirtschaft, sogar eine Kultur, eine Literatur, eine Malerei, eine Architektur.

Aber 1945 war Deutschland ein verfluchtes Land, in das man nur widerwillig fuhr, wenn man mußte, als Soldat oder Besatzungs- oder Verwaltungsbeamter, und das haben wir natürlich gespürt. Ich jedenfalls habe es gespürt und habe eine bestimmte Art von Stolz entwickelt, keinen Nationalstolz, das lag nun wirklich weder in meiner Person noch in meinem Schicksal. Aber alles, was uns so zu Ohren kam, Äußerungen von ehemaligen Emigranten, Äußerungen von hohen Besatzungsoffizieren zwischen 1945 und 50, hatte eine Art von Herablassung, die uns gar nicht gefiel.

Dieses Land war unsere Heimat, zerstört, mit einer eigenen Sprache, und in dieser Sprache wollten wir schreiben, ohne Herablassung und auch ohne Anbiederung zu spüren. Das ist sehr kompliziert gewesen, ja, aber nicht besonders schmerzlich, weil ich im Gefangenenlager schon diesen Stolz entwickelt habe. Wenn Sie so monatelang als fucking German Nazi behandelt werden und in den Hintern getreten, dann denken Sie, also nun leck mich mal am Arsch, ich bin trotzdem Deutscher, und ich werde schreiben.

Es kam dann etwas sehr Wichtiges: es entstanden Zeitschriften, Zeitungen, und allmählich zeigte sich, daß es da junge Leute gab, die ganz gut schreiben konnten, was keiner erwartet hatte. Und ich muß Ihnen widersprechen, wenn Sie sagen, diese neue Literatur wäre humorlos gewesen. Eben das war sie nicht, das ist das Erstaunliche. Wenn Sie sich die Geschichten von Schnurre ansehen, zum Teil auch meine eigenen, oder die von Aichinger, von Schnabel, diese wirklich große Zeit, sagen wir, der deutschen Nachkriegs-Kurzgeschichte, da ist erstaunlich viel Humor drin. Vielleicht waren Humor oder Zynismus oder Ironie überhaupt das einzige, was uns übrigblieb. Und das nun alles auszudrücken in einer verfluchten Sprache, war natürlich sehr schwer. Dazu kamen die ausländischen Einflüsse sehr unterschiedlicher Art. Wenn Sie die Spanne zwischen Graham Greene und Albert Camus überbrücken wollen mit vielleicht fünfzig verschiedenen sowohl literarischen wie spirituellen Formationen, war es fast unmöglich, da noch etwas zu machen, was deutsch und eigen war, und trotzdem ist es entstanden. Aber die Chancen zu publizieren, waren sehr gut. Es gab eine Menge literarischer Zeitschriften, es gab große Feuilletons, und durch die ersten Publikationen, die ja sehr früh kamen, 47, 46 bis 50, entstand natürlich auch ein Publikum. Es gab zwar immer noch viel Herablassung. Es wurde immer gesagt, na ja, was Ihr da macht, das haben wir vor dreißig Jahren schon gemacht und der übliche Quatsch, den wir älteren Schriftsteller hoffentlich den jüngeren ersparen. Aber wie Sie sehen, haben wir uns nicht entmutigen lassen.

R. W.: Theodor Plievier sagte um 1950, es gäbe keine neue deutsche Literatur. Und wenige Jahre später sollte Hermann Kesten dieses Urteil unwidersprochen bestätigen.

H. B.: Und Thomas Mann auch. Ich glaube heute manchmal, daß es sie nach deren Vorstellung gar nicht geben konnte und durfte.

Es gibt einen sehr, sehr merkwürdigen Satz in den Tagebüchern von Ernst Jünger, die ich damals gelesen, nein, die ich nach dem Krieg gelesen habe. Er fährt während des Krieges durch Osteuropa als Beobachter, nicht als aktiver Soldat, und schreibt irgendwann über die Armee und die Massen von Soldaten, die sich da bewegen, und da steht irgendwo ein Satz, ich kann ihn nicht genau wörtlich zitieren, da steht: ich möchte wissen, wo der Weltgeist (na ja, das ist Jünger) seine Träumer versteckt hält in dieser Masse. Es gab, glaube ich, zwanzig Millionen deutsche Soldaten, und an den Satz habe ich oft gedacht. Jünger meinte sicher nicht Schriftsteller allein, aber er hat wahrscheinlich gedacht, irgendwo muß ja auch dieses Deutschland wieder träumen und sich artikulieren.

Das war ein sehr kluger Satz, der vielleicht nur von jemand kommen konnte, der in Deutschland lebte. Es geht gar nicht darum, jemanden vorzuwerfen, daß er emigriert ist, das wäre vollkommen absurd, die meisten hatten keine Wahl. Das ist gar nicht das Problem. Aber diese Trennung ist erfolgt, und wären die emigrierten Schriftsteller zurückgekehrt, wäre wahrscheinlich die deutsche Nachkriegsliteratur anders geworden. Ich verstehe das sehr gut, daß einer nicht zurück wollte, bis heute verstehe ich es sehr gut. Ich habe gute Freunde in Israel und auch in England und anderswo leben, die sagen mir, ich werde Deutschland nie mehr betreten, sehr gut versteh ich das. Aber wir haben in diesem Land gelebt, wir haben das alles von innen mitgemacht, und es gab eben diese Art von Stolz und auch Widerstand. Und ich glaube nicht, daß man etwas schreiben, malen, komponieren kann, daß man Kunst machen kann ohne Widerstand, deshalb war der Widerstand sehr gut.

Es kam etwas mehr oder weniger Äußerliches hinzu, natürlich bestand ein ungeheurer Nachholbedarf an Literatur. Es wurde zunächst natürlich einmal durch ausländische Autoren gedeckt, zum Teil auch durch Emigrationsliteratur. Vollkommen natürlich, und die Deutschen, wie sie nun einmal sind in ihrer peinlichen Demut und auch ihrem geringen Selbstbewußtsein, haben natürlich nicht geglaubt, daß sie, diese Bundesrepublik oder dieses Nachkriegsdeutschland, einmal etwas Eigenes produzieren würde, das sogar für die Welt interessant sein könnte.
Die Neugierde des Auslands auf die deutsche Literatur war sehr wichtig, und ich glaube, daß Frankreich, die französischen Intellektuellen, Sartre, Camus und andere, eine sehr wichtige Rolle gespielt haben, weil ausgerechnet Frankreich, dieses Land, das sehr unter der deutschen Okkupation gelitten hatte, Sensibilität genug entwickelte in seinen nicht-chauvinistischen Intellektuellen, sich zu denken, es kann ja nicht sein, daß da nichts geschrieben wird, was uns interessiert. Ich drücke das so einfach aus, und dieses Entgegenkommen von französischen Zeitschriften, Verlagen, diese Möglichkeit, war auch wieder ein Akt der brüderlichen Befreiung, der unvergessen sein muß, und der sehr wichtig war und manchmal heute vergessen wird. Deshalb war ich so wütend und ärgerlich und böse, als über Jean-Paul Sartre, der Baader besucht hat, in der deutschen Presse ein höhnisches Geschwätz publiziert wurde. Weil man einen der wenigen international bekannten französischen Intellektuellen, der der deutschen Kultur entgegengekommen ist, so schnöde abserviert hat, auch in liberalen Zeitungen. Das ist für mich ein viel schlimmeres Zeichen von nationaler Dummheit als manches Wirtschaftliche und Politische. Das Interesse der ausländischen Autoren ist sehr wichtig für uns gewesen, und dann gab es auch den *Ruf*, es gab das *Karussell*, es gab *Das goldene Tor* von Döblin, und ganz allmählich bildete sich diese sogenannte deutsche Nachkriegsliteratur, die eben nicht humorlos war. Sogar Borchert ist nicht humorlos, bei aller Bitterkeit und aller Entschiedenheit hat er auch viel Humor, sogar in *Draußen vor der Tür* sind sehr starke Züge von Humor, das ist das Erstaunliche.

R. W.: Ich glaube, daß insbesondere wir Franzosen erfahren wollten, was in Deutschland passiert war, wie Sie den Nazismus haben hinnehmen, ja sogar unterstützen können, wie solches zwölf Jahre lang möglich gewesen war. Antworten auf diese Fragen erwarteten wir gerade von den jungen deutschen Schriftstellern, die diese Zeit hatten erdulden müssen.

H. B.: Natürlich, ich hab ja schon in einem anderen Zusammenhang, ich glaube, im Zusammenhang mit Südamerika, gesagt, daß die Literatur die besseren Auskünfte gibt als die Politik, die Wirtschaft und was immer. Woher kenne ich Amerika? Aus der Literatur. Woher kenne ich Spanien, wo ich erst einmal im Leben kurz gewesen bin? Ich kenne es, weil ich Cervantes kenne; und nicht nur ihn, auch andere spanische Erzähler und Bücher über Spanien, von Andersen Nexö zum Beispiel, aus dem allen setzt sich doch für mich ein Bild zusammen.

Und die Welt wollte wissen, wie war das eigentlich mit diesen Nazis, wie ist das entstanden und wie haben die Leute gelebt in dieser Zeit. Und wir haben gelebt, das ist das Verrückte. Ich habe kürzlich einen Amerikaner kennengelernt, der irgend etwas mit meinem Buch *Gruppenbild mit Dame* machen wollte, ein Intellektueller. Der sagte zu mir, wissen Sie, ich habe, als ich Ihr Buch gelesen habe, zum ersten Mal gesehen oder erfahren, daß die Deutschen auch gelitten haben. Ich habe ihm gesagt, hören Sie mal, Sie wußten doch, daß unsere Städte bombardiert wurden, und selbst, wenn in diesen bombardierten Städten nur Faschisten gelebt hätten, vom Säugling bis zum Großvater, auch Faschisten haben Angst vor dem Tod, und Bombardement ist eine sehr unangenehme Sache, um es banal auszudrücken; Sie hätten sich doch denken können, daß in Dresden und Köln, Berlin und Hamburg fürchterliche Dinge passierten, wenn da tausend Bomber kommen. Ich habe den Eindruck, daß die Amerikaner, vielleicht auch die Engländer, das verdrängt haben, weil der Bombenkrieg ein spezieller Terror war. Gut, die Deutschen haben den Krieg angefangen, und als erster hat Hitler Städte bombardiert; ich habe das total zerstörte Amiens gesehen. Aber daß die Menschen unter diesen Umständen Fürchterliches mitmachen, ob sie nun Faschisten sind oder nicht, das hat man offenbar bis heute nicht verstanden, das will man auch nicht verstehen.

Und daß die Menschen leben, daß man mitten im Bombenterror, mitten im innenpolitischen Terror durch die Nazis – die schlimmste Zeit war die von Juli 44 bis Kriegsende –, daß man auch in dieser Zeit saufen kann, tanzen kann, mit Frauen schlafen kann, daß man sich amüsiert, sogar im Terror, daß die Menschen ihre bescheidenen Freuden hatten, das hat man nicht verstanden.

Im Grunde hat man Deutschland ausgelöscht gehabt, sowohl physisch wie im Bewußtsein. Aber daß da immer noch Leben war und daß da auch noch Menschen lebten, die ein bißchen schreiben konnten, das haben eigentlich als erste, vielleicht eben auf Grund der alten deutsch-französischen Spannungen und auch Freundschaften, das haben zuerst die Franzosen entdeckt. Nicht entdeckt, sie wußten's einfach, weil sie eine bestimmte Dimension von Menschlichkeit haben.

Und unter diesen sehr schwierigen Umständen gegen sehr viele Widerstände, aber bald, sagen wir, nach vier, fünf Jahren, auch sehr ermutigt, ist diese Nachkriegsliteratur dann plötzlich zum Vorschein gekommen und erwies sich als erstaunlich vielfältig und umfangreich.

Es war für mich von vornherein klargewesen, daß ich schreiben würde. Es war sehr schwer, diese Sprache in die Hand zu bekommen, richtig auch im handwerklichen Sinne, wie man einen Pinsel in die Hand nimmt und eine Leinwand grundiert. Einen Ausdruck finden, das ist ja das, was man will. Später kamen das Bekanntwerden mit der Literatur der Emigration, mit der Literatur der Zwanziger Jahre, des 19. Jahrhunderts, dazu die ungeheuren Einflüsse aus dem Ausland, die natürlich die deutsche Nachkriegsliteratur mit geprägt haben. Sie können's ja noch nachlesen, nachsehen, wer wann von wo bis wann von wem beeinflußt wurde.

Auch heute noch gibt es natürlich die besten Auskünfte über Deutschland in der Literatur. Das hat die Bundesregierung gar nicht gern, und Beamte, die Kulturbeamten in allen Ländern der Welt, verstehen das nicht, auch französische Diplomaten nicht und englische nicht und südamerikanische schon gar nicht. Die sagen sich, nein, diese Schriftsteller, ewig wühlen sie im Dreck. Das ist ein Mißverständnis über Literatur. Man sollte sie im Gegenteil sehr ernst nehmen als Stimmungsbarometer und auch als Auskunft über ein Land, nicht im realistischen Sinne von Information, sondern in der Formation der Sprache von der Lyrik bis zur realistischen Prosa.

Die »Gruppe 47«

R. W.: Sie haben den Preis der »Gruppe 47« erhalten, und zwar für Ihre Erzählung *Die schwarzen Schafe*. Diese »Gruppe 47« war aufgrund ihrer demokratischen Ideen bekanntgeworden. Sie wollte wachsam sein, die Redefreiheit des Schriftstellers schützen. Zu jener Zeit gab es viele Politiker, die diese jungen Schriftsteller mit Mißtrauen betrachteten, sie für Ahnungslose, für Exaltierte hielten, ja sogar mit Beleidigungen nicht sparten. Welche Rolle hat diese »Gruppe 47« und der später unter Ihrer Mitwirkung in Köln gegründete Club der republikanischen Journalisten gespielt? Welche Rolle haben die Schriftsteller in der Wahlkampagne von 1972 gespielt? Warum haben sich einige – wie auch Sie – für die Sozialdemokratische Partei und ihren Chef Willy Brandt engagiert? Warum fühlt sich der deutsche Schriftsteller verpflichtet, in die Politik einzugreifen?
H. B.: Ja, die Rolle der Gruppe 47 ist umfangreich dokumentiert worden. Sie hat eine sehr wichtige Rolle gespielt, nachträglich denke ich manchmal, daß sie zu arrogant war, zu viele ausgeschlossen hat und zu viel gerichtet und hingerichtet hat. Im Anfang war es eine sehr gute Sache, weil es reine Arbeitstreffen waren, man las sich vor, man kritisierte sich gegenseitig und konnte einander ein bißchen helfen. Man kann zwar einem Schriftsteller sehr wenig helfen, aber er hatte ein Publikum, er hatte Kollegen, die ohne Bösartigkeit mit ihm über seine Arbeit sprachen. Das war eine sehr wichtige Funktion.
Die Schwierigkeit entstand in dem Augenblick, wo die Gruppe zu umfangreich wurde und zu sehr ein Markt. Es sprach sich allmählich rum, da treffen sich zweimal jedes Jahr Schriftsteller, die lesen sich ihre Sachen vor, und da kann man neue Autoren kennenlernen. Es kamen Verleger, Funk, Fernsehen usw., und sobald die Gruppe 47 zum Markt wurde, wo über das Schicksal eines Autors entschieden wurde, und zwar ad hoc durch Vorlesen, was ja kein legitimer Vorgang ist, Lesen und Vorlesen ist etwas ganz anderes, entstanden Schwierigkeiten. Ich bin dann auch nicht mehr sehr oft hingefahren, weil mir die Prozedur zu grausam war. Wenn man schon über Literatur diskutiert, muß

derjenige, der sie macht, mitdiskutieren können, und das war untersagt.
Man lernte also nicht nur Kollegen kennen, nicht nur im Sinne von Standesgenossen, sondern auch eine bestimmte politische Grundstimmung, die in der Gruppe 47 selbstverständlich war, von sehr konservativ bis sehr links, aber demokratisch. Das ist natürlich Richters Verdienst gewesen, nur er konnte das machen. Es wurde ständig improvisiert, es war nie organisiert, es herrschte eine bestimmte genialische Improvisation, die in dem Augenblick nicht mehr funktionierte und auch keine Funktion mehr hatte, wo der Marktcharakter so deutlich wurde.
Es ist eine andere Sache, ob ich in mehr oder weniger internem Kreis einen Kollegen kritisiere und ihm sage, hör mal, ich würde das nicht so machen, mach das so, und es ist auch nicht so angelegt und schlecht, versuch was anderes, als wenn ein Verleger oder Verlagsspitzel dabei ist, für den eine solche Äußerung sofort zum Marktwert wird. Und da sind eben schlimme Dinge passiert, sind Autoren regelrecht hingerichtet worden, abgeschlachtet worden, und es bildete sich eine so arrogante Kritiker-Crew, die praktisch die ganzen Tagungen beherrschte, das war das Ende. Ich bin auch froh, daß Richter letzten Endes aufgegeben hat. Die Marktfunktion der Gruppe 47 war schlecht, aber ihre politische und gesellschaftliche war sehr gut. Das ist das Wichtige. Man hat Menschen kennengelernt, das war eine wichtige Funktion der Treffen, und Freundschaften bildeten sich, auch Feindschaften natürlich.
R. W.: Aber die »Gruppe 47« repräsentierte nicht die ganze junge deutsche Literatur . . .
H. B.: Nein, das hat sie nie beansprucht, der Anspruch entstand von außen. Außerhalb der Gruppe 47 haben sich sehr viele Autoren entwickelt, Gott sei Dank, das wäre ja auch entsetzlich gewesen, wenn die die Funktion gehabt hätten, das zu verhindern. Schwierigkeiten entstanden auch, weil Leute, die 1947 22 Jahre alt waren oder 25, inzwischen 45 wurden und Verlagsdirektoren, Rundfunkintendanten geworden waren. Wenn man heute analysieren würde, wer alles zur Gruppe 47 gehört und inzwischen eine sehr hohe Funktion hat, würde man wissen, welche Bedeutung die Gruppe gehabt hat, denn keiner dieser Menschen, ob er nun Intendant oder Direktor eines Taschenbuchverlages ist, hat jemals diese Exklusivität betrieben. Das ist mißverstanden wor-

den, natürlich gab es auch freundschaftliche Aufträge, das ist nicht unnatürlich. Aber der Geist, der demokratische Geist, das ist jetzt sehr pathetisch ausgedrückt, der hat doch das ganze deutsche Nachkriegspublikationswesen sehr stark geprägt, Funk, Fernsehen, Zeitungen da und dort. Auch die Feindschaften haben die deutsche Nachkriegsliteratur geprägt, und die Polemiken, die manchmal heute noch stattfinden, kann man fast alle auf Polemiken zurückführen innerhalb oder durch die Gruppe 47.

Die politischen Aktionen der Gruppe 47 waren eigentlich nicht sehr erfolgreich. Auch der Club republikanischer Publizisten – es war eine Fortsetzungsidee – hat nicht lange gehalten, und wer dann aus diesen versuchten Aktionen eine fast organisierte gemacht hat, war Günter Grass mit seiner Wählerinitiative, die 1972 ihren Höhepunkt hatte, als es um die Ostpolitik ging.

Was die deutsche Öffentlichkeit nicht so recht kapiert hat, bis heute nicht, ist die Tatsache, daß die gesamte Ostpolitik von Brandt und Scheel nicht nur mit Einverständnis, sondern mit Ermutigung der Westmächte eingeleitet worden ist. Es war Brandts Idee, aber Rückendeckung hatte er bei den westlichen Alliierten. Was uns, ich sage uns, es waren ja gar nicht so viele, aber doch manche Gruppen, mobilisiert hat, war die mögliche Gefahr, daß diese Ostpolitik durch die Regierungskrise nach den Neuwahlen hätte scheitern können.

Meine Zweifel über diese Wählerinitiative waren eigentlich praktischer Art, ich wußte nicht oder konnte mir nicht vorstellen, daß ein Autor wirklich einer Partei Stimmen einbringen kann. Ich weiß es bis heute nicht, es ist auch wahrscheinlich nicht rauszukriegen. Aber in dieser Stimmung des Jahres 1972, nach dem Rücktritt der Regierung Brandt, nach der Vertrauenskrise, wo die Ostpolitik zu scheitern drohte oder hätte scheitern können, hat die CDU-CSU einen Fehler gemacht, den sie immer wieder macht: sie hat den Leuten Angst eingejagt, nicht nur vor der Ostpolitik, vor wirtschaftlichen Katastrophen und schrecklichen Folgen der sozial-liberalen Koalition, und das eigentlich hat mich alarmiert. Wenn man den Deutschen mit Erfolg Angst macht vor wirtschaftlichen Katastrophen, von denen sie einige erlebt haben, zwei oder drei erhebliche, totale Inflationen und Verluste, Verluste der Ersparnisse und des Vermögens, dann wird's gefährlich. Den Fehler macht die CDU-CSU heute noch.

Und wenn man dann hört, was andere Länder über die wirtschaftliche Gesundheit der Bundesrepublik sagen, klingt das sehr absurd. Nun ja, das hat nicht nur mich, sondern auch viele Kollegen, auch Maler, Bildhauer, viele Bürger, alarmiert, wir haben die Initiative ergriffen. Ich habe das gemacht ohne viel Hoffnung auf Erfolg, ohne Hoffnung auf Stimmengewinn, weil es mir bis heute nicht durchschaubar ist, ob man literarischen Ruhm oder literarische Bekanntheit in Wählerstimmen für eine Partei umsetzen kann. Das ist ein Punkt, über den ich auch mit Grass nicht einer Meinung bin. Ich glaube, daß das ein sehr komplizierter Vorgang ist, man kann einen Autor mögen oder nicht mögen, aber ob man deshalb die Partei wählt, die er einem vorschlägt, gerade bei unserer Tradition, wo das ganze politische Leben noch sehr konfessionell bestimmt ist?
Na ja, ich habe mich im Jahre 72 von Grass überzeugen lassen, daß es nötig wäre, etwas zu tun, sehr einfach ausgedrückt, und wir haben etwas gemacht. Und waren sehr, sehr überrascht, angenehm überrascht und erstaunt über den Erfolg von Brandt im Jahre 72, der zum Teil ganz sicher zurückzuführen ist auf die schwache Artikulation der Opposition. Die CDU hat ein Adenauer-Trauma, seit Adenauers Tod oder Rücktritt kommt sie nicht mit ihren Personalproblemen zurecht, die Diadochen-Kämpfe sind noch immer nicht beendet, sind eigentlich in vollem Gange, wenn Sie die heutigen Auseinandersetzungen zwischen Kohl, Biedenkopf, Strauß sehen, sie kapieren nicht, daß man nicht nur Einheit proklamieren, sondern sie glaubwürdig darstellen muß.
Sprechen wir noch ein paar Sätze darüber, daß die CDU immer Kandidaten präsentiert, von denen man spürt, daß sie selber nicht von ihnen überzeugt ist. Das traf auf Barzel zu, man spürte es, er war ein Verlegenheitskandidat. Es hat ihm die Sache sehr schwer gemacht, ich rede jetzt ganz neutral darüber, rein technisch. Das war mit Erhard so, mit Kiesinger so, mit allen Kandidaten, die sie nach Adenauers Rücktritt präsentiert hat. Bis auf den heutigen Tag spürt man, daß die Partei nicht geschlossen hinter ihrem Kandidaten steht. Dagegen spürte man die Geschlossenheit der Partei bis in alle Flügel hinein, die hinter Willy Brandt stand. Das hat diesen Wahlkampf geprägt. Abgesehen von Parteipolitik hatten wir damals das Gefühl, nicht nur das Gefühl, sondern die Überzeugung, daß diese Wahl für Europa

und sogar für die Welt sehr wichtig sei. Weil es eine bestimmte Tradition in Deutschland gibt, die nationalistische, die ressentimenthafte, für die der Krieg immer erst 1945 angefangen hat und nicht 1939 oder 33; das ist das Verrückte daran, man redet über die Russen in Berlin und über das verlorene Schlesien, als wäre nicht vor 1945 1933 und 1939 gewesen. Man geht noch nicht einmal bis 39 zurück, schon gar nicht bis 33 oder bis zu Hitlers *Mein Kampf*, wo das ja alles ablesbar war. Wie ist die Rote Armee denn nach Berlin gekommen? In einer großen Verteidigungsbewegung, die eine Eroberungsbewegung wurde, wie das bei Kriegen so ist. Diese Erkenntnis und damit auch die vertragliche Absicherung dieser Erkenntnis, daß ein verlorener Krieg dieses Ausmaßes nun einmal schreckliche Konsequenzen hat, ich glaube, das politisch durchzusetzen und innenpolitisch durchzusetzen war wichtig für die europäische Situation, vielleicht sogar für die Situation der Welt. Deshalb haben wir uns damals 72 sehr stark für Brandt/Scheel engagiert, ohne uns mit den Parteien zu identifizieren, das war vollkommen nebensächlich.

Literatur und Arbeitswelt

R. W.: Abgesehen von der »Gruppe 47« gibt es in Deutschland aber doch auch noch andere literarische Strömungen. Man spricht von der »konkreten Poesie« oder zum Beispiel von der »Gruppe 61«. Was ist dazu zu sagen? Stimmt es, daß die deutsche Literatur sich immer – schon vor dem Dritten Reich, aber auch wieder nach dem Krieg – für die Probleme der Arbeitswelt interessiert hat? Man hört oft von Max von der Grün und seinen Schülern im Ruhrgebiet. Sind diese Schriftsteller, die in den Fabriken, im Bergbau, in den Stahlwerken, an den Hochöfen arbeiten, bedeutende Schriftsteller? Gibt es in Deutschland eine Tradition der Arbeiterliteratur?

H. B.: Es hat diese Tradition gegeben in den Zwanziger Jahren, es hat großartige Publikationen gegeben. Diese Tradition ist 1933 korrumpiert worden durch die Nazis, die fast alles, was in Ansätzen ganz gut war, korrumpiert haben. Ich denke an einen Dichter wie Heinrich Lersch, der ein klassischer Arbeiterdichter war, ein guter Autor, und an einen Mann wie Johannes Kirchweng, ich weiß nicht, ob Sie den noch kennen, ein Priester aus dem Saargebiet, der viel über Arbeits- und Lebensbedingungen geschrieben hat. Mir fallen jetzt nicht alle ein, es gab eine ganze Bewegung, eine sehr starke Gruppe, die gar nicht immer parteipolitisch orientiert war. Die stärkste Gruppe war in der KP, die sehr billige und gute Romane aus dem Arbeitermilieu publiziert haben. Diese Tradition ist korrumpiert worden durch die Nazis, wie alles, es gab ja auch den Arbeitsdienst, den freiwilligen, der gar keine schlechte Sache war, wenn man an die jungen Arbeitslosen denkt, der ist durch die Nazis kaputtgemacht worden. Ganz sicher ist, daß die Gruppe 47 und nicht nur sie, alle anderen Autoren, die außerhalb der Gruppe 47 bekannt wurden und publizierten, diese Tradition nicht fortgesetzt haben, beziehungsweise nicht bewußt aufgenommen haben, von einzelnen abgesehen.

Insofern war die Gründung der Gruppe 61, anknüpfend an die Tradition der Zwanziger Jahre, eine wichtige Ergänzung.

Nur ist es so, das liegt nicht an den Arbeitern, die schreiben, oder an den Bürgerlichen, die schreiben, daß ich den Begriff Arbeiterliteratur für arrogant halte. Jeder Autor ist ein Autodidakt, jeder. Auch wenn er ein sehr gebildeter Mensch ist, als Autor ist er Autodidakt. Und er muß natürlich in die formale Konkurrenz eintreten. Dieses ewige Gerede über Inhalt und Form, über engagiert und nicht, ist langweilig. Es muß einer nur ein Milieu, ein Problem, eine bestimmte Welt glaubwürdig darstellen und ausdrücken, nicht unterworfen bestimmten bürgerlichen Vorstellungen von Formalismus. Aber eine Sache wird natürlich durch ihr Thema und durch ihren Inhalt nicht gerettet. Und ein Arbeiter kann schreiben und schreiben lernen. Es gibt sehr viele Beispiele, zum Beispiel in der schwedischen Literatur die beiden Nobel-Preisträger vom vorigen Jahr Eyvind Johnson und Harry Martinson sind in dem Sinne Arbeiterdichter, die sich, ohne sich den bürgerlichen Vorstellungen von Bildung zu unterwerfen, gebildet haben, durch Reisen, durch Lesen, durch eine Art privates Studium, aber Romane geschrieben haben wie etwa *Wolken über Metapont* von Eyvind Johnson. Das ist einer der großartigsten Romane der letzten zwanzig, dreißig Jahre. Die Schwierigkeit bei dem Begriff Arbeiterliteratur ist die, daß er aus einem bürgerlichen Denken übernommen ist, aus einer Art Herablassung.

Wenn man hinzufügt, daß die Arbeitswelt als Thematik in der

gesamten deutschen Nachkriegsliteratur sträflich vernachlässigt worden ist, verstehe ich diese Initiative, und ich verstehe, daß man den Begriff Literatur der Arbeitswelt geprägt hat. Es ist sehr merkwürdig, daß man immer wieder über intellektuelle Probleme schreibt und über mehr oder weniger Nicht-Arbeiter-Probleme, wo doch der größere Teil der Menschheit wie Arbeiter lebt. Nur sollte man sich gar nicht diesem Begriff unterwerfen, das ist falsch, weil man damit die bürgerliche Anmaßung akzeptiert und weil man die Teilung der Literatur in »engagé« oder »not« übernimmt, die auch bürgerlich ist. Natürlich ist es für einen Arbeiter schwerer, weil er nicht das Instrumentarium so einfach zur Verfügung hat. Aber auch für einen bekannten Schriftsteller, möglicherweise bürgerlicher Herkunft, ist das Schreiben ein sehr schwieriger Prozeß, es gibt keine Routine, es gibt keine Meisterschaft, wenn ich anfange, weiß ich gar nicht, wo ich hinkomme. Das Experimentelle des Schreibens als Vorgang muß natürlich auch ein Arbeiter akzeptieren und nicht glauben, daß der Inhalt, allein die Mitteilung über eine leider recht exotische Welt, nämlich der Welt der Arbeiter, genügt. Ich will keinen Formalisten aus ihm machen, aber auch keinen, der sich nur auf den Inhalt stützt, sonst entsteht so etwas wie eine Erbauungsliteratur.

Ich akzeptiere einfach den Begriff Arbeiterliteratur nicht, weil jeder Schriftsteller ein Autodidakt ist, der, wenn er es ernst nimmt, unter sehr schweren Umständen seinen Ausdruck findet, seine Form findet, seine formalen Bedingungen; weil jeder Schriftsteller viele, viele Dinge nicht schreibt, weil er den Ausdruck dafür nicht findet, und das ist natürlich bei einem Arbeiter, der schreibt, genauso. Er soll nicht auf Entgegenkommen spekulieren, das bedeutet nicht, daß ich ganz bestimmte formalistische Anforderungen stelle, aber der Ausdruck muß stimmig sein.

Es war sehr gut, daß die Gruppe 61 das eingeleitet hat. Nur, wie gesagt, mißtraue ich dem Begriff Arbeiterliteratur, weil ich auch dem Begriff bürgerliche Literatur mißtraue oder dem Begriff Intellektuellen-Literatur oder was immer Sie wollen. Wenn ein Arbeiter einen Roman schreibt, der in einer Fabrik spielt und in der Arbeitswelt, die er kennt, ist er genau den gleichen Gesetzen unterworfen wie jeder Schriftsteller, der immer wieder als Anfänger anfängt. Man kann ihm helfen, sein Instrumentarium zu

komplettieren, man hilft ihm aber nicht, wenn man ihm die Sache leichtermachen will, als sie für jeden Schriftsteller ist.
Verstehen Sie, was ich meine, das trifft auf Maler zu, das trifft auf Bildhauer zu, man braucht keine Schule zu besuchen, man braucht keine Akademien zu besuchen, in dem Sinne war Van Gogh ein Arbeitermaler, wenn Sie wollen. Das war er wirklich, er hat eigentlich sein Leben lang wie ein Arbeiter gelebt und gearbeitet wie ein Verrückter. Wenn man das also von dieser Ecke aus sieht, etwa von Van Gogh aus, gibt es keine Erleichterungen, kein Entgegenkommen.
Merkwürdigerweise spricht man nie von Ärzteliteratur, wenn ein Arzt einen Roman schreibt, oder von Angestelltenliteratur, wenn ein Beamter oder ein Angestellter ein Buch schreibt, weil man, wie ich glaube, irrigerweise von der Annahme ausgeht, daß ein Akademiker oder ein Mensch mit einer gewissen Schulbildung eher geeignet sei zu schreiben. Diese Auffassung teile ich nicht.
Natürlich bedarf es einer gewissen minimalen Bildung und Ausbildung, um überhaupt schreiben und lesen zu lernen und den Mut zu finden, sich auszudrücken. Und manche Schwäche der Arbeiterliteratur oder der Literatur der Arbeitswerkkreise liegt darin, daß die Autoren sich zu sehr bemühen, dieses bürgerliche Bildungsniveau in ihrem Ausdruck zu erreichen. Es wäre vollkommen legitim, in der eigenen Sprache zu verfahren, der Sprache der Arbeiter, wie man sie möglicherweise nennen könnte, die ganz bestimmt ausdrucksvoller ist als etwa die Sprache der Ärzte. Die Sprachlosigkeit der Gebildeten bei uns ist so enorm, daß man vor deren Bildung gar keine Angst zu haben braucht. Wie ich schon sagte: ich halte jeden Schriftsteller im Grunde für einen Autodidakten, das beweist sich und erweist sich an Autoren, die hochgebildete Leute sind im klassischen Sinne, also promoviert haben, Professoren sind. Wenn sie anfangen, als Erzähler zu arbeiten, sind sie genauso hilflos wie jeder andere. Im Gegenteil, ihre Bildung hindert sie, das kann man feststellen bei den Romanen von hochgebildeten Germanisten etwa, daß ihre Bildung keine Voraussetzung für das Schreiben von Erzählung oder auch nur beschreibender Prosa ist. Wie gesagt, das Wort Ärzteliteratur habe ich noch nie gehört, obwohl sehr viele Ärzte schreiben.
Etwas ganz anderes ist die durch die Literatur der Arbeitswelt

entdeckte Thematik, die tatsächlich vernachlässigt worden ist, und wahrscheinlich am besten von denen dargestellt wurde, die in dieser Welt gelebt haben. Es hat ja die sehr wichtigen Versuche und gelungenen Experimente von Günter Wallraff gegeben, der sich in die Arbeiterposition hineinbegeben und sie beschrieben hat. Das ist eine sehr wichtige Ergänzung unserer Literatur gewesen und auch eine Ermutigung für Arbeiter, aus der Erfahrung zu schreiben. Man kann das Reportage nennen, aber es geht weit darüber hinaus, weil es doch die Zustände analysiert und interpretiert. Nicht nur beschreibt, sondern analysiert und interpretiert mit großer Parteilichkeit. Wallraff nimmt Partei.
Ich habe die Arbeit der Gruppe 61 nicht genau verfolgt, ich habe Kontakt mit einigen Gruppen der Literatur der Arbeitswelt gehabt, ich habe einfach keine Zeit zu lektorieren. Aber wenn man auf die Tradition der Zwanziger Jahre zurückgeht und sieht, was für gute Sachen Arbeiter geschrieben haben, wirklich überzeugende Romane aus ihrer Problematik und aus ihrer Welt, wie zum Beispiel Turek, *Ein Prolet erzählt,* und auch Lersch auf seine Weise, dann würde ich diesen Gruppen sagen, daß sie weder Herablassung noch Entgegenkommen brauchen, nur Verleger.

Die »Heimat« in der Literatur

R. W.: Welchen Platz nimmt die Provinz in der zeitgenössischen deutschen Literatur ein? Sehen Sie, Heinrich Böll, sich als einen an seine rheinische Heimat gebundenen Schriftsteller, als einen Autor, dessen Werke einen »Provinzcharakter« haben? Ihre Bücher wurden in alle Weltsprachen übersetzt, Sie sind berühmt, und doch sind Sie ein Schriftsteller, der den Nährboden seiner »Provinz« nicht verleugnen kann. Mauriac, Giono, Faulkner, Joyce, Sperber und Kafka – um nur einige weltberühmte Schriftsteller zu nennen – können die Präsenz ihrer Provinz in ihren Werken nicht nur nicht leugnen, sondern sie verherrlichen sie sogar derart, daß sie manchmal vorrangig wird. Aber für Sie, die Schriftsteller der neuen deutschen Literatur, hat »Provinzialismus« vielleicht eine ganz andere Bedeutung. Welche? Ich denke an Ernst Wiechert, Franz Werfel und Carl Zuckmayer als Repräsentanten einer bereits weiter zurückliegenden Zeit, aber auch an Günter Grass, Peter Härtling, Siegfried Lenz, Martin Walser, Uwe Johnson, Günther Wallraff und viele andere.

H. B.: Ich bin mir über den Begriff Provinzialismus im Zusammenhang mit Literatur gar nicht klar. Wenn ich die Beispiele, die Sie genannt haben, betrachte, ist die gesamte Weltliteratur provinziell. Zum Beispiel Dostojewskij; die meisten Romane sind in Petersburg plaziert oder in Städten in der Nähe. Ich halte das für ganz uninteressant. Es hat auch gar nichts damit zu tun, ob einer weltberühmt ist oder wird oder nicht.

Ich glaube, das Interesse, das ein Schriftsteller außerhalb des Landes erweckt, liegt in der allgemeinen Menschlichkeit der Probleme. Ich kann es nur an Beispielen erklären, was mich betrifft. Zum Beispiel der Roman *Ansichten eines Clowns,* extrem provinziell, sehr rheinisch, sehr konfessionell, mit einem ganz bestimmten, sehr speziellen deutschen Problem beschäftigt, nämlich mit dem deutschen Nachkriegskatholizismus, also, wenn man das inhaltlich so kurz zusammenfaßt, extrem provinziell, hat zu meiner Überraschung in der Sowjetunion einen Riesenerfolg gehabt. Es kommt, glaube ich, auf die Sensibilität des Lesers an, der nicht nur die Probleme transponiert, also in dem Falle das Problem der Isolation, sondern auch das Provinzielle einfach als Information nimmt, im Sinne von: ach so leben die da. Vollkommen nebensächlich, aber zum Stoff gehörend.

Wenn ich ein anderes Beispiel nehme, jetzt nicht als Autor, sondern als Leser: die südamerikanische Literatur, etwa Marquez, Gabriel Garcia Marquez, *Hundert Jahre Einsamkeit,* extrem provinziell; was geht mich dieses Kolumbien an, dieses kleine Kaff in Kolumbien, wo eine verrückte Familie in all ihren Verzweigungen in tiefster Provinzialität Geschichte erfährt, und warum lese ich das mit einer solchen Spannung? Gar nicht wegen der Exotik des Provinziellen, die in Kleinigkeiten liegt, in dem, was die Leute essen, trinken, wie lange sie schlafen, sondern weil ein Menschheitsproblem dargestellt wird. Und zwar in einer Formalität, die mich genauso spannt wie der Inhalt. Ich glaube, daß diese ewige Trennung von Inhalt und Form eine Krankheit ist. Sie können mir das interessanteste internationale Problem servieren als Roman oder als Gedicht oder als Hörspiel oder als Theaterstück, wenn es nicht seine Form gefunden hat, ist es langweilig.

Und man kann Provinzialismus oder Provinzialität nur sehen oder beurteilen, wenn man das Gegenteil sieht, nämlich die weltläufige Literatur, ja. Eine Literatur, die sich in internationalen

Kreisen abspielt, sagen wir in einer Art von internationalem Geldadel, ob das nun amerikanische Millionäre sind oder französische, deutsche, italienische. Nun, wenn ich mir das überlege, was mich als Leser bewegt hat, es war fast nur provinzielle Literatur.

Und wie gesagt, wenn Sie es umkehren, was wäre eine nicht-provinzielle Literatur? Es wäre eine Literatur, die in Kreisen spielt und sich mit Problemen beschäftigt, die wirklich international sind. Also Geschäftsleute, Bankiers, die ja eine Internationalität bilden und haben, die Arbeiter und Bürger und Kleinbürger nicht haben. Und dann kommen Sie also auf ein Leben in Konferenzen, in Hotels mit bestimmten erotischen Verwicklungen und Problemen, die ungeheuer langweilig sind, weil sie sich immer wiederholen und ihr Motiv Langeweile ist. Im Grunde genommen ist das Problem des internationalen Jet-set, und das wäre internationale nicht-provinzielle Literatur im klassischen Sinne, konsequent genommen das Problem der ständigen Langeweile, indem man dann künstliche Probleme schafft, indem man sich künstlich verliebt, um ein Problem zu haben. In dem Falle wäre auch die Formalität eines solchen Romans langweilig.

Das Interesse für menschliche Probleme überhaupt als ein Motiv der Literatur vorausgesetzt, ist nicht das einzige. Es interessiert mich auch der englische Bürger oder Kleinbürger, wie er im englischen Roman dargestellt wird, ungeheuer; genauso wie die Menschen in der russischen Literatur, in der französischen. Sie sprachen von Mauriac. Diese für uns fremde Welt, die Gegend um Bordeaux mit ihren Kiefernwäldern und Weinbergen, mit dem, wie hat er das genannt, dem Adel des Korkens, ja, in dieser hochsinnlichen Welt die Probleme der Sinnlichkeit, des Erotischen und Sexuellen gemischt mit Katholizismus puritanischer Art dargestellt, das war für uns eine große Überraschung. Weil am Speziellen das Generelle sichtbar wird. Dasselbe trifft auf die schwedische Literatur zu, auf die italienische, die ich kenne, zum Beispiel von Frau Ginsburg.

Ich kann den Begriff des Provinziellen oder des Provinzialismus gar nicht akzeptieren, wenn ich an Joyce denke, der extrem provinziell ist, von dem ich manchmal denke, wie kann man ihn verstehen, wenn man Dublin nicht kennt; aber man versteht ihn. Oder Kafka, der für mich in einem bestimmten Augenblick eine ganz neue Dimension bekam, als ich vor Jahren, vor vierzehn, fünfzehn Jahren, mit meiner Frau in die Tschechoslowakei fuhr. Wir kamen in die Stadt Pilsen, wo meine Frau geboren ist. Sie ist als sehr kleines Mädchen von da weggegangen mit vier oder fünf Jahren, und ich fragte sie, weißt du noch, wo ihr gewohnt habt? Ja, sagte sie, die Straße ist sowieso, und die Nummer weiß ich auch noch. Wir sind dahingefahren mit dem Auto, tatsächlich, die Straße gab's noch, es gab die Hausnummer noch, es gab das Haus, diese großen, gelbgestrichenen österreichischen Mietshäuser. Da habe ich Kafka noch besser verstanden. In seiner Provinzialität auch, verstehen Sie, diese großen gelben Häuser mit sehr vielen mittleren und kleinen Wohnungen und Eingängen und Fluren. Das war tiefste altösterreichische Provinz. Sie finden diese Bauten, diese gelben Mietshäuser, bis nach Serbien hinein, das war ein typischer Ausdruck für dieses k. und k. Österreich, das Kafka dargestellt hat.

In dem Sinne bin ich ganz sicher provinziell und möglicherweise auch deshalb interessant, weil das Rheinland sich noch sehr wenig literarisch artikuliert hat. Man weiß sehr viel über Berlin, über Bayern, über Ostdeutschland, über das Rheinland weiß man sehr wenig. Es ist eigentlich eine sehr bekannte Provinz, aber noch wenig artikuliert in der Literatur. Das mag ein Element sein, diese komischen Deutschen da, Katholiken sind sie auch noch, und dann dieses Köln usw. Ich hab das nie wahrgenommen, weil ich mir denke, daß einer, der Romane schreibt, den Stoff aufnimmt, der um ihn herum ist, nennen wir es so. Ob das Köln ist oder Siegburg oder Bamberg oder Dresden, das ist uninteressant.

4. DER GEFREITE HEINRICH BÖLL

R. W.: Welche Bindungen haben Sie an das Rheinland? Wo sind Sie geboren? Erinnern Sie sich noch an Ihr Stadtviertel, an Ihre Straße? Welche Erfahrungen haben Sie als Kind in der Schule, zu Hause und auf der Straße gemacht? Welchen Platz nimmt Ihre Geburtsstadt in Ihren Büchern ein?

H. B.: Ich bin in Köln geboren, in einer Vorstadt der ersten Stadterweiterung zwischen 1870 und 1914, also in einem, man kann sagen bürgerlichen, klein-bürgerlichen Viertel. Ich erinnere mich an dieses Viertel nicht sehr stark, hauptsächlich an Spiele auf der Straße, es war ein Park in der Nähe und eine Allee, wir wohnten an einer Allee.

Wir sind dann kurz darauf, ich glaube, als ich drei oder vier Jahre alt war, weggezogen, umgezogen in einen regelrechten Vorort, in eine Neubausiedlung, die einer privaten Initiative eines meiner Onkel entsprang, der Architekt war. Er baute fünf oder sechs Häuser für Bekannte, für Verwandte. Es war eine Siedlungsgenossenschaft, ich weiß nicht mehr, wie sie hieß, und da wohnten wir also in einem noch nicht fertigen Viertel. Ich erinnere mich, daß die Straße noch nicht gepflastert war, es war eine Art Feldweg, und gegenüber lag ein Park, und meine Haupterinnerung ist das Spielen draußen auf der Straße oder in diesem Park. Wenn die Gärtner streikten, war das besonders romantisch.

Dort haben wir gewohnt, bis ich zwölf oder dreizehn war, bis also der große wirtschaftliche Zusammenbruch kam, der in Amerika begonnen hatte und auf die Welt übergriff, der schwarze Freitag, der kam so etwa 1929 bei uns an. In der Konsequenz dieser Wirtschaftskrise mußte mein Vater das Haus verkaufen. Wir zogen in die Stadt, in große Mietwohnungen, die immer etwas zu teuer für uns waren, es war immer ein bißchen zu hoch gegriffen. Das erste Jahr oder die ersten Jahre mitten in der Stadt fühlte ich mich sehr beengt, weil ich es gewöhnt war, immer im Freien zu sein, immer draußen zu spielen.

Ich erinnere mich, wenn wir aus der Schule kamen, mein Bruder und ich, wir schmissen die Ranzen in die Ecke, und dann wurde sofort rausgegangen und gespielt, Fußball und Schlagball und Hockey und Verstecken und Räuber und Gendarm und mit Reifen, Klickern und allem möglichen. Das war in der Stadt nicht mehr so möglich, aber ich entdeckte dann, daß die Stadt einen großen Vorteil hatte, nämlich die Anonymität. Und das Spazierengehen in Städten ist mir aus dieser Zeit eine sehr, sehr liebe Gewohnheit geworden. Ich hab die Stadt dann auch in ihren düsteren Ecken entdeckt.

Nun ja, ich bin dann zur Schule gegangen vom sechsten Lebens-

jahr an, das ist normal bei uns, bis zum neunzehnten, dreizehn Jahre Schule, wobei mir die letzten zwei, drei Jahre sehr schwer fielen, sehr langweilig waren. Ich hab sie aber bewußt weiter auf der Schule verbracht, weil das ein Versteck war vor dem Nationalsozialismus, der um 33 massiv Stadt, Welt, Deutschland, Straße besetzte und zerstörte durch seine reine Präsenz. Ich denke jetzt, wo so ein paar Nazi-Nostalgien bei uns auftauchen, gelegentlich darüber nach, ob es nicht Filmmaterial gibt über diese Straßenbrutalität der Nazis. Es war ja eine sowohl ideologisch wie weltanschaulich und sozial völlig wurzellose und unklare, vollkommen undefinierbare Gruppe von Menschen, diese ersten Straßennazis, möchte ich sie nennen, zum Teil Arbeitslose, zum Teil gescheiterte Existenzen, es war wirklich der Bodensatz des verkommenen Kleinbürgertums.
Ich bin also zur Schule gegangen noch bis 1937, habe noch unter den Nazis das Abitur gemacht, bewußt, weil die Schule ein bißchen eine Heimat war, auch Ergänzung zu dem Milieu, also zu meinem Elternhaus, und da war der Katholizismus, der in der Schule immanent war, auch ein Schutz gegen diese Nazi-Brutalität. Es gab heftige Auseinandersetzungen im Unterricht, etwa zwischen dem Religionslehrer und Hitlerjugendführern, das kann man sich heute gar nicht mehr vorstellen, wie die Lehrer terrorisiert wurden von den Jugendlichen. Das findet heute vielleicht auf einer anderen Ebene statt.
Ich habe einige Erlebnisse gehabt, einzelne, die mir unvergeßlich sind. Ich habe nach dem Krieg zufällig auf der Straße einen meiner alten Lehrer getroffen, ihn gefragt, wie geht's Ihnen und was haben Sie so gemacht, und er erzählte mir, daß junge Leute, Schulkameraden, die ich ganz gut kannte, die aber durch Sitzenbleiben in eine Klasse unter mir geraten waren, ihn fürchterlich terrorisiert hatten. Und ein solcher Terror konnte für einen Lehrer lebensgefährlich werden. Eine Denunziation bei der Gestapo oder bei der Partei konnte das Leben kosten. Dieser Herr war ein sehr konservativer und gleichzeitig sehr aufgeschlossener Altphilologe, war also ein richtiger Humanist, der ein bißchen trokken war, aber uns ungeheuer viel vermittelt hat. Es war vielleicht 1946 oder 1945, als ich ihn wiedersah. Ich glaube, ich traf ihn auf dem Schwarzmarkt, wo wir gemeinsam uns ein paar Zigaretten kauften, und er erzählte mir das dann, auch Dinge, die ich damals gar nicht so genau wahrgenommen hatte. Die Schulkame-

raden, über die er sprach, waren inzwischen wohlbestallte Ärzte, aus dem Krieg heimgekehrt und wieder wohlbestallte Katholiken, auch aktive. Wissen Sie, solche Details, solche kleinen Erlebnisse machen den Terror deutlich. Der Umschwung 33, diese Angst, die Lähmung plötzlich, auch in der Schule: was passiert jetzt, ist der in der Partei, ist der nicht drin, wie wird der sich verhalten?

R. W.: Waren diese Schulkameraden auch Mitglied der Hitlerjugend?

H. B.: Ja natürlich.

R. W.: Sie mußten natürlich nicht rein.

H. B.: Doch, wir hätten rein gemußt. Es war nicht gerade ein Gesetz, aber fast verpflichtend, sozusagen selbstverständlich. Es gab später eine Einrichtung, die hieß Staatsjugendtag, das war der Samstag, der war schulfrei und wurde zu mehr sportlichen Übungen benutzt. Das war praktisch eine Art vormilitärischer Ausbildung.

Das Grauen vor dem Nazismus

Ich bin nicht in die Hitlerjugend gegangen, obwohl man Druck auf mich ausübte. Ich möchte das keinesfalls heroisieren, ich haßte einfach die Nazis, und vor allen Dingen auch ihre Uniform. Sie war so häßlich, die Verbindung von ästhetischer Abneigung und moralisch-politischer Abneigung war perfekt. Deshalb hab ich auch nie zwischen ästhetisch und moralisch trennen können. Wenn man so eine Nazihorde auf der Straße marschieren sah in ihrer braunen Uniform, man war's ja inzwischen gewöhnt, und stellte sich plötzlich distanziert daneben, sah sich das objektiv an, eine Horde von Männern in braunen Jacken, braunen Hosen, braunen Mützen, also Scheiße-Farben eigentlich, die da gröhlend durch die Stadt marschierten, nicht als unterdrückte Minderheit, sondern als herrschende Mehrheit.

Nun ja, ich bin nicht in die Hitlerjugend gegangen. Es war nachher so, daß nur zwei oder drei Schüler auf der ganzen Schule nicht in der Hitlerjugend waren. Der Direktor war ein sehr anständiger, katholischer Deutschnationaler, der natürlich wie viele gebildete und auch sensible Deutsche in dieser Zeit die Nazis und die ganze brutale Art, in der sie sich präsentierten, nicht mochte. Aber er war deutschnational. Es waren die peinlichen Erinnerungen an den Ersten Weltkrieg, die wir in der Schule von unseren Lehrern präsentiert bekamen, die sie letzten Endes doch das Nationale an der Bewegung allem anderen vorziehen ließen. Ich glaube, daß man diese Täuschung des deutschen Bürgertums nicht unterschätzen sollte. Das Nationale am Nationalsozialismus hat sie verführt. Das andere haben sie einfach verdrängt, den ganzen Dreck, die Verhaftungen, die KZs, die Schlägerkommandos, die Torturen, von denen man erfuhr, das wurde verdrängt, und man dachte, na ja, es ist trotz allem die nationale Rettung.

Dann kam diese Liaison mit Hindenburg, eine der peinlichsten Veranstaltungen der gesamten deutschen Geschichte, der Tag von Potsdam, wo die deutschnationalen Reaktionäre sich öffentlich mit den Nazis verbündeten. Wenn Sie sich die Bilder anschauen, sehen Hindenburg in Marschalluniform und Hitler im Frack, dann wissen Sie, was das für eine blutige Komödie war. Das kann man alles nachlesen, ich habe auch zum Teil darüber geschrieben, darüber braucht man nicht mehr zu reden.

Ich bin also bis 37 auf der Schule geblieben, gedeckt durch ein anti-nazistisches Milieu zu Hause und auch durch Lehrer. Ich kann das nicht genug betonen, daß der größere Teil unserer Lehrer, die mich, uns seit sieben, acht Jahren kannten – von Sexta bis Oberprima haben wir zum Beispiel denselben Lateinlehrer gehabt – nicht demonstrativ Anti-Nazipropaganda machten, auch nicht machen konnten, aber doch, so still im Untergrund, sagen wir, wirklich humanistische Gedanken verbreiteten. Ja, das war ganz deutlich, auch bei unserem Deutschlehrer, der kein Nazi war, auch nicht einmal ein Deutschnationaler, wahrscheinlich ein liberaler Demokrat. Und ich habe dann, wahrscheinlich einer der wenigen Deutschen in dieser Zeit, auch *Mein Kampf* gelesen. Das war Schullektüre, Pflichtlektüre, und der Deutschlehrer, bis heute bewundere ich seinen Mut, hat das Buch mit uns gelesen. Dann fing er an, es zu korrigieren, ganz trocken. Er war kein sehr musischer Lehrer, das war gar nicht seine Qualität, seine Qualität war eine trockene, nüchterne Behandlung der deutschen Sprache, und dieses unbeschreibliche Sprachgebilde, das *Mein Kampf* ist, das wahrscheinlich sehr wenig Deutsche wirklich gelesen haben, hat er mit uns im Unterricht regelrecht redigiert. Wir kriegten also etwa die Aufgabe: Seite 180 bis 210, dreißig Seiten auf zehn Seiten zu kürzen, das heißt, dieses ganze Sprachgewirr zu reduzieren auf eine Art Inhalt und eine Art Aussage, das ganze Gewirr von idiotischen Konstruktionen und Ausdrücken auszumerzen. Ich habe damals nicht kapiert, wie mutig das war, heute kapiere ich das, auf jeden Fall habe ich auf diese Weise *Mein Kampf* gelesen, da war ich siebzehn – achtzehn wahrscheinlich, und ich wußte, was uns bevorstand. In *Mein Kampf* steht alles drin, bis zur Judenvernichtung, bis zur Untermenschenphilosophie, was die slawischen Völker betrifft. Es steht die ganze Kirchenpolitik drin, die Vernichtungspolitik, es ist eigentlich das Bekenntnis eines unartikulierten Zerstörers.

Ich habe dann 37 das Abitur gemacht und bin in Bonn in eine Buchhandelslehre gegangen, habe die Lehre nach dreiviertel Jahren abgebrochen, weil es mir zu aussichtslos erschien, dreieinhalb Jahre lang in der Lehre zu sein und so wenig Geld zu verdienen – ich verdiente 12 Mark im Monat, davon ging noch das Fahrgeld ab. Meinen Eltern ging es wirtschaftlich sehr dreckig.

Vor allen Dingen muß man wissen, daß wir wußten, der Krieg kommt. Wir konnten gar nichts richtig anfangen, weder Studium noch Lehre, weil wir ganz genau wußten, jedenfalls bei uns zu Hause und auch in meinem Freundeskreis, daß der Krieg spätestens 1938 ausbrechen würde, daß die Nazis ihn irgendwie provozieren würden. Die ganze Politik war eindeutig, Aufrüstung, Rheinlandbesetzung, die Wehrpropaganda in Schulen und überall.

Jedenfalls habe ich ohne großes Interesse diesen Beruf angefangen. Er war auch wieder eine Deckung gegenüber der politischen Umwelt, ich brauchte nicht in eine Parteiorganisation, mein Lehrherr war sehr konservativ, zurückhaltend, katholisch auf eine angenehme Weise. Immerhin hatte diese Lehre einen großen Vorteil, es gab in diesem Geschäft ein Riesenantiquariat, ich glaube, zweihundert- oder dreihunderttausend Bände, das war das Hauptgeschäft. Es gab ein Sortiment, wie man es nennt, ein Antiquariat und einen Verlag. Alle drei buchhändlerischen Möglichkeiten waren da, und in diesem Antiquariat gab es auch sehr viele Bücher, die offiziell verboten waren, die man nur kaufen konnte mit einer ministeriellen Erlaubnis, zum Beispiel für Studienzwecke etwa Freud oder Marx oder auch alte pornographische Werke wie Antino, und ich hatte die Gelegenheit, als

Neunzehnjähriger Freud zu lesen. Das war eine Sensation in dieser Zeit. Ich ging in die Antiquariatsräume, setzte mich in eine Ecke und suchte mir dies raus oder jenes und las. Das war ein Vorteil, aber ich hab die Lehre nach knapp einem Jahr abgebrochen, weil meine Einberufung kurz bevorstand. Die habe ich immer wieder verschoben, aber sie ließ sich schließlich nicht mehr weiter verschieben. Ich habe dann in dieser Zwischenzeit, sagen wir, zwischen Frühjahr 38 und Herbst 38, viel geschrieben. Ich war zu Hause, ich half meinem Vater ein bißchen im Büro und im Geschäft, auch praktisch, er machte Tischlerarbeiten. Ich war zwar nicht sehr begabt als Tischler, aber als Hilfsarbeiter vielleicht zu gebrauchen, habe diese Zeit auf eine seltsame Weise außerhalb der Zeit verbracht, es war eine Art innere Zurückziehung, ich will nicht sagen Emigration. Ich habe viel geschrieben, Kurzgeschichten, Gedichte, einen Roman, und dann kam unvermeidlicherweise meine Einberufung zum Arbeitsdienst, Reichsarbeitsdienst hieß das, und das war eine reine Terrororganisation.

R. W.: Sind Sie nie auf den Gedanken gekommen, Priester zu werden?

H. B.: Nein, nie. Ich bin nie daraufgekommen, obwohl das sozusagen in unserem Milieu und in der Schule fast selbstverständlich war. Weder als Junge noch als Jüngling noch als junger Mann ist mir jemals die Idee gekommen, Priester zu werden. Ich war nicht einmal Ministrant. Merkwürdigerweise, das muß auf Erlebnissen beruht haben, die mein Vater als Junge gehabt hatte, hat er uns geradezu verboten, Ministrant zu werden. Ich fürchte, daß er selber als Ministrant ziemlich düstere Erfahrungen mit Priestern und Küstern und so gehabt hat.

In diese Zeit fiel auch eine erste, man kann sagen religiöse Krise, nicht religiöse, aber kirchliche Krise. Ich bin jahrelang gar nicht zur Kirche gegangen, hab auch gar nicht die Sakramente genommen, weil die Schwierigkeiten, die ein junger Mann hat, sobald er sein Geschlecht entdeckt, so oder so mir durch Beichte und Belehrung nicht lösbar schien. Ich habe dieses automatische Mich-von-Schuld-freisprechen-Lassen, die ich gar nicht empfand, drangegeben. Das kam später wieder, und zwar im Zusammenhang mit der politischen Umwelt. Notwendigerweise mußte man die Kirche mitnehmen, wenn man Religion ausüben wollte, es war eigentlich ein notwendiges Übel.

Das kam wieder im Arbeitsdienst, der wirklich eine Terrororganisation war. Ich habe später oft gedacht, daß er fast KZ-artige Züge hatte, die schwerste Arbeit unter sehr schweren Bedingungen mit sehr wenig zu essen und kaum Geld. Wir haben Feldarbeiten gemacht, im Winter, Rodungen gemacht, Dränagearbeiten gemacht, in sehr schönen deutschen Wäldern dahinten in Hessen, in der Nähe von Kassel; das war wirklich ein Alptraum. Andererseits ergab sich etwas, was ich auch nicht missen möchte, es war die erste Begegnung mit Arbeitern. Ich war nicht in einem Abiturientenlager, weil ich mich nicht hatte automatisch einziehen lassen, sondern es hinaugezögert hatte. Ich war also in einem Lager mit 250 Kölnern aus der Altstadt, Arbeitern und vielen Kriminellen. Das war für mich eine große Überraschung, daß unter diesen jungen Menschen zwischen achtzehn und einundzwanzig ein erheblicher Teil schon vorbestraft war, wegen Zuhälterei, wegen Diebstahl, Körperverletzung, Homosexualität, Prostitution. Ich habe sehr viel erfahren, sehr viel gelernt, bin auch nicht von meinen Mit-Gefangenen, wie ich sie nennen möchte, terrorisiert worden, seltsamerweise, obwohl zwischen Abiturienten und Arbeitern traditionell eine sehr starke Spannung herrschte.
Ich habe einmal ein bißchen darüber in *Entfernung von der Truppe* geschrieben. Wie es in diesem Buch angedeutet ist, habe ich für viele Briefe geschrieben, eine Art Briefsteller gemacht, es waren richtige Analphabeten dabei. Es war für mich eine Riesenüberraschung, dieses Milieu kennenzulernen.
Das war im Frühjahr 39 vorbei, und ich habe dann offiziell angefangen zu studieren. Die Absolvierung des Arbeitsdienstes war die Voraussetzung für die Studienerlaubnis. Deshalb konnte ich mich auch nach dem Abbruch der Lehre nicht als Student einschreiben. Ich habe dann auch einen Studienplatz bekommen, mich in Köln eingeschrieben für alte Philologie, hauptsächlich für Latein und Griechisch, bin aber praktisch nie zur Universität gegangen. Sie können sich vorstellen, im Herbst 38 war die Sudetenkrise, wie das in Deutschland hieß, da war der Krieg sehr nahe. Da waren wir schon im Arbeitsdienst, und man konnte sehr gut spüren, daß es nur ein Aufschieben war. Chamberlain, Laval, Münchener Abkommen, Sie erinnern sich, das haben wir natürlich mit äußerster Aufmerksamkeit verfolgt, weil, wenn der Krieg ausgebrochen wäre, wir sofort drin gewesen wären auch als »Arbeitsmänner«, wie es hieß.

Der Krieg war also um ein Jahr verschoben. Aber es war ganz klar, daß er spätestens ein Jahr später ausbrechen würde, und in dieser Stimmung und in dieser Erwartung hatte ich keine Lust zu studieren. Ich bin ein paarmal in die lateinischen und griechischen Übungen gegangen, im übrigen immer mit dem Fahrrad durch Köln gefahren und hab mich in den Park gesetzt und gelesen und ein bißchen geschrieben.
Dann wurde ich zur Armee eingezogen, ich weiß nicht mehr ganz genau, ich glaube, im Juli 39, also ein paar Wochen vor Kriegsausbruch. Das war eine weitere Überraschung für mich; nach dem Arbeitsdienst war die deutsche Wehrmacht eine relativ angenehme Einrichtung. Der Arbeitsdienst war ursprünglich eine Gründung oder eine Idee von Nicht-Nazis gewesen, eher von Sozialdemokraten und christlich-sozialen Leuten, die die jungen Arbeitslosen von der Straße holen und sie mit vernünftigen Arbeiten beschäftigen wollten. Daraus war dann eine nationalsozialistische Verbrecherorganisation geworden, so möchte ich es nennen, und das Erlebnis der sieben Monate im Frieden in dieser Organisation hat meinen angeborenen Antimilitarismus viel mehr bestärkt als der Krieg und die Armee. Ich liebte die Armee auch nicht, die deutsche Wehrmacht, aber phänomenologisch interessant ist es schon, daß nach der Erfahrung des Reichs-Arbeitsdienstes die deutsche Wehrmacht im Frieden eine überschaubare Organisation war mit relativ gerechten Ordnungen. Die preußische Tradition hat ja ihre Ordentlichkeit, und das spürte man sehr deutlich.
Also, das war nicht so schrecklich, wie ich es erwartet hatte. Ich kam nach Osnabrück in eine Kaserne, erlebte den Kriegsausbruch in der Kaserne, marschierte aber noch nicht aus, wie man das nannte, weil wir noch nicht ausgebildet waren; ich erinnere mich aber sehr gut an diesen Ausmarsch der Garnison in den Krieg gegen Polen, ich habe auch darüber geschrieben in einer kleinen Erzählung, die fast autobiographisch ist. Was mir auffiel, weil wir ja alle diese Kriegsbegeisterung von 1914 in Erinnerung hatten, die offenbar auch echt gewesen war, war die absolute Unbegeisterung der deutschen Armee. Ich glaube, daß man das noch nicht kapiert hat in der Welt und auch in Europa, daß der Ausbruch dieses Krieges ganz anders verlief als der Ausbruch des Ersten Weltkrieges. Es gab wahrscheinlich einzelne Gruppen unter Offizieren, Unteroffizieren, vielleicht auch Soldaten,

die diesem Abenteuer mit einer gewissen Begeisterung entgegensahen, aber die Masse der Soldaten war eher deprimiert. Ich denke, das ist ein sehr wichtiger Unterschied zu 1914. 25 Jahre nach dem Ersten Weltkrieg fing der Zweite an, der eigentlich eine Fortsetzung des Ersten war, und diese ausmarschierenden Truppen da, ich weiß nicht wieviel hundert oder tausend es waren, die wir sahen, Gruppe für Gruppe mit Geschützen, mit Pferden und allem, war eher deprimiert.

Das zweite, was mir auffiel, war die Improvisiertheit der Ausrüstung, das war alles nicht so ganz comme il faut. Es waren Reservisten, die eingezogen worden waren und dann wieder in ihre alten Truppenteile kamen mit ihrer alten Funktion, was weiß ich, als Unteroffizier oder Maschinengewehrschütze oder Pferdehalter. Die Ausrüstung war nicht so ganz perfekt, das merkte man, es war nicht so, wie man sich den Ausmarsch einer klassischen preußischen Armee vorstellt. Die Begeisterung war gering, die Bevölkerung war das Gegenteil von begeistert.

Das waren für mich zwei entscheidende Einblicke an diesem Tag, als die ausmarschierten, so Ende August wahrscheinlich. Weil wir ja alle, wie ich nochmal sagen will, erzogen worden waren mit den Berichten über diese ungeheure Begeisterung von 1914. Das war's nicht, es war etwas ganz anderes, was, das merkten wir ein paar Jahre später.

Ich bin dann noch in der Garnison geblieben, ich weiß nicht genau wie lange, ich habe das nie genau registriert, ein paar Monate. Dann wurden wir verlegt, wie man das bei der Armee nennt, nach Polen, merkwürdigerweise nach Bromberg. Der Krieg mit Polen war lange vorbei, und der Krieg gegen Frankreich hatte schon angefangen. Ich war dann, ich weiß nicht genau wie lange, sechs Wochen oder vielleicht auch drei Monate in Bromberg, in einer der schrecklichen, uralten preußischen Kasernen aus den siebziger, achtziger Jahren und habe miterlebt, wie der Terror der SS, nicht der Armee, in Polen, in Bromberg wirkte. Plötzliche Verhaftungen, Razzien in Gastwirtschaften. Ich habe sehr gute polnische Freunde gehabt, auch eine polnische Freundin, und habe durch sie sehr viel erfahren. Und ich glaube, daß das Material zu *Der Zug war pünktlich* wahrscheinlich aus dieser Zeit stammt. Von Polen aus kam ich nach Frankreich, als der Krieg dort schon vorüber war.

R. W.: Nach dem deutschen Sieg?

H. B.: Nach dem Sieg, nach Juni 40 war das, ich glaube im Juli oder August kam ich in die Picardie, in ein Dorf zur Besatzungstruppe und wurde dann sehr schnell krank. Ich bekam eine Ruhr, eine sehr schwere Ruhr, ich habe monatelang im Hospital gelegen, wurde dann wieder nach Deutschland geschickt, blieb noch ungefähr ein Jahr in Deutschland als nicht-aktionsfähiger Soldat, so mit Wachdienst in langweiligen Kasernen. Furchtbar. Ich habe Kasernen immer mehr gehaßt als alles andere.

Die Schmach von 1918 auslöschen

R. W.: Sie sagten, die deutschen Soldaten und das deutsche Volk hätten Zweifel gehabt, was den Ausgang dieses Krieges betraf, und sie hätten Angst gehabt; 1914 war das nicht so. Aber glauben Sie nicht, daß 1940, nach dem Sieg über Frankreich, die Soldaten und die Bevölkerung eher euphorisch gestimmt waren? Dieser Sieg war doch ihre Revanche, ihre Revanche gegenüber der Vergangenheit.
H. B.: Ja, sehr wichtige Bemerkung von Ihnen. Ich glaube nicht, daß es das Gefühl der Revanche war. Das ist sehr komisch. Jedenfalls hat der Sieg über Frankreich die Kriegseuphorie im ganzen deutschen Reich erheblich gesteigert. Die Stimmung war zwischen September 39 und Juni 40 sehr bedrückt gewesen. Merkwürdigerweise hat der Polenkrieg keine Euphorie hervorgerufen, ich weiß nicht, warum, das müßte man analysieren. Vielleicht weil man dachte, dieses kleine Polen, das ist ja kein großer Sieg, vielleicht. Aber der Sieg über Frankreich hat einen erheblichen Stimmungsumschwung gebracht, einen sehr peinlichen, und das war, wenn ich mich jetzt zurückerinnere, eigentlich der entscheidende Augenblick, um zu prüfen, wer vom Nazismus infiziert war und wer nicht. Einige gute Freunde, mit denen wir sehr vertraut waren, die auch nicht faschistisch waren, aber, sagen wir, ein bißchen nationalistisch, hatten nach diesem Sieg über Frankreich eine ganz andere Stimmung und Einstellung. Das hat ja Hitler einen enormen Kredit eingebracht, weil es Frankreich war, der Urfeind, der besiegt wurde.
Ich glaube gar nicht, daß die deutschen Soldaten vom Revanche-Gedanken infiziert waren, diese Propaganda hat nie geklappt. Es war einfach der Sieg und dann das Leben in einem sehr reichen Land. Sie können sich das nicht vorstellen, die prakti-

schen Dinge. Ich habe jetzt gerade ein Buch von Erich Kuby gelesen, der schildert die ersten Monate der Besatzung in Frankreich, und ich erinnere mich an ähnliche Erlebnisse. Es war einfach für die deutschen Soldaten, unabhängig vom Politischen, Geschichtlichen, ein Wunderland, materiell. Wir kamen doch aus einem total verarmten Land, mit sehr vielen Arbeitslosen, kamen aus Großstädten. Man konnte hier in Frankreich Wein trinken und Hühnchen essen und alle diese banalen Dinge, es war erstaunlich. Und der Sieg ist in dem Sinne wahrscheinlich für viele Soldaten ein Triumph gewesen und auch eine Flucht aus dem sehr grauen deutschen Alltag.
Das änderte sich bald. Das war wahrscheinlich so eine gewisse Sieger-Euphorie in den ersten Monaten nach dem Sieg. Aber es ist gut, daß Sie mich darauf aufmerksam machen. Der Sieg über Frankreich hat den Krieg ungeheuer populär gemacht, ein Sieg und dann Frankreich und dann so schnell. Dann kamen die Besetzungen von Jugoslawien, Norwegen, und so Ende 1940 war die Euphorie auf dem Höhepunkt.
Das änderte sich schlagartig mit dem Krieg gegen Rußland. Gar nicht, daß die Leute das alles überschaut hätten, aber man brauchte ja nur auf die Landkarte zu sehen. Man brauchte nur auf der Karte zu sehen, wie groß die Sowjetunion war, und obwohl man gar nicht wußte, wie stark deren Rüstung war, das Militärisch-Strategische war ja mysteriös, war das natürlich ein erschreckendes Erlebnis, dieser Einmarsch in die Sowjetunion. Die ersten Monate verliefen auch in Euphorie, ein Sieg nach dem anderen, usw. Daran habe ich nicht teilgenommen, ich war noch in Deutschland in einer Garnison, noch nicht ganz gesund und auch noch nicht, wie man sagt, kriegsverwendungsfähig und bin zwischen Köln und Bielefeld in verschiedenen Garnisonen gewesen in irgendwelchen Wachkompanien.
Ich kam dann nach Frankreich zurück. Das heißt, wir wurden wieder zu einer neuen Einheit zusammengestellt in Köln unter sehr düsteren, obskuren Bedingungen und in entsetzlich überfüllten Kasernen mit gräßlichen disziplinären Bedingungen, und wir hatten natürlich alle Angst, daß wir nach Rußland kämen. Da wollte keiner hin, das Abenteuer war um die Zeit schon kein Abenteuer mehr. Es gab die Winteroffensive, wie Sie wissen, wo die deutsche Armee praktisch im Schnee steckenblieb und erfror, wo sich auch sogar für Laien einsehbar die vollkommene

Hilflosigkeit der militärischen Führung erwies. Dieser Vormarsch, was weiß ich, im Oktober in Moskau und im September möglichst schon in Leningrad, der wurde gestoppt durch den Winter und auch durch die Anstrengung der Roten Armee, und der Krieg in Rußland war 1942 auch für mehr oder weniger begeisterte Soldaten keine Attraktion mehr. Die Angst war immer: wo kommen wir hin, kommen wir nach Rußland, nach Frankreich oder Italien, was weiß ich.
Jedenfalls, wir hatten sozusagen Glück, wir kamen nach Frankreich, ich kam nach Frankreich zurück mit dieser neuen Einheit und bin hier mindestens ein Jahr gewesen, ich weiß es wirklich nicht genau, wahrscheinlich länger, eineinviertel, eineinhalb Jahre als Besatzungssoldat an der Kanalküste zwischen Abbeville, nein, zwischen Saint-Valéry sûr Somme und Le Tréport. Immer hin und her bewegt in Bunker, wieder in rückwärtige Quartiere usw.

Stalingrad, der Wendepunkt des Krieges

Wir erwarteten natürlich die Invasion, der Gedanke war auch nicht sehr erfreulich. Wir erwarteten, daß wir nach England übersetzen würden oder daß die Invasion von Engländern und Amerikanern kommen würde; die Vorstellung an beides war nicht sehr erheiternd. Dann kam Stalingrad, und was das bedeutete, das haben uns die Franzosen sehr deutlich gezeigt. Plötzlich über Nacht stand auf allen Wänden nur »Stalingrad«, nichts sonst, nicht »weg mit euch Faschisten-Nazis«, nur »Stalingrad«. Es war sehr eindrucksvoll, ungeheuer eindrucksvoll. Nun, ich habe also meinen Wachdienst gemacht und meinen Besatzungsdienst, mit der Bevölkerung direkt hatten wir wenig zu tun. Ich war eine Zeitlang Dolmetscher auf einer Kommandantur in Le Tréport, hatte da auch mit der Bevölkerung zu tun, das heißt, es mußten irgendwelche Transporte organisiert werden, Pferdewagen requiriert werden. Im übrigen spürten wir natürlich sehr deutlich die Kühle der französischen Bevölkerung. Ich habe das respektiert und natürlich auch verstanden, aber es war trotzdem hart. Man konnte kein Mädchen ansprechen, man konnte mit keinem Menschen, mit dem man gerne mal geredet hätte, offen reden. Aber ich bitte Sie, wie hätten die Franzosen dazu kommen können, mit einem Deutschen offen politisch zu reden, das wäre sehr gefährlich gewesen. Das wußte ich alles, hab das auch verstanden, es war trotzdem sehr hart, daß man überhaupt mit niemand in Kontakt kam, den man als Gesprächspartner sich gewünscht hätte. In dem Punkt war die Bevölkerung konsequent.

Es gab Ausnahmen: ich war Dolmetscher auf dieser kleinen Kommandantur, und der Kommandant dieser Kommandantur war ein Architekt, ein deutscher Feldwebel, ein sehr generöser nihilistischer Mensch, der sehr korrupt war und sehr verstrickt mit irgendwelchen französischen Baufirmen. Irgendwie wurden da ganz krumme Dinge gedreht, das haben wir natürlich gemerkt, aber wir haben nichts gesagt, er wurde später angezeigt und kam vors Kriegsgericht. Der hat schlimme Dinge gemacht, Millionen Francs unterschlagen, sie sich geteilt mit Bauunternehmern, mit anderen Offizieren, er hatte, glaube ich, sogar eigene Pferde in Longchamps laufen. Es war eine ganz konsequente Korruptheit, die mir auch bis zu einem gewissen Grad imponierte. Er war sehr nett zu uns, dieser Feldwebel. Ich wurde später vors Kriegsgericht geladen als Zeuge, weil ich ja viel für ihn telefonieren mußte, er konnte kein Französisch. Ich hab einfach gesagt, da habe ich nichts von gemerkt, ich habe nichts gewußt. Ich wollte nicht zur Verurteilung eines Menschen beitragen.

Diese Zeit hatte, wenn man das Politisch-Moralisch-Weltanschauliche wegläßt, natürlich für einen Soldaten in dieser Armee und in diesem Krieg gewisse Reize. Wir wohnten nicht in der Kaserne, sondern in einem kleinen Haus, ich glaub, das war die ehemalige Mairie. Wir hatten unser Schlafzimmer, hatten ein Bad, machten ein bißchen unseren Verwaltungskram. Ich habe nicht den Eindruck gehabt, daß die französische Bevölkerung in diesem Ort mich als Feind betrachtet hat, aber das mag täuschen. Sie war kühl, es herrschte Distanz, und, wie das bei Soldaten so ist, Kontakt kriegen Soldaten immer nur mit dem korrupteren Teil oder den weniger bewußten Teilen der Bevölkerung. Ich hatte sehr viel mit Handwerkern zu tun, Elektrikern, die Reparaturen ausführten, Schreinern und so weiter. Das war sehr nett, war praktisch und hatte eigentlich keine politische Dimension. Der Hauptkontaktpunkt der Soldaten waren die Bordelle, die gab's natürlich, und ich erinnere mich, daß viele Plakate und Suchanzeigen in die Kommandantur kamen. Man suchte deut-

sche Deserteure, suchte sie meistens in den Bordellen. Nicht wir, das machte die Feldgendarmerie oder die Gestapo, aber wir waren verpflichtet, die Plakate aufzuhängen. Ich habe alle diese Plakate immer sofort zerrissen, ich hasse Steckbriefe seitdem, verstehen Sie.
Manchmal mußte ich auch in die Bordelle gehen, morgens früh, weil die Herren Offiziere und Unteroffiziere alles mögliche liegengelassen hatten, manche auch ihre Pistole oder ihre Brieftasche oder was weiß ich, und ich mußte dann hingehen und das Zeug holen. Sie können sich vorstellen, wie erotisch anregend ein Bordell morgens um 9 Uhr ist. Aber ich hab mich sehr gut mit den Bordellmüttern und auch den Mädchen verstanden. In dieser frühen schrecklichen Morgenstunde, wo in Bordellen die mieseste Stimmung des Tages herrscht, das Erotische und Sexuelle überhaupt nicht diskutabel war. Ich war ja ein junger Mensch, und es waren auch ganz hübsche Frauen dabei. Wir haben uns immer ganz nüchtern unterhalten; ich hab dann manchmal auch einen Kaffee bekommen.
Das zog sich hin bis Sommer 43, es war also schon lange nach Stalingrad. Die Stimmung in der Armee war sehr gedrückt, weil jeder spürte, was man nie zugab und natürlich auch nicht kommentierte, daß Stalingrad die entscheidende Schlacht gewesen war. Das spürte man ganz einfach, da brauchte man keine große militärgeschichtliche Kenntnis zu haben. Ich bin bis 43, Juli oder August 43, in Frankreich gewesen, dann von Le Tréport aus nach Rußland verlegt worden.
Es war für alle ein Schrecken, da wollte keiner hin, weil der Rückzug schon in vollem Gange war, die Auflösung eigentlich der ganzen Front. Dagegen hatte ich nichts einzuwenden, gegen den Rückzug, aber in dieses Riesenland, mit diesen Riesentruppenbewegungen, in eine vollkommen unüberschaubare Situation zu geraten, war natürlich nicht sehr einladend. Etwas muß ich hinzusagen, da wir hier ja doch auch autobiographische Erkenntnisse suchen: ich hätte vielleicht die Möglichkeit gehabt, in Frankreich zu bleiben, weil ich auf Grund sehr geschickter Simulationen immer viel beim Arzt gewesen bin, theoretisch nicht tauglich war für einen richtigen Krieg, theoretisch, ich hatte mit Erfolg eine Augenkrankheit simuliert. Ich hätte die Möglichkeit gehabt, aber seltsamerweise . . .
Wenn man vom Krieg spricht und vom Soldatenleben, dann

müßte man all die tausend Abschiede auch beschreiben, das war eigentlich das bitterste. Der Krieg als inneres Erlebnis hat mir gar nichts bedeutet, auch negativ nicht, aber als äußeres natürlich. Dieses Hinundhergeschobenwerden. Als Besatzungssoldat in der Eigenschaft eines Dolmetschers habe ich keine Schuld empfunden, aber vieles war einfach peinlich, es war peinlich.

Das »Fronterlebnis«

Und immer wieder Briefe, Abschiede; telefoniert habe ich oft mit meiner Frau auf Kosten der Deutschen Wehrmacht. Ich bestach irgendwelche Telefonisten. Ich war seit 42 verheiratet, und wir hatten uns extra Telefon angeschafft, damit ich von überallher, unter irgendwelchen Bedingungen mit meiner Frau telefonieren konnte. Ich hätte damals, wie ich sagte, wenn ich auf all den Attesten, die ich hatte, bestanden hätte, vermeiden können, nach Rußland zu kommen. Und ich habe es nicht getan, und zwar ganz bewußt. Ich wollte auch den Krieg an der Front kennenlernen. Ich war jung und sehr neugierig, nicht begeistert, auch nicht fähig und geeignet, aber das sogenannte Fronterlebnis war das Erlebnis unserer Lehrer, es war eigentlich das, worüber ein deutscher Mann sprach.

R. W.: Hat Ihr Vater auch dieses Fronterlebnis gehabt?

H. B.: Nein, mein Vater war schon recht alt, als der Erste Weltkrieg begann. Da war er vierundvierzig oder fünfundvierzig, er war noch Landsturmmann, sehr anti-militaristisch. Er hat uns auch ganz bewußt anti-preußisch und anti-militaristisch erzogen. Er hat sich gedrückt vor der Front. Nun ja, er war ein verheirateter Mann, er hatte fünf Kinder. Er hat im entscheidenden Augenblick eine Blinddarmentzündung simuliert, um nicht nach Verdun oder in einen dieser Kessel zu geraten. Also, mein Vater hat dieses Fronterlebnis, Gott sei Dank, nicht gehabt und uns auch nicht davon erzählen können.

Aber es war das Erlebnis der Generation unserer Lehrer, und es war der Gegenstand fast der gesamten Kriegsliteratur. Auch bei Remarque und bei Beumelburg und Ludwig Renn und Jünger, und es war sozusagen das Erlebnis des deutschen Mannes gewesen, die Front. Ob negativ oder positiv, war gleichgültig. Und ich dachte mir, das müßtest du dir eigentlich mal angucken, sehr leichtsinnig, aber das war die Idee. Es war auch unverantwort-

lich gegenüber meiner Frau, das weiß ich. Wie lange war ich Soldat? Fast vier Jahre, hatte noch nie die Front gesehen und dachte, eigentlich müßtest du dir das mal angucken, um zu sehen, wie das wirklich ist, ja, das war die Idee.
Und dann bin ich also mitgezogen in die Sowjetunion, unter fürchterlichen Umständen. Zunächst einmal wurden wir von französischen Partisanen in die Luft gesprengt, in dem Zug, in dem wir saßen. Das war schon ein ganz schöner Schrecken, hier in der Nähe von Évreux. Der ganze Zug flog in die Luft, viele Tote, viele Verwundete, ich habe Glück gehabt, ich hatte nur eine kleine Verletzung. Das wurde dann alles wieder repariert, zusammengestellt, und dann fuhren wir also in die Sowjetunion und kamen nach vielen Umwegen und Umladungen und Transporten auf die damals schon eingeschlossene Krim, wo die Rote Armee heftig im Vormarsch war, vom Kaukasus rüber kommend. Ich kam auf einen sehr öden Teil der Krim. Ich habe da drei Monate richtigen Stellungskrieg mitgemacht, habe meinen Leichtsinn bereut, heftig bereut. Aber ich war nun einmal da und habe Glück gehabt. Ich wurde verwundet, kam zurück, wann war das, ja, so 44 im Januar-Februar, und mein Bedürfnis, meine Neugierde auf das Fronterlebnis war befriedigt, voll befriedigt mit diesen drei Monaten, ich war Infanterist. Ich wollte das sehen, bin dahin gegangen, hab's mir angeguckt, bin verwundet worden und bei der zweiten Verwundung dann zurücktransportiert nach Odessa, schon mit dem Flugzeug, weil die Krim eingeschlossen war, dann langsam zurück nach Hause. Und habe dann versucht, jedes weitere Fronterlebnis zu vermeiden.
Meiner Frau gegenüber, meiner Familie, meinen Eltern gegenüber war das natürlich reiner Leichtsinn gewesen. Aber ich wollte es, das müssen Sie verstehen, man hört davon, man redet davon, alle diese Heldengeschichten, positiv und negativ, und Schwejk und Remarque und der ganze Krempel, ich dachte, verdammt noch mal, jetzt guckst du dir das mal an. Das mißglückte, ich war nicht schwer verwundet, aber hatte noch Krankheiten, eine Art Malaria, das brauchen wir nicht alles zu erzählen.
Es gelang mir bis Juni 44, mich zu drücken mit irgendwelchen Tricks. Kasernen sind das Schlimmste, was es gibt, ich war in entsetzlichen Kasernen, nachher in Metz übrigens, in einer alten Kasematte, ich glaube, die stammte noch aus der Zeit von vor der

Französischen Revolution. Eine uralte Kaserne, und der Dienst und der Terror, es herrschte richtiger Terror. Also bis Mai 44 oder Juni hab ich mich dann rumgedrückt. Meine Frau hat mich immer zum Wochenende besucht in allen Garnisonen, sie war Lehrerin damals. Ich kam dann im Mai zum zweiten Mal an die Front, das ließ sich nicht mehr umgehen, weil auch mein Versuch, auf diesen Attesten zu bestehen, mißglückte. Es gab einen Augenarzt, der rausfand, daß ich simulierte, und der mir anständigerweise sagte, machen Sie keinen Gebrauch mehr von Ihren komischen Krankheiten da, das ist zu gefährlich. Er sagte, reden wir nicht mehr darüber, aber ich kann Sie nicht mehr krank schreiben.

Gut, ich mußte wieder weg, kam diesmal nach Rumänien in eine Riesenschlacht, so weit war die Rote Armee vorgedrungen. Das hab ich mir auch wieder mit Neugierde angeguckt, ich dachte, wenn du schon dahin mußt, guck dir den Kram auch an. Und da gab es also im Gegensatz zu meinem ersten Erlebnis dieser Art eine richtige große Schlacht. Der Aufmarsch einiger Divisionen zu einem Gegenschlag gegen die Rote Armee, in der Nähe der Stadt Jassy in Rumänien, das war ein Vormarsch, der dauerte drei, vier Tage, es waren große Truppenbewegungen. Es war schecklich, physisch schrecklich. Wir hatten nichts zu trinken, kaum etwas zu essen, waren zusammen mit den sehr armen rumänischen Soldaten, die so arm waren, daß man es sich kaum vorstellen kann. Und dann gab es also diesen Angriff, den Versuch, die Rote Armee über einen bestimmten Fluß wieder hinüberzudrücken. Es mißglückte vollkommen. Ich wurde wieder verwundet, Gott sei Dank etwas schwerer. Ich kam wieder zurück, das übliche, Lazarett, lange, lange im Lazarett.

Also, ich wurde verwundet, im Angriff sozusagen, ohne genau zu kapieren, was da vor sich ging. Das war für mich als abstraktes Erlebnis wichtiger als persönliches. Eine Riesenarmee, die aufmarschiert, und plötzlich läuft alles zurück, Tausende von Soldaten fliehen, fliehen, fliehen. Die Armee war schon völlig demoralisiert, das kann man sich gar nicht vorstellen; diese Kampfkraft oder Kampfmoral, die angeblich noch bis Mai 1945 hielt, war ja nicht da. Jeder wollte nur sein Leben retten, möglichst weg, und ich weiß gar nicht, was da später passiert ist in dieser sogenannten Schlacht, es ging um den Fluß Dnjester. Ich war selig, daß ich verwundet wurde und nicht ganz so leicht, es

war eine größere Verwundung, nicht gefährlich, aber langwierig.
Und dann kam das Übliche, das muß man auch wissen, daß bei jedem Angriff, bei jeder Schlacht dieser Art die Feldgendarmerie ein paar hundert Meter hinter den Linien stand und die Fliehenden aufhielt und wieder zurückschickte, mit der Waffe natürlich, das war schon Terror. Ich lief mit zurück und wurde kontrolliert, ob ich wirklich verwundet war, dann gab es einen sogenannten Verwundetenzettel, das war ein Dokument, das kriegten Sie an den Knopf gehängt, und das war eigentlich die Lebensrettung, so ein Verwundetenzettel. Ich hatte gar keine großen Schmerzen, kam dann auf dem üblichen Weg, Frontlazarett, Feldlazarett, Reservelazarett usw. auf vielen, vielen Umwegen in ein ungarisches Lazarett.

Der Waffenhandel

Ich möchte noch ein Detail hinzufügen, das sehr anekdotisch und kolportagehaft klingt: es gab auch einen Handel mit Verwundetenzetteln, und zwar wurde das von Rumänen in der Stadt Jassy gemacht. Man konnte mit sehr viel Geld so einen Verwundetenzettel kriegen. Es war die gleiche Atmosphäre, wie ich sie schon in der Sowjetunion erlebt hatte. Ich war in Odessa in einem Lazarett und ging dann später mal raus, das war Anfang 44, da wurden große Waffengeschäfte gemacht zwischen deutschen Soldaten und russischen Partisanen, es wurden ganze Flakbatterien verkauft.
Ich erzähle das, weil ich oft darüber nachdenke, wie die Tüchtigkeit und auch die kaufmännische Tüchtigkeit der Deutschen nach dem Kriege zu erklären ist, die hat bestimmt eine Wurzel im Krieg. Man hat ja Riesengeschäfte gemacht im Krieg, so wie die amerikanische Armee später in Vietnam. Ich vermute sogar, daß die Amerikaner das von den Europäern gelernt haben nach 45. Was alles aus Frankreich rausgeschleppt worden ist von hohen Offizieren, von Soldaten, von Unteroffizieren, an Teppichen, an Stoffen, an Möbeln, nicht gekauft, sondern richtig geklaut und dann verkauft. Das müßte man eigentlich einmal in einer besonderen Dokumentation analysieren, weil diese ganze Korruption natürlich für die deutsche Nachkriegsentwicklung auch sehr wichtig war, ganz Europa war doch ein Schwarzmarkt. Und in

diesen merkwürdig düsteren Kneipen in Odessa, wo ich manchmal vom Lazarett aus hinging, um einen Schnaps oder ein Glas Wein zu trinken, fanden irrsinnige Transaktionen statt.
Die Handelsbeziehungen zwischen Armeen und Bevölkerung müßten einmal von einem Volkswirt und Soziologen dargestellt werden. Was alles in der Sowjetunion von deutschen Soldaten an die sowjetische Bevölkerung verkauft worden ist: Mäntel, Strümpfe, Hemden, Schuhe. Rußland war immer ein extrem textilarmes Land, bis heute fast noch sind Textilien knapp. Die ganze russische Bevölkerung lief mit den deutschen Wehrmachtssocken herum, wissen Sie, diese grauen mit den weißen Ringen. Es haben also neben dem Krieg, neben den sogenannten Kampfverhandlungen umfangreiche Handelsbeziehungen stattgefunden.
Später in diesem Lazarett in Ungarn, war ich wieder bei einem sehr netten Arzt, der mir einen Tip gab, der für ihn gefährlich hätte werden können. Er sagte zu mir, wissen Sie, Wunden heilen sehr schlecht, wenn man viel Alkohol trinkt. Ich habe dann sehr viel getrunken, die Wunde heilte schlecht. Die Entlassung aus diesem Lazarett habe ich also hinausgezögert, weil ich auch inzwischen wieder mit meiner Frau korrespondieren konnte. Das war immer das Schlimme, wenn man verlegt wurde, kriegte man monatelang keine Post. Immer wieder dieser Abschiedsschmerz, für meine Mutter war es furchtbar. Das sind Seiten des Krieges, die kaum dargestellt worden sind, Handelsbeziehungen, Trennungen, Korrespondenzen im Krieg.
Ich habe mich also in Ungarn aufgehalten, solange ich konnte. Inzwischen passierte etwas. Ich habe immer eine Karte bei mir gehabt, eine Europa-Karte, einschließlich des asiatischen Teils der Sowjetunion. Das war übrigens verboten, eine Landkarte durfte keiner haben, damit er nicht Truppenbewegungen verfolgen konnte. Ich habe auch Radio gehört und habe mir auf meiner Karte immer markiert, wo die Russen waren. Da waren sie ungefähr in Ostpreußen, dann in Polen, und plötzlich kam der Abfall Rumäniens. Rumänien war ja ein Verbündeter des deutschen Reiches, und im Juli-August 44 fiel Rumänien ab. Ich war in einem ungarischen Lazarett nahe an der rumänischen Grenze und dachte mir: verdammt noch mal, das geht schief, wenn ich jetzt dahin zurück muß, man weiß nicht, was passiert, welche Armee gegen welche steht, welche Intrigen, welche bürgerkriegsähnli-

che Kämpfe da stattfinden. Ich hatte sowieso keine Lust mehr, dieses Fronterlebnis noch mehr auszuweiten, es langte mir wirklich inzwischen.

Ich habe dann überlegt, habe von da an ganz bewußt mein Schicksal in die Hand genommen. Ich hatte immer gefälschte Papiere bei mir, die hatte ich auf einer Schreibstube gestohlen, blanko Urlaubsscheine, Dienstfahrt-Ausweise, ich hatte einen Stempel bei mir, den ich mir auch geklaut hatte. Ich wurde dann aus diesem Lazarett entlassen, der Arzt sagte mir eines Tages: hören Sie mal her, jetzt sind Sie zwei Monate hier, es ist wirklich nichts mehr zu machen, und Sie müssen weg. Ich kriegte dann einen Entlassungsschein zur nächsten sogenannten Frontleitstelle, das hätte bedeutet, sofort wieder an die Front, und zwar nach Rumänien, wo undurchsichtige Dinge passierten, Rote Armee, rumänische Armee, deutsche Armee. Ich habe dann das Mädchen auf der Schreibstube im Lazarett überredet, das Ziel meiner Reise offen zu lassen. Da stand also, der Obergefreite B. fährt von sowieso nach sowieso usw., und ich habe ein langes Palaver mit ihr angefangen, hab gesagt, ach wissen Sie, das weiß man noch nicht genau; ja, sagt sie, Sie müssen doch zur nächsten Frontleitstelle; ich sage, nein, das ist gar nicht nötig. Sie wußte das auch nicht so genau, sie hat also das Reiseziel offen gelassen.

Ich fuhr dann mit dem Zug nach Debreczin und habe in der Toilette im Zug als Reiseziel »nach Metz« geschrieben. Metz war der äußerste westliche Punkt, wo noch gerade die Deutschen waren. Es kommt hinzu, daß, während ich im Lazarett in Ungarn war, das Attentat am 20. Juli geschehen war. Der Terror in der Armee wurde immer stärker. Man mußte ungeheuer aufpassen, man konnte an der nächsten Straßenecke erschossen werden, es war reiner Terror. Es gab das, was wir Heldenklau nannten: irgendwo standen Kommandos, die Soldaten abfingen und sie sofort an die Front transportierten.

Ich bin von Debreczin in Südungarn mit diesem gefälschten Marschbefehl quer durch Europa gefahren, hab immer aufgepaßt, wo der Heldenklau auftauchte, auch auf Bahnhöfen, bin dann auf die Toilette oder aufs Gleis hinterm Zug gegangen, bis der Zug wieder abfuhr, und es ist mir tatsächlich gelungen, nach Westdeutschland zu kommen. Ich bin erst mal zu meiner Frau gefahren, die sehr überrascht war. Sie hatte lange nichts mehr von mir gehört. Ich bin ein paar Tage bei ihr geblieben, vielleicht eine Woche, und dann nach Metz gefahren mit meinem Schein. Das muß ungefähr September-Oktober 44 gewesen sein. Von da an habe ich nur noch mit gefälschten Papieren, manchmal auch ohne Papiere, illegal, sagen wir mal, als Soldat existiert. Es ist zu kompliziert, das alles zu erzählen, es ist auch fast Kolportage. Mal wieder ins Lazarett, mir künstlich Fieber verschafft, mal wieder legale, mal wieder illegale Papiere.

Dann kam etwas, was das Leben meiner Familie ganz änderte. Meine Frau, meine Eltern, meine ältere Schwester waren in Köln total ausgebombt und lebten in einem kleinen Hotel in Ahrweiler an der Ahr, das war also unser Refugium. Und in diesem Hotel starb meine Mutter 1944 im November, während eines Tieffliegerangriffs. Es war dort inzwischen sehr ungemütlich geworden, dauernd Bombardierungen und Tiefflieger. Meine Mutter bekam vor Schrecken und auch vor Schwäche einen Herzanfall und starb sehr plötzlich, und Ahrweiler war damit für uns tot. Wir konnten auch da nicht mehr leben, mein Vater auch nicht. Wir zogen auf die andere Rheinseite, und von dem Augenblick an habe ich nur noch mit gefälschten Papieren mich irgendwie durchgeschlagen bis April 45, bis die Sache sehr gefährlich wurde, weil tatsächlich an jeder Straßenecke ein Deserteur erschossen werden konnte, und ich dachte mir, das Beste ist, jetzt in die Armee zurück. Das war das Sicherste.

Die Stimmung damals kann man gar nicht schildern. Mein älterer Bruder war auch desertiert, wir waren also zu zweien in einem kleinen Dorf in der Nähe von Köln, auf der rechtsrheinischen Seite, ewig in Angst vor der Feldgendarmerie oder der Gestapo. Mein Bruder war viel leichtsinniger als ich, der hatte noch nicht mal Papiere, noch nicht mal gefälschte Papiere, und wir warteten auf die Amerikaner, verfolgten die BBC-Nachrichten ganz genau. Aber die Amerikaner kamen nicht, kamen nicht. Sie waren dreißig Kilometer entfernt, hatten aber eine ganz andere strategische Konzeption entwickelt, nämlich den sogenannten Ruhrkessel. Sie sind dann ungefähr bis Kassel schon weit nach Osten vorgestoßen, wir waren aber zwanzig Kilometer vom Rhein entfernt noch unter deutscher Herrschaft. Das zog sich also etwas zu lange hin. Ich bin dann Ende April, am 25. oder so, in die Armee zurück mit einem gefälschten Papier, um zu überleben.

Ich habe dann noch einmal zehn Tage, vierzehn Tage ganz massiv das sogenannte Fronterlebnis gehabt, das war nicht zu vermeiden, an der Sieg, diesem kleinen Fluß, die Amerikaner drüben, wir da usw., und dann kam ich in amerikanische Gefangenschaft. Ich bin nicht übergelaufen, aus einem bestimmten Grund nicht. Ich war in der Sowjetunion und in Rumänien mit deutschen Kommunisten zusammen in der Armee, mit zweien habe ich viel geredet über den Faschismus und auch Marxismus. Einer davon sagte immer, mein Gott, Kinder, warum laufen wir eigentlich nicht über. Ich sagte zu ihm, bist du ganz sicher, daß das das Richtige für uns ist, guck dir die Landkarte an. Ich habe die Landkarte ausgebreitet und habe gesagt, das geht bis Wladiwostok, das geht oben im Norden bis Kolima, Archangelsk, irgendwo tauchen wir da unter, und ich weiß nicht, ob das das Richtige für uns ist. Ähnliche Überlegungen haben wir dann so Ende April 45 in der Armee angestellt und gemeinsam, wir waren eine kleine Gruppe, ein Modell entwickelt, daß die überlaufen sollten, deren Familien schon in besetztem Gebiet lebten, also, sagen wir, linksrheinisch, im Saargebiet, in der Pfalz.
Ich war aber an dieser Front zehn Kilometer von meiner Frau entfernt, ich dachte, bleib lieber in der Nähe, wer weiß. Ich habe dann noch mit meinem Bruder eine Überlebenskonzeption entwickelt. Wir wollten zurückkommen in dies Häuschen, wo die Familie lebte, die Familie meines Bruders auch, der schon drei Kinder hatte, wollten Zivil anziehen und uns eine Weile auf dem Speicher verstecken, bis die Amerikaner weg waren. Das hat nicht geklappt. Ich kam in amerikanische Gefangenschaft bis Oktober, November 45, zunächst in Frankreich hier in der Nähe von Reims, dann nochmal zu den Engländern, in die Nähe von Waterloo. Ich bin dann im Oktober oder November 45 nach Hause gekommen. Aber auch nur durch ganz bewußtes Verhalten.

Es war so: Wir kriegten fast gar nichts zu essen, und dann gab's plötzlich zu essen für die Leute, die arbeiteten. Und zwar waren das fiktive Arbeiten. Die Amerikaner häuften in einer Ecke des Lagers einen Riesenberg Kalkgestein aus der Champagne auf, und dieses Gestein trugen wir in Säcken von einem Ende des Lagers ans andere und kippten es da wieder aus, dann trugen wir es wieder zurück, es war reines Experiment, reine Absurdität. Wer das mitmachte, kriegte besser zu essen. Ich dachte mir, nein, diese Absurdität machst du nicht mit. Erstens widerstrebte mir die Absurdität, und zweitens überlegte ich mir folgendes: Europa ist kaputt, total zerstört von Calais bis weit hinter Moskau, deutsche Soldaten gibt es offenbar noch genug, Gefangene, Arbeit genug für diese Gefangenen, und ich hatte keine Lust, jahrelang irgendwo irgendwelche Arbeiten zu verrichten. Die Amerikaner entwickelten ein System, es gab vier Gruppen: voll arbeitsfähig im eigenen Beruf, generell noch arbeitsfähig, nicht arbeitsfähig, absolut arbeitsunfähig. Ich war im Grunde gesund bis auf den Hunger und hab's geschafft, bis in die vierte Gruppe zu kommen. Ich war also absolut arbeitsunfähig, das waren dann in einem Lager von 250 000 vielleicht hundert. Ich habe mir genau überlegt, wenn du jetzt anfängst zu arbeiten wegen dem bißchen Fressen, dann dauert das drei, vier Jahre. Es war auch so. Ich habe also konsequent den Verlockungen der besseren Mahlzeiten widerstanden, weil ich dachte, das bringt dir drei Jahre. Nachher, als die Sache geklärt war, wurde der größte Teil an die Franzosen übergeben. Sie kamen in Bergwerke oder in die Landwirtschaft. Wir, die Arbeitsunfähigen, wurden dann noch an die Engländer übergeben, weil wir in der britischen Besatzungszone wohnten, und auf diese Weise war ich schon im Anfang November 1945 zu Hause.

Der Antisemitismus

R. W.: Ein junges Mädchen, das während des Krieges – es war 1942 oder 1943 – in Koblenz lebte, mußte mit ansehen, wie Männer, Frauen und Kinder, die mit dem Davidstern gebrandmarkt waren, von Gendarmen und Soldaten mißhandelt und dann in einen Zug verfrachtet wurden. Dieses junge Mädchen, das in seinem Innersten schockiert und völlig verwirrt war, lief zur Pfarrei, zu der sie gehörte, und erzählte dem Geistlichen, der sie empfing, was sie gesehen hatte. Als einzige Erklärung erhielt sie zur Antwort, es handele sich um Juden, und diese Juden hätten Christus gemordet. Heute müssen sie für ihr Verbrechen büßen. Machen Sie sich keine unnützen Gedanken!

H. B.: Ich habe diese Form des Antisemitismus nie kennengelernt, auch nicht auf der Schule. Während ich von den meisten

Menschen erfahre, daß diese Form des Antisemitismus, gegründet auf der Kreuzigung Christi, offenbar sehr populär war. Ich habe es nicht erfahren, das lag wohl an meinen Lehrern, wohl auch an meinen Eltern. Auch in der Schule meiner Frau war so etwas undenkbar.
Natürlich war der Antisemitismus nach 33 so etabliert, daß jeder, der auch nur eine Zeitung las oder Hitler, *Mein Kampf* gelesen hat, wissen mußte, wie sehr gefährdet jeder jüdische Bürger war. Die Tragödie bestand darin, daß die meisten jüdischen Bewohner oder Deutsche jüdischer Herkunft, ich möchte sagen, in vielen Dingen deutscher waren als die Deutschen. Sie waren endlich nach langer Wanderschaft und vielen Emigrationen zu Hause oder wohnten schon seit Jahrhunderten in Deutschland, hatten in früheren Jahrhunderten die Pogrome erlebt, aber das hatte sich doch bis auf einen abstrakten nationalistischen Antisemitismus in der Öffentlichkeit nie mehr praktisch ausgewirkt.
Wir wußten also, daß den Juden Unheil und Unglück drohte, das war ganz klar. Und wir haben in dem einen oder anderen Fall auch Schicksale verfolgt von Leuten, die emigrieren konnten. Es war ein Gesprächsthema ganz besonderer Art: soll man oder soll man nicht, wie weit werden die Nazis gehen. Es gab einen, wie sich später herausstellte, lebensgefährlichen, man kann schon sagen tödlichen Optimismus, daß sie so weit nicht gehen würden. Das hat sich bei vielen Deutschen jüdischer Herkunft bis 43/44 erhalten. Ich habe also etwas derartiges wie dieses junge Mädchen nie erlebt, habe auch keinen Transport gesehen. Ich habe wohl einmal nachts, als ich als Soldat von Osteuropa nach Hause fuhr und der Zug in einem kleinen Bahnhof in Mitteldeutschland hielt, Tausende kahlgeschorene Menschen gesehen. Das waren aber nicht nur Juden, auch Soldaten, Zivilisten, also Kommunisten oder was immer. Saboteure, wie man sie alle nannte.
Daß es KZs gab, wußten wir schon 1933, es waren meistens kleine Lager, in denen politische Gegner, hauptsächlich politische Gegner, Kommunisten, Sozialisten, auch Zentrumsleute torturiert wurden. Hin und wieder lernte man jemanden kennen, der einem solchen Dasein entkommen war, zum Schweigen verurteilt war, aber doch Andeutungen machte. Ich habe auch im Religionsunterricht keinen Antisemitismus erlebt. Ich hatte einen sehr konservativen Religionslehrer, mit dem ich mich oft

stritt, aber diese Formen oder Formulierungen des Antisemitismus habe ich nie erlebt, vor allen Dingen nicht in irgendeiner rassistischen Form. Es gab natürlich theologische Kontroversen zwischen dem Christentum und dem Judentum, zwischen verschiedenen Konfessionen, aber das Rassische habe ich nie erfahren.

Ich glaube, daß dieser Antisemitismus gestützt war auf ein System, das Gehorsam und absolute Subordination predigte und installierte, gestützt auf das Funktionieren bestimmter Apparate, die nicht an sich antisemitisch waren, aber die den Antisemitismus bis in die letzte Konsequenz vollzogen. Das Ausmaß der Morde konnte man gar nicht überschauen, weil es ja keine Möglichkeit gab, das überhaupt in Erfahrung zu bringen, und weil die jüdische Bevölkerung des deutschen Reiches, also des deutschen Reiches innerhalb der Grenzen von 1937, gar nicht so groß war. Und von diesen fünf- oder sechshunderttausend war ja doch ein großer Teil emigriert. Ich glaube, daß da viele demagogisch bewußt plazierte Mißverständnisse entstanden sind, weil die Statistik des deutschen Reiches nicht so viele jüdische Bürger aufwies, wie später ermordet worden sind. Das haben viele Deutsche bis heute nicht kapiert, daß es Franzosen, Polen, Bulgaren und Rumänen und ungarische und russische Juden waren.

Ich glaube, daß die Vernichtungslager, die tödliche Exaktheit, mit der alles ausgeführt wurde, in der deutschen Geschichte und im deutschen Bewußtsein, ob verdrängt oder nicht, niemals auszulöschen sein werden, niemals. Auch in dem Bewußtsein der Welt nicht. Und daß das auch nicht relativierbar ist durch andere Schreckensmeldungen über Tote oder Vertriebene oder Ermordete anderswo. Es gibt törichte Formulierungen wie die Bewältigung der Vergangenheit, ich glaube gar nicht, daß diese Vokabeln auch nur annähernd das Problem treffen.

Rückkehr in die Heimat

Ich kam also Ende Oktober oder Anfang November 1945 nach Hause, und war zunächst einmal für zwei Jahre ein kranker Mensch. Nicht nur wegen des Hungers und der Bedingungen in den Gefangenenlagern, auch wegen der Krankheiten, die ich im Krieg gehabt hatte.

Wir wohnten erst auf einem kleinen Dorf östlich von Köln, sind aber, sobald sich eine Möglichkeit bot, nach Köln zurückgezogen. Meine Frau war Lehrerin, fing auch, sobald sich die ersten Formen eines neuen Gemeinschaftslebens zeigten, wieder an zu arbeiten. Wir waren sehr geschwächt, damit meine ich die ganze Generation der Heimkehrer. Das ist sehr wichtig zu wissen, weil das politische Leben in der späteren Bundesrepublik von alten Leuten gemacht wurde. Sie müssen sich vorstellen, daß es 1945 doppelt soviel Sechzigjährige gab wie Fünfundzwanzigjährige. Diese statistischen Details sind sehr wichtig, um die Entwicklung der Bundesrepublik zu verstehen. Meine Altersklasse, die Menschen, die zwischen 18 und 35 waren, hatten den Krieg mitgemacht. Viele waren tot, sehr viele in Gefangenschaft, der Rest war sehr geschwächt oder politisch belastet.

Eine der folgenreichsten Heucheleien der europäischen Geschichte war die sogenannte Entnazifizierung. Ein sagen wir 25-28jähriger Heimkehrer 1945 war normalerweise ein Belasteter im Sinne der alliierten Kategorien. Und zwar hat man diese Kategorien ganz mechanisch angewendet; der war in der SA, der in der SS. Man konnte es auch nicht anders, aber in dieser mechanischen Ausschließung bestimmter Menschengruppen vom politischen und ökonomischen Leben lag auch eine große Gefahr.

Eine weitere Schwierigkeit war die, daß ein großer Teil des Widerstands, wir haben schon darüber gesprochen, kommunistische Motive hatte oder von Kommunisten organisiert worden war, die auch bald aus dem politischen Leben ausgeschlossen waren. Ich komme noch einmal auf diese Ziffern zurück. Zwanzigjährige gab es fast gar nicht, Fünfundzwanzigjährige, also noch Leute in meinem Alter, Sieben-, Achtundzwanzigjährige fast gar nicht, Dreißig- bis Fünfunddreißigjährige kaum. Die politischen Parteien bildeten sich aus alten Liberalen, Sechzigjährigen, Fünfundsechzigjährigen, manchmal Siebzigjährigen. Aus den Kreisen also, die nicht als Personen, aber als gesellschaftliche Gruppe gegenüber den Entwicklungen 1933 eigentlich blind gewesen waren. Diese Leute nun, sehr anständige Leute, keine Nazis, viele sogar im Widerstand, passiv oder aktiv, wurden von den Alliierten logischerweise und auch unvermeidlicherweise für die deutsche Nachkriegspolitik herangeholt.

Meine Altersgruppe war erstens total geschwächt durch den Krieg, zweitens politisch von einer tiefen Gleichgültigkeit. Man dachte, wie ich schon sagte, die Alliierten werden das schon machen, die haben uns befreit, die werden schon aufpassen. Und so wurde die Bundesrepublik entwickelt, aufgebaut, ihre Gesetze wurden gemacht von diesen älteren Herren, bürgerlichen, liberalen, hochanständigen Menschen. Aber das, was wir erlebt hatten, erfahren hatten, gesehen, gehört, wie sich das entwickelt hatte sprachlich, gesellschaftlich, ein gewisser Gleichgültigkeits-Nihilismus, der kam nicht in die Konstitution und auch nicht in die Parteientwicklung der sich bildenden Bundesrepublik hinein.

Gut, reden wir von mir persönlich: also, ich war zwei Jahre lang fast arbeitsunfähig, wir sind dann nach Köln gezogen, ich habe ein bißchen als Hilfsarbeiter gearbeitet beim Aufbau des Hauses, in dem wir wohnten, in der Tischlerei meines Bruders. Habe sofort angefangen zu schreiben, wurde auch als Student zugelassen. Das war aber nur eine formale Sache, ich hatte nie vor zu studieren, aber man mußte einen Beruf haben, um eine Lebensmittelkarte zu bekommen, und da schien mir der Beruf des Studenten am einfachsten und am naheliegendsten. Ich bin praktisch nie zur Universität hingegangen, immer nur, um am Ende des Semesters testieren zu lassen, weil ich ja meinen beruflichen Nachweis brauchte. Ich habe also ein bißchen körperlich gearbeitet, aber sofort angefangen zu schreiben und sehr bald zu publizieren, 46 oder 47 zum erstenmal. Meine Frau war berufstätig als Lehrerin bis 1952 oder 51, wir bekamen Kinder, mehr ist da eigentlich nicht zu sagen.

Aber das Leben in einer zerstörten Stadt, einer total zerstörten Stadt, hatte natürlich nicht nur Schwierigkeiten, sondern auch Reize. Es war sehr still, es war wunderbar ruhig. Wir haben die üblichen Schwarzmarkterfahrungen gemacht, die üblichen Versorgungsschwierigkeiten, die im Jahre 47 besonders hart waren, und die üblichen Diebstähle begangen. Ich habe sie begangen, das hatte ich ja im Krieg gelernt, damit wir nicht erfroren und nicht verhungerten. Das alles waren sehr wichtige Erfahrungen, weil in dieser Zeit, so zwischen 45 und 48, die bürgerlichen Gesetze von Eigentum ziemlich mißachtet wurden, auch von den Bürgern. Später, als die Mark wieder Wert hatte und sich also ein relativ liberales und ökonomisches Leben entwickelte, hat sich das bei den Deutschen in ein geradezu krankhaftes Anklammern an Besitz verwandelt.

R. W.: Aber es gab ja auch Leute, die nach Krieg und Gefangenschaft versuchten, mit den Umständen fertig zu werden und trotz des offensichtlichen Elends an den Wiederaufbau Deutschlands dachten und im Hinblick auf diese Zukunft handelten.

H. B.: Natürlich, dasselbe trifft etwa auch für die Gruppe 47, ihre Anfänge, für die Zeitschrift *Der Ruf*, für die ersten deutschen Zeitungen zu. Das gab's, aber ich selber war sehr krank und sehr geschwächt, fast gar nicht arbeitsfähig, und ich nehme an, daß das auf sehr viele zutraf. Natürlich gab es politisch aktive, interessierte Gruppen, sogar in Köln, ich habe auch einige getroffen, Leute, die später in der CDU waren. Aber ich rede jetzt von der Masse, von der statistischen Masse der Heimkehrer oder dem größeren Teil der jungen Deutschen, der in Gefangenschaft, in Rußland, oder in Frankreich, in Amerika war. Und diese kleinen Gruppen, die sehr verdienstvoll waren wie die Leute von *Ende und Anfang,* die ja heute noch aktiv sind in anderen Bezirken, waren, glaube ich, doch innerhalb dieser neu-etablierten Schicht der bürgerlichen Älteren sehr isoliert. Sie haben viel getan; es gab überhaupt sehr gute Zeitungen, auch kommunistische Zeitungen, sie waren sehr interessant und lebhaft, bevor diese Dogmatisierung eintrat.

Ich habe mich schon dafür interessiert, sie gelesen. Wir sind auch manchmal in Gruppen zusammen gewesen, Freunde oder Schulkameraden. Das ist nicht das Problem, ich rede von der statistischen Masse. Ich glaube, daß man den Zustand der damaligen deutschen Jugend zwischen achtzehn und achtunddreißig noch nicht ausreichend analysiert hat. Einzelne waren gut und wichtig, aber sie haben nicht direkt eingreifen können in die politische Entwicklung. Vor allen Dingen, immer von der statistischen Menge aus gesehen, gab es sehr viel Mißtrauen gegen diese Altersklasse. Nicht nur, daß sie möglicherweise Nazis gewesen waren, auch ihr Nihilismus, ihre Gleichgültigkeit oder Verachtung bürgerlichen Formen waren doch höchst suspekt. Und die Anpassung der Heimkehrenden in diese Gesellschaft war sehr schwierig, auch für solche, die vorher schon einen Beruf gehabt hatten, zurückkehrten und wieder in diese Routine hineinkommen mußten.

Das ist wahrscheinlich ein Problem nach allen Kriegen und in allen Ländern, unabhängig von ihrem politischen System. Ich vermute, für die Sowjetunion ist es mindestens so schwierig gewesen, und wahrscheinlich auch für die amerikanische Armee, die jetzt ähnliches mit ihren Vietnam-Heimkehrern erlebt. Natürlich gab es, wie Sie gesagt haben, wie ich auch merkte, damals politisch aktive jüngere Gruppen, auch religiös sehr aktive Leute, die über viele Dinge diskutierten, nachdachten, publizierten. Es gab damals den *Rheinischen Merkur*, eine sehr gute und in dieser Entwicklung wichtige Zeitung, die später eine seltsame Wendung machte, das ist eine andere Frage.

Das ist alles vorausgesetzt, es gab also Kräfte genug, nur sind die nach meinem Gefühl nicht aufgefordert worden, an der politischen Entwicklung aktiv teilzunehmen. Hinzu kam natürlich das übliche Generationsproblem. Obwohl die Generation der Väter, nennen wir sie so, den Faschismus nicht hatte verhindern können, sondern mit einer gewissen Blindheit hatte über sich ergehen lassen, warf man meiner Generation vor, daß wir Nazis gewesen wären. Das ist alles so absurd und auch heuchlerisch gewesen. Ich will nur aufmerksam machen auf die statistischen Gegebenheiten, die sehr wichtig waren. Es gab mehr Siebzigjährige als Zwanzigjährige, das ist für die Entwicklung eines Staates, eines Volkes nach einer solchen Katastrophe ein wichtiges Detail.

Diese eingebildete Herablassung der alten Liberalen, die sagten, nun ja, ihr wißt ja überhaupt nicht, was Politik ist, ihr versteht ja gar nichts, Soldat seid ihr gewesen, in der Hitlerjugend wart ihr, in der SA, was wollt ihr eigentlich. Und das halte ich für einen Fehler. Obwohl ich selber nie in der SA oder in der Hitlerjugend war, fühle ich mich da eher verbunden mit meinen Altersgenossen, denen man das dann plötzlich vorwarf, was eigentlich die Konsequenz eines untertänigen Konformismus war, mit dem man sie erzogen hatte.

Wenn Sie genau hinschauen, fehlen diese Jahrgänge auch in der deutschen Nachkriegspolitik bis auf wenige Ausnahmen, Bundeskanzler Schmidt und Scheel sind Ausnahmen, auch Strauß. Und eine aktive, unbelastete politische Gruppe sind eigentlich heute die Fünfunddreißigjährigen. Dreißig bis Fünfundvierzig wollen wir mal sagen, Menschen, die bei Kriegsende Kinder waren, die nicht belastet waren durch das Erlebnis des Krieges, nicht so sehr geschwächt wie die damals Erwachsenen etwa mei-

ner Altersstufe, und auch nicht befangen, auch nicht verachtet. Die hat man dann rangezogen, das sind heute die sogenannten Technokraten, Leute, die unbelastet sind von Erinnerungen und ähnlichen Dingen.
Das ist eine internationale Entwicklung, ich sehe es in der Sowjetunion sehr ähnlich, statistisch gesehen, nicht politisch gesehen. Man kann überhaupt die Entwicklung etwa der Volksrepublik Polen, der Sowjetunion nach 45, glaube ich, nicht verstehen, wenn man diese große Schwächung vergißt.

5. MEIN BERUF: SCHRIFTSTELLER

R. W.: Damals haben Sie zu schreiben begonnen. Gedichte? Prosa? Erzählungen? »short stories«, wie die Amerikaner sagen?

Von der »short story« zum Essay

H. B.: Gedichte habe ich geschrieben und Kurzgeschichten, habe aber dann sehr bald, ich glaube 1946, einen Roman geschrieben, der wurde nicht publiziert, ich wollte es auch nachher nicht mehr. Ich schrieb noch einige Romane, die nicht publiziert worden sind, drei oder vier in dieser Zeit zwischen 46 und 50, zum großen Teil aber Kurzgeschichten, von denen der größere Teil auch publiziert wurde, sehr schnell, sowohl in Büchern wie in Feuilletons. Und diese Form hat mich bis heute am meisten gereizt. Ich werde wieder versuchen, Kurzgeschichten zu schreiben.
Ich glaube, daß in Deutschland eine Tradition für diese kurze Prosa bestanden hat, ich denke an Kleist und Hebel, es fällt mir jetzt kein anderer ein, aber diese beiden ganz sicher. In der Romantik gab es viel kurze Prosa lyrischen Charakters, und was die Kurzgeschichte betrifft, war natürlich der Einfluß der Amerikaner sehr stark, Hemingway und Faulkner und auch andere. Ich glaube, dieser Einfluß der Amerikaner und eine gewisse deutsche Tradition der kurzen Prosa oder Veranlagung trafen aufeinander, und es bildete sich praktisch eine ganz neue Literaturform, die man dann Kurzgeschichte nannte, eine Übersetzung von short story, die nicht ganz stimmt. Diese Entwicklung, die in der Bundesrepublik, also in der späteren Bundesrepublik und in

der Vorform der Bundesrepublik, sehr stark war, war nicht zufällig. Es zeigte sich nämlich, wenn man Publikationen las oder sich traf, daß diese Form von fast allen aufgenommen worden war, von fast allen unabhängig voneinander. Das war nicht nur eine Zeitströmung, sondern es war eine Ausdrucksform, die der Zeit entsprach, die auch dem experimentellen Charakter der Literatur entsprach, den sie nach 45 in der Bundesrepublik notwendigerweise hatte. Das war eine Form, mit der man sehr viel experimentieren konnte, die auch quantitativ Spielraum ließ, das war sehr wichtig. Man muß ja auch Quantitäten sehen, wie bei Bildern. Es gibt große, kleine, Aquarelle oder etwas größere Skizzen.

Es ist ganz falsch, wie es oft auch von Kollegen in der Bundesrepublik dargestellt worden ist, daß die Kurzgeschichten eigentlich Abfälle von Romanen wären. Das ist ein gewaltiger Irrtum, weil ja der Umfang einer Sache und die Farben, mit der man sie macht, ich rede bewußt von Farben, das Format bestimmen. Man kann nicht einfach einen Roman in fünfundzwanzig oder dreißig Kurzgeschichten zerschneiden, weil in einem Roman der Aufmarsch der Personen die Länge bestimmt und die Personen die Konflikte bestimmen. Was in einer Kurzgeschichte gar nicht möglich ist, auch nicht intendiert sein kann. Natürlich gibt es Konflikte in Kurzgeschichten, ganz kurze, kurzatmig dargestellte Liebesgeschichten oder kriminelle Verwicklungen.

Ich habe dann später Romane geschrieben, drei oder vier gar nicht publiziert, weil die mir auch gar nicht mehr gefielen. Sie waren für mich als Experiment sehr wichtig. Sie beschäftigten sich mit dem Krieg, zum Teil aber auch mit der Vorkriegsentwicklung, also mit dem Beginn des Nationalsozialismus. Das waren wichtige Experimente, aus denen ich sehr viel gelernt habe, obwohl sie eigentlich nur für mich und meine Familie, für meine Frau eine gewisse Bedeutung hatten.

R. W.: Erzählungen, Kurzgeschichten, knappe Texte, »Momentaufnahmen« sagen Sie. Wolfgang Borchert, der als erster deutscher Nachkriegsschriftsteller über die Grenzen Deutschlands hinaus bekannt wurde, hat ebenfalls zahlreiche Erzählungen und Gedichte geschrieben. Während sein Theaterstück *Draußen vor der Tür* noch stark dem Expressionismus verpflichtet zu sein scheint, werden seine Erzählungen von der erlebten deutschen Gegenwart getragen; sein Stoff war der

Krieg, das »Jahr Null« und die Zerstörungen. In Ihren Erzählungen und Kurzgeschichten steckt mehr Humor als in den Publikationen anderer deutscher Schriftsteller der jungen Generation, die sich vermutlich bewußt enger an die Realität anlehnten, auch wenn sie noch so brutal, so grausam war.

H. B.: Das kann man nicht sagen, ich finde auch bei Borchert Ansätze von Humor und Satire, finde sie bei Schnurre, der ja einer der ersten auch im Ausland Publizierten war und wunderbare Kurzgeschichten geschrieben hat, sehr humorvoll manche, wenn auch mit bitterem Humor. Aber in Borcherts Stück *Draußen vor der Tür* finden Sie auch das satirische Element, nicht Humor, aber Satire, diese Konfrontationen. Ich glaube auch nicht, daß das noch expressionistisch ist.

Es kam eine weitere Form hinzu, die uns sehr reizte wegen ihrer formalen Möglichkeiten, nämlich das Hörspiel, das wieder sehr stark lyrische Züge hat. Das war eine Form oder eine Ausdrucksform, die auch beim Publikum sehr beliebt war. Es gab Hörspiel-Fanatiker überall in der Bundesrepublik im letzten Dorf wie in der Großstadt. Ich habe später einige kennengelernt, die jedes Hörspiel von jedem Autor gehört hatten. Das Radio war auch eine sehr wichtige Verbreitungsmöglichkeit. Zeitungen haben eine beschränkte Auflage, und die drangen in die Provinz nicht so vor.

Ich glaube heute, daß das Hörspiel die deutsche Nachkriegsliteratur, nennen wir sie so, viel mehr bekanntgemacht hat als Zeitungen, als Bücher. Günter Eich war ja der wirklich große Lyriker und Hörspielautor. Und was man alles machen kann mit Sprache und ein paar Geräuschen, also mit sehr geringem Aufwand, das zeigte sich bei den Experimenten mit dem Hörspiel. Es wurde auch sehr bewußt gefördert von den Rundfunkanstalten, die Autoren einluden, Hörspiele vorführten. Man diskutierte darüber, die Form wurde sehr gepflegt, und über das Hörspiel und über diese Tagungen wurde auch der Rundfunk, das muß wirklich einmal festgestellt werden, zum Mäzen der jungen deutschen Literatur. Das hatte auch eine finanzielle Komponente, wie immer, und die Mitarbeit beim Rundfunk durch Kurzgeschichten, Prosa, Hörbilder, Hörspiele, hat, glaube ich, für ein, zwei Jahrzehnte uns allen die Freiheit gegeben, die man zur Arbeit braucht, hat uns die schriftstellerische Arbeit sehr erleichtert und ermöglicht. Auch die Gruppe 47 hat Tagungen mit den Rundfunkanstalten gemeinsam veranstaltet.

Und langsam, das war, glaube ich, eine sehr langsame und schwierige Entwicklung, bildete sich auch eine neue Form oder neue Tradition des Essays. Das ist eine ganz bestimmte Entwicklung, die sehr schwierig war, weil die Tradition des Essays bei uns nicht stark ist. Wir – ich sage wir, weil ich das immer in einer Art Gemeinsamkeit sehe, nicht Gemeinschaft, sondern Gemeinsamkeit – haben, glaube ich, eine Form des Essays entwickelt, alle gemeinsam, also jeder für sich, aber in Übereinstimmung mit der Notwendigkeit, die gegen die akademischen Formen des Essays verlief. Diese Entwicklung hängt damit zusammen, daß in Westeuropa die Intellektuellen gewöhnlich eine sehr große Scheu vor der Popularität haben. Das sind eigentlich feudalistische Reste in unserer Gesellschaft, wo man die Schriftsteller und Intellektuellen als eine Art Elite sieht, die ihre eigene Sprache spricht, einander versteht oder mißversteht oder polemisiert, über die Köpfe derer hinweg, die die gleiche Sprache kennen und sprechen. Und diese Tradition des deutschen Essays akademischer Art, wissenschaftlicher Art ist bis heute in vielen Teilen der Bundesrepublik oder bei vielen Autoren – ich meine jetzt Autoren, nicht nur Schriftsteller, sondern auch wissenschaftliche Autoren – stark. Sie sind so elitär und eingebildet, daß sie sich schämen, wenn sie verstanden werden. Das gibt es.

Aus der gemeinsam erlittenen und erfahrenen Geschichte, aus dieser Situation 45 ist, glaube ich, auch eine Demokratisierung der Literatur entstanden. Wir alle, ich auch noch, haben diese Angst vor Popularität gehabt, die einfach vererbt ist, und haben nie verstanden, nicht begriffen, daß ein Schriftsteller nicht per se nur ein Intellektueller ist. Ein Intellektueller ist er nur nebenbei oder gelegentlich, er hat das Intellektuelle in sich, aber es ist nicht sein Lebenszweck. Diese Scheu vor der Allgemeinverständlichkeit, ich weiß gar nicht, woher sie kommt. Immerhin sprechen ja meine Eltern und meine Geschwister und die Leute, denen ich auf der Straße begegne und die, bei denen ich Brot kaufe oder Zigaretten, auch meine Sprache, und ich muß doch versuchen, mich ihnen mitzuteilen oder das, was ich erkannt zu haben glaube, ihnen mitzuteilen in Form eines Gedichts, in Form einer Kurzgeschichte, in Form eines Romans oder eines Essays. Diese Scheu haben wir, glaube ich, sehr spät überwunden.

Es ist merkwürdig, es ist vollkommen gegensätzlich etwa zur Tradition in Osteuropa, wo ein Schriftsteller und Intellektueller per se Popularität anstrebt, um bestimmte intellektuelle, religiöse und politische Entwicklungen zu beeinflussen. Die Schwierigkeit liegt nur darin, und da kommen wir wirklich auf das sehr wichtige Formale, daß man niemand entgegenkommen kann, das heißt, wenn ich einen sehr komplizierten Gedanken oder eine sehr komplizierte Idee mitteilen möchte und schreibe darüber, darf ich keine klischeehafte Vorstellung haben von dem potentiellen Empfänger. Ich muß ihm etwas zumuten, und er muß die Zumutung annehmen, die im Formalen besteht. Ich muß ihn »ansprechen«, ohne mich anzubiedern.

Fangen wir noch einmal an mit dem Formalen. Ich glaube und habe das immer praktiziert als Autor, daß man mit dem, was man mitzuteilen hat, auch die Formalien dieser Mitteilung mitteilen muß. Daß also im Gedicht, im Hörspiel, im Roman, in der Kurzgeschichte, im Essay, Drama man sich dem Zuschauer oder dem Zuhörer oder Leser nicht anbiedern darf, sondern daß das Formale genauso dazugehört wie die Mitteilung selbst. Und ein besonders wichtiges Problem war das natürlich mit der deutschen Sprache nach 1945, die vollkommen korrumpiert war, demagogisiert, ständig mit falschem Entgegenkommen, Lüge und in miserabler Form dargeboten wurde.

Man darf dem Leser, dem potentiellen Leser, die Form nicht vorenthalten, sie gehört dazu. Sie können das mit vielen anderen Künsten mit der Malerei oder der Musik vergleichen, wo ein Autor, ein Komponist, ein Maler, ein Bildhauer plötzlich denkt, ach, die Leute verstehen das nicht so, wie ich es jetzt ausgedrückt habe, und er geht ein paar Stufen runter. Das ist der schlechteste Weg, den ein Künstler gehen kann. Erfolg und Mißerfolg sind völlig unberechenbare Dinge, und Erfolg ist auf diese Weise nicht zu erreichen. Es gibt viele Dinge, die ich noch nicht beschrieben habe, weil ich den Ausdruck dafür nicht gefunden habe, und zwar die Form nicht.

Dieses ganze Gerede: Form, Inhalt, Littérature engagé, nicht engagé oder pure, halte ich für kompletten Unsinn. Wenn ich die Form nicht finde für etwas, habe ich auch den Inhalt nicht gefunden. Das bedeutet gar keine Mißachtung des Lesers, sondern eine große Achtung vor ihm, wenn ich seinetwegen das Niveau nicht senke. Ich erreiche den Leser nur, wenn ich formal oder in meinen Formalismen genau das Niveau erreiche, das meine Mitteilung braucht. Ich habe einmal folgende Erfahrung gemacht: ich habe in einem Gefängnis eine Lesung gehalten. Der Direktor empfing mich und sagte: »Ach, Sie werden aber doch sicher etwas Leichtes lesen.« Ich sagte: »Hören Sie mal, ich weiß gar nicht, was das ist, was Leichtes.« Und ich habe dann auch aus Trotz und in einer Art Experimentierlust das Schwerste gelesen, das ich bei mir hatte, einen sehr komplizierten Aufsatz mit autobiographischem Charakter. Sehr kompliziert, intellektuell sehr anspruchsvoll, formal sehr anspruchsvoll, und ich merkte, daß das genau das Richtige war. In einem Gefängnis gibt es ja auch sämtliche Bildungsstufen, da sitzen Ärzte, da sitzen Arbeiter, es ist ja eigentlich ein Spiegelbild unserer Gesellschaft, und ich merkte, daß es den Häftlingen imponierte, daß sie nicht alles verstanden, aber genausowenig hätte irgendein anderes Publikum alles verstanden.

Das ist ja gar nicht das Interessante. Manchmal kommt ja über das Formale, über das Formalistische der Einstieg in den Gedanken, der damit ausgedrückt wird. Und gegen diesen Widerstand, gegen den Zwang des Formalismus, den ich voll akzeptiere, muß man schreiben. Das gibt es auch bei der Malerei, nicht. Sie können die ganze Geschichte der Literatur, der Malerei, der Musik durchgehen, da, wo der Künstler oder Autor angefangen hat zu denken: ach Gott, das ist zu schwer für die, geh ein paar Stufen runter, ist er verloren. Ich spreche darüber, weil ich diese ganzen Auseinandersetzungen über Formalismus, Realismus im Grunde für überflüssig halte. Wenn jemand ganz bestimmte, sagen wir, einfache Ausdrucksformen hat, nehmen wir vergleichsweise in der bildenden Kunst den Holzschnitt, schwarz-weiß, schön, dann muß er, innerhalb des Anspruchs, den diese Form stellt, so hoch gehen wie möglich.

Wenn ich einen politischen Artikel schreibe, kann ich nicht runtergehen von dem intellektuellen Anspruch, den ich an mich selber stelle. Das wäre eine Mißachtung des Publikums, und das andere ist die wahre Achtung vor dem potentiellen Publikum. Das Argument: das versteht das Publikum nicht, ist eigentlich das Dümmste, was es gibt. Und wenn man erst anfängt, das Publikum mitarbeiten zu lassen, ist es aus. Publikum bin ich auch,

das sind Sie, das ist jeder, der liest, hört oder sieht. Er kann ja gar nicht wissen, was er erwartet, weil er weder die Mitteilung noch die Form der Mitteilung vorher kennt. Die kennt auch der Autor nicht. Die Diskussionen darüber sind vollkommen sinnlos, weil der Anspruch im Autor selbst liegt, und da kann er nicht zurückstecken. Es gibt natürlich Entgleisungen, wo man formal nicht ganz die Ansprüche erfüllt, die man sich selbst gestellt hat.
Es gibt eben dieses übliche Mißverständnis; ein Buch, das Erfolg hat, kann nicht gut sein; ein Buch, das keinen Erfolg hat, muß gut sein. Das ist alles falsch. Es läßt sich an unzähligen Beispielen beweisen, daß der Erfolg völlig unabhängig ist von der Qualität, wer immer sie feststellt. Wenn diese simplen Behauptungen stimmten, dann wüßten wir viel mehr über dieses wirklich geheimnisvolle Wesen, das man Leser nennt; ein geheimnisvolles Wesen, das sich sehr selten zu Wort meldet, statistisch gesehen selten, und wahrscheinlich viel sensibler reagiert, als Literatur-Manager und Literatur-Propagandisten wissen, und das möglicherweise, ich rede jetzt immer noch von diesem geheimnisvollen Wesen, dem Leser, auch den Betrug leichter durchschaut, als wir glauben. Jenen Betrug, der darin besteht, auf die Form zu verzichten.

Sprache und Wirklichkeit

R. W.: Soll das heißen, daß Sie zum Beispiel den Roman *Gruppenbild mit Dame* nicht hätten anders schreiben können, als Sie ihn geschrieben, konzipiert und aufgebaut haben?
H. B.: Na ja, es hat einige Fehler, die ich später eingesehen habe, aber die Tatsache, daß es wahrscheinlich ein schwer zu lesendes Buch ist, stört mich nicht einen Augenblick lang. Ich mußte das so machen im großen und ganzen, über einige Details kann man streiten. Es ist auch viel Spiel darin, das muß der Leser mitmachen. Das betrifft sehr unterschiedliche Werke, auch *Katharina Blum*, die auf eine andere Weise schwierig ist, aber nicht so kompliziert, das mußte ich so machen. Es gibt natürlich tendenziöse Werke, die man auch tendenziös plant, und man muß die Tendenz möglichst in Formalismus verstecken.
Ich mußte auch Theaterstücke so schreiben, wie ich sie geschrieben habe, weil das, was ich da ausdrücken wollte, mir nur so ausdrückbar erschien. Das wollte ich so auf der Bühne gespro-

chen und gespielt sehen, sonst hätte ich ein Hörspiel gemacht oder einen Roman geschrieben oder einen Essay. Es sind zum Teil ja Gedankenstücke, keine eigentlich dramatischen Versuche, und ich glaube immer noch, daß das, was ich da ausdrücken wollte, so am besten ausgedrückt ist.
Man hat mir manchmal gesagt oder über mich geschrieben, daß ich so schreibe, wie die Leute sprechen, und das ist etwas, was ich am allerwenigsten verstehe. Ich glaube, das, was man eine natürliche Sprache nennt, ist das Ergebnis sehr komplizierter künstlerischer Vorgänge. Das müßte man sehr genau analysieren, das ist nicht meine Aufgabe. Aber ich fürchte, daß da eine ganz falsche Auffassung von Realismus vorherrscht. Das liegt möglicherweise daran, daß ich versuche, dieses Grundgesetz, das ich mitteilen möchte, möglichst verständlich mitzuteilen und trotzdem nicht im formalen Anspruch zurückzugehen. Wenn man wirklich naturalistisch Sprache aufnimmt, so mit dem Mikrofon über die Straße geht und Dialoge aufnimmt, wird man merken, daß alles das sehr wenig mit irgendeiner Literatursprache zu tun hat und daß man es gar nicht übernehmen kann. Ich halte die Versuche, Wirklichkeit auf diese Weise einzufangen, für eine Täuschung. Dem Volk aufs Maul schauen, wie Luther das gesagt hat, das kann man natürlich, und man kann hin und wieder ein Wort aufschnappen und benutzen, weil da plötzlich etwas ausgedrückt wird im Jargon oder im Dialekt, das die Literatursprache noch nicht entdeckt hat. Und ich glaube, daß durch Argot, Slang, Rotwelsch die Sprache ständig belebt wird, neue Impulse bekommt aus dem Jargon der Teenager, der Kriminellen, der Manager, und trotzdem ist all das nicht unverwandelt und unbearbeitet brauchbar. Am besten merkt einer das, wenn er übersetzt, und ich habe mit meiner Frau gemeinsam sehr viel übersetzt. Den Ausdruck in der deutschen Sprache finden für einen bestimmten englischen oder französischen Ausdruck bedeutet ja auch sprachschöpferisch tätig sein. Und das hat mit dieser Vorstellung von Sprachwirklichkeit oder wirklich gesprochener Sprache fast nie etwas zu tun.
R. W.: Wie verstehen Sie – nach diesen Erläuterungen zur literarischen Sprache und Kommunikation – das Werk Solschenizyns?
H. B.: Ich denke mir, daß Solschenizyn ein sehr gutes Beispiel ist für das, was wir eben über Popularität gesagt haben. Er kommt

dem Publikum nicht entgegen, obwohl das, was er schreibt und wie er schreibt, sehr anspruchsvoll ist – ich kann es natürlich nur in der Übersetzung beurteilen, sehr anspruchsvoll, sogar schwer, wenn Sie wollen – hat er eine unermeßliche Popularität in der Sowjetunion gehabt, auch als er noch dort lebte und nicht gedruckt wurde.

Ich glaube, daß man im Westen vieles an ihm auf eine oberflächliche Weise politisiert. Natürlich ist er politisch, kulturpolitisch für die Sowjetunion eine ungeheuer wichtige Erscheinung, aber die Trennung dessen, was politisch an ihm ist und was literarisch, ist falsch. Das ist eins, das ist vollkommen eins, die ganze Sprache, wie ich sie aus der Übersetzung kenne, hat diese Einheit und diese Einheitlichkeit, und er hat von Anfang an, als er sein erstes Werk in der Sowjetunion publizierte, gewußt, wie wichtig es war, nicht zurückzustecken in seinen Anforderungen inhaltlicher und formaler Art. Und im Grunde hat sich ja die Auseinandersetzung in der Sowjetunion um ihn und mit ihm sowohl am Inhalt wie an der Form entzündet. Und wenn Sie lesen, was er in *Eiche und Kalb* sagt, er schildert dort ja seinen Fall als den eines vorgeschichtlichen Literaten, dann haben wir, glaube ich, noch gar nicht verstanden, was er und sein Werk und seine Existenz und seine Konsequenz für die mögliche kulturpolitische Entwicklung in der Sowjetunion bedeutet. Es gibt ja nicht nur Funktionäre in der Sowjetunion, die per se sagen, weg mit ihm, raus mit ihm, wir publizieren ihn nicht, sondern man hat dort seine Größe als Autor auch in linientreuen Kreisen erkannt und deshalb auch Angst vor ihm gehabt, weil seine formale Kraft so groß ist. Man kann an ihm eigentlich alle diese Probleme, an denen wir im Westen, wie ich finde, auf eine schülerhafte Weise herumfummeln – unsere Probleme, unsere literarischen Probleme sind eigentlich Pennäler-Probleme, lächerlich, überfällig und überflüssig –, das kann man an ihm, an seiner Bedeutung und seiner Entwicklung sehr gut explizieren.

Es ist ja nicht Zufall, daß die doktrinären Literaturfunktionäre immer wieder auf den Formalismus schimpfen. Und es ist nicht Zufall, daß die dümmeren Formen marxistischer Literatur-Ideologie Dinge wie Form einfach nebensächlich finden. Denn der Transport des Fortschritts, nennen wir das so, ist immer auf höchster formaler Ebene erfolgt. In der französischen Literatur ist das vollkommen klar, in der russischen auch, bei uns in

Deutschland nicht ganz so klar, weil wir keine sehr umfangreiche progressive oder sagen wir moralistische Tradition haben. Aber für einen Russen ist das eigentlich vollkommen undiskutabel, daß die Sprache zunächst das Wichtigste ist, daß der Ausdruck, die Form und das, was man mitteilen will, damit identisch ist.

Deshalb finde ich Solschenizyn nicht nur als Autor groß. Seine Wirkung kann man gar nicht hoch genug einschätzen, und zwar weil er als Autor groß ist. Man kann über manche politische Details streiten, sie sind vollkommen nebensächlich im Zusammenhang mit der Bedeutung, die er hat und haben wird für die Entwicklung der Kunst, denn das strahlt ja aus auf die Malerei, auf die Bildhauerei, auf die wissenschaftlichen Publikationen in der Sowjetunion.

Ich finde gerade ihn ein gutes Beispiel für uns Westeuropäer. Das wird hier alles so in politisches Kleingeld verwandelt, das man unter die Leute streut, es wird auf den Markt geworfen, und die einen, die Rechten, profitieren von ihm, die Linken ärgern sich. Das ist alles nebensächlich, wenn man die große formale Kraft sieht, die er hat, die Stärke auch, die ist nicht dasselbe wie Kraft, und keinen Millimeter Entgegenkommen. Ich habe eben vom Entgegenkommen, dem Publikum Entgegenkommen, gesprochen und davon, daß man das nicht kann und gar nicht darf, sondern das, was man ausdrücken möchte, mit höchstem Anspruch ausdrücken muß. Dafür ist Solschenizyn ein klassisches Beispiel. Wenn der politische Tagesärger oder die Tagesauseinandersetzungen mal verrauscht sind, werden wir das hoffentlich erkennen. Er beschreibt das in *Eiche und Kalb* ganz präzis bis ins Detail, die Entwicklung, die Aufnahme, die Annahme, die Auseinandersetzung mit seinen Manuskripten in den Reaktionen, im Zentralkomitee.

Die Wirkung eines solchen Autors ist gar nicht zu überschätzen. Und die Dummheit des Apparats, über die wir schon gesprochen haben, ist auch nicht zu unterschätzen. Man wird Solschenizyn gerecht werden, ob in einem Jahr, in zwei Jahren, in zwanzig Jahren, ist zwar nicht nebensächlich für die Menschen, die es betrifft, aber wenn man das Phänomen studieren will, wird es zur Nebensache, weil das einfach wie eine Atomexplosion in der Sowjetunion weitergeht, auch die Kontroversen mit ihm innerhalb der Kreise seiner ehemaligen Freunde gehören dazu. Das heißt, es bewegt sich. Das haben wir, glaube ich, noch nicht begriffen. In diesem Sinne ist die amerikanische Literatur uns voraus und, wie ich schon sagte, ganz besonders die südamerikanische Literatur.

R. W.: Glauben Sie nicht, daß auch die westliche Literatur diese Explosionskraft hat, von der Sie eben im Zusammenhang mit Solschenizyn sprachen? Mag man sie meinetwegen mit dem Wort Erotik belegen. In diesem Zusammenhang möchte ich nur zwei Namen nennen: Henry Miller und Lawrence Durrell.

Literatur und Tabus

H. B.: Natürlich hat Henry Miller auch eine Explosion verursacht in dem Sinne, und andere vor ihm haben auch bewußt, die Sexualität und die Erotik des Menschen betreffend, befreiend gewirkt, aber ich glaube, daß das weitergeführt werden muß. Nicht von Miller, der hat den Anstoß gegeben. Bei Durrell bin ich nicht sicher, ob das nicht schon aus zweiter oder dritter Hand ist; etwas konstruierte oder gesuchte Probleme. Bei Miller hat es eine ganz andere Qualität und auch andere Expressivität gehabt und späte Wirkung, aber Miller hat keine Auswirkungen auf die Literatur gehabt, eine Weiterentwicklung seiner Gedanken über Sexualität und Erotik ist nicht erfolgt. Es hat sich immer wieder nur auf diese Dreiecksgeschichten reduziert.

Es gibt andere Tabus, die von anderen Autoren gebrochen worden sind, wenn Sie die Beschäftigung mit dem Krieg, dem Zweiten Weltkrieg, in der nordamerikanischen Literatur sehen, Mailer oder Joseph Heller und andere, dann ist da auch eine Explosion erfolgt. Man hat den tradierten Heldenmythos, der eigentlich schon von Barbusse auf eine einmalige Weise widerlegt worden ist, seinen Anti-Heldenmythos weitergeführt, das ist auch eine Explosion gewesen. Wenn Sie sich anschauen, wie die Europäer so über ihre Kriege geschrieben haben, in Romanform oder in Reportagen, sagen wir bis 1870, war das eigentlich brave nationalistische Etüde. Die Behandlung des Krieges und die Beschäftigung mit dem Krieg in der internationalen Literatur nach 45 ist eben bewußt nicht nationalistisch und fast anti-nationalistisch gewesen, sowohl in der amerikanischen – obwohl die Amerikaner eigentlich in der moralisch stärkeren Position waren – wie in der deutschen und französischen Kriegsliteratur. Das ist

auch eine Explosion gewesen, nicht mehr das brave Schlachtenbild oder die betuliche Behandlung von nationalen oder nationalistischen Gefühlen, sondern eine völlige Umkehrung. Diese Explosionen hat es hier auch gegeben, aber sie laufen aus, und manchmal habe ich den Eindruck, daß die Autoren Themen suchen, die nicht unbedingt so wichtig sind.
Was man noch gar nicht angefangen hat wiederaufzunehmen, das ist das Problem der Schuld, jetzt gar nicht im banal politischen Sinne, ob einer Faschist war oder nicht, oder Kommunist oder nicht, oder verstrickt, sondern Schuld als Menschheitsproblem. Wir sind so erzogen worden durch Katechismen verschiedener Art, ob katholisch oder evangelisch – einen atheistischen Katechismus gibt es ja auch und einen humanistischen –, daß wir Schuld immer in kleiner Münze sehen, also sexuelle Vergehen oder kleine kommerzielle Vergehen usw. Aber die große Schuld der Menschheit, deren Folgen sich eigentlich auf der ganzen Welt jetzt zeigen, ob im Libanon oder Nordirland oder das Problem Palästinenser-Israel, ich nenne diese drei, oder Spanien, Chile, ganz Südamerika. Ich glaube, das ist noch nicht angefaßt worden.
Es zeigt sich doch jetzt in diesem Jahrzehnt, daß alle, nicht nur alle Politiker, auch alle Moralisten, alle Humanisten, alle Prediger verschiedenster Sorten sich getäuscht haben. Wir denken immer nur, wenn wir rational denken, in unseren westeuropäisch-römisch bedingten Formen der Rationalität. Das ist ein großes Problem für mich, wenn ich an Irland denke, an Libanon denke, daß wir Westeuropäer unsere im Grunde sehr kleinkarierte Form von Rationalität oder Vernunft für die einzig mögliche halten und alles andere per se für unvernünftig erklären. Man hat wahrscheinlich diese Teile der Menschheit mit einer unzureichenden Form von importierter Kolonial Vernunft versorgt. Das sind ja fast alles nachkolonialistische Erscheinungen. Und die Schuld des Abendlandes, nennen wir das so, besteht, glaube ich, darin, daß wir unsere Form von westlicher Vernunft – und da schließe ich sogar die russische hier ein – offenbar nicht haben mitteilen können und erst recht nicht praktizieren können. Wir haben sie immer nur reduziert auf Macht, Besitz, Profit usw. Das geht bis in die sozialistischen Länder, da seh ich überhaupt keinen Unterschied. Daß also die eigentliche, sagen wir, frohe Botschaft der Welt überhaupt noch nicht verkündet worden ist.

Und auch die wahre Schuld ist nicht erkannt worden, weil sich die Christen immer haben decken können durch irgendwelche Formen der Beichte, der Selbsttäuschung, des Versteckens, des Verdrängens von Problemen.
Wenn man sich nach Südamerika oder Afrika oder auch in den Vorderen Orient versetzt und sich Westeuropa von dort her anschaut, dann sieht man es eigentlich als eine Versammlung von arroganten Selbsttäuschern, die sich beklagen, wenn sie mal sechs Prozent oder zehn Prozent Inflation haben, und wenn das nie ewig so weitergeht mit dem sogenannten Wirtschaftswachstum, und sich Gedanken machen, wie können wir das jetzt wieder manipulieren. Obwohl jeder weiß, es kann gar nicht wachsen, es darf sogar nicht wachsen, weil von Europa aus der Hunger in die Welt exportiert wird, indem wir billig aus diesen Ländern importieren, zum Beispiel Rohstoffe, Lebensmittel; der Kaffee, den wir trinken, ist zu billig, die Bananen, die wir essen, sind viel zu billig.
Diese Form der Schuld, die darin besteht, daß man eigentlich nur immer daran denkt, seinen eigenen Lebensstandard mindestens zu erhalten, aber möglichst zu erhöhen, ist, glaube ich, noch nicht dargestellt worden in der Literatur. Von der großen Warte bis ins alltägliche Detail. Und ich glaube, daß wir uns sehr viel einbilden hier, und möglicherweise diese Einbildung sehr teuer werden bezahlen müssen, wenn wir nicht zur Einsicht kommen. Das geht in das Gebiet der Ökologie, der Ökonomie, der Religion. Dieses ganze Geschrei über Privateigentum usw. Das sind eigentlich lächerliche Probleme, verglichen mit den Problemen der Welt, wie wir sie im Augenblick sehen müssen. Und da ist die Literatur eben noch nicht avantgardistisch genug, das zu sehen und darzustellen. Wir sind immer noch beschäftigt, ich schließe mich selber da nicht aus, mit der mehr oder weniger genüßlichen Beschreibung unseres Verfalls, unseres sittlichen Verfalls.

Der Preis der Dekadenz

R. W.: Diese bewußte Wahrnehmung der westlichen Welt, die in eine gefällige Analyse des eigenen Verfalls umgesetzt wird, ist gleichzeitig die Verweigerung der Anerkennung des Nächsten; des Schwarzen, des Südamerikaners oder des Arabers. Die Eigenständigkeit seines Kulturkreises, seiner Sprache, seiner Religion wird einfach nicht gewürdigt. Ein Mitglied der westlichen Welt zu sein, hieß ja noch vor nicht allzu langer Zeit, seine Herrschaft aufzuzwingen, unsere Ideen durchzusetzen – und das um jeden Preis. Selbst um den Preis der Sünde.

H. B.: Nein, nicht um den Preis der Sünde.

R. W.: Sagen wir also Fehler oder Schuld. Sicherlich eine Kollektivschuld.

H. B.: Mehr oder weniger eine europäische Schuld. Man hat ja durch die Kolonisation und durch die Missionierung angeblich eine Verantwortung übernommen. Wahrscheinlich haben manche es sogar ehrlich gemeint, das merken Sie sehr gut, wenn Sie nachlesen, welche Auseinandersetzungen es etwa bei der Kolonisierung Südamerikas von Anfang an gegeben hat. Es war ja nicht nur immer die Brutalität der Konquistadoren, es war ja auch immer die Gegenstimme da, und sehr oft die Gegenstimme der Kirche, es war nicht nur Las Casas, es waren andere Bischöfe und Priester und Patres, die protestiert haben gegen diese merkwürdige Art, das Christentum zu verkünden. Aber diese Stimmen sind eigentlich nie durchgedrungen. Diese Stimmen hat es wahrscheinlich auch in den französischen Kolonien in Afrika gegeben. Die Deutschen sind ja keine großen Kolonialbesitzer gewesen, das ist das einzige, was uns erspart geblieben ist. Aber in den englischen Kolonien usw. immer diese europäische Arroganz, die Verachtung anderer Religionen, Rassen, Völker, Kulturen. Und was haben wir den Menschen gebracht? Nichts, eigentlich nur Kommerz, Handel und Korruption auch, unsere Art der Korruption. Inzwischen beschäftigen wir uns mit dem Verfall der Familie, mit dem Verfall der Kirche hier, das ist uninteressant für diese Völker, glaube ich, das ist typisches europäisches Gefummel, natürlich für uns wichtig, und möglicherweise kommt daraus etwas Neues, das will ich gar nicht bestreiten, aber diese großen Probleme der Welt haben wir noch nicht aufgegriffen, noch nicht gesehen.

R. W.: Würden Sie den Intellektuellen – Philosophen, Theologen, Soziologen, Wissenschaftlern und auch ganz besonders Schriftstellern – nicht mehr Verantwortung dafür beimessen als den Politikern oder den Wirtschaftsleuten? Und warum? Weil sie über die Macht der Sprache verfügen. Die Politiker besitzen politische Macht; die Wirtschaftler die des Handels, des An- und Verkaufs, des Austauschs von materiellen Gütern. Aber derjenige, der die gewaltigste Macht in Händen hält, ist doch der Schriftsteller, denn er ist Herr über die Sprache, das privilegierte Kommunikationsmittel. Worin liegt also seine Verantwortlichkeit und wie groß ist seine Verantwortung?

Das Schreiben »organisieren«

H. B.: Ja, ich glaube eher, daß diese Schuld geteilt ist, und zwar in einem Verhältnis, das sich nicht zahlenmäßig ausdrücken läßt. Es ist wahrscheinlich so, wie Sie sagen, daß ganz bestimmte automatische Konstellationen, also Gegensatz von Geist und Geld und Macht, vieles verhindern und daß wahrscheinlich die Mächtigen und auch die Industriellen, nennen wir sie so, in manchen Dingen ansprechbar wären, wenn man ihnen genau erklärte, also sich des Mittels Sprache bediente.

Ich glaube, auch da gibt es eine nicht gute europäische Tradition, weil man, und leider übernimmt man das von Generation zu Generation, per se Feindschaft unterstellt und auch per se die einen sich für schuldig und die anderen sich für unschuldig erklären bzw. umgekehrt. Es ist ein sehr interessantes, sehr wichtiges Problem, traditionell auch in Europa, und leider bis heute unkorrigiert. Ich glaube, was Grass gemacht hat in der Bundesrepublik, war einer der ersten Versuche, dieses Verhältnis auf eine Basis zu bringen, wo nicht per se die einen die anderen für schuldig oder dumm usw. erklären. Und vielleicht wäre es gut, wenn Schriftsteller, die manche Einsicht haben, nicht nur die Einsicht ausdrückten, sondern auch die innere Organisation ihrer Arbeit. Schreiben setzt ja eine bestimmte Sensibilität voraus, die zu mancher Erkenntnis führt, die sich gar nicht literarisch ausdrückt. Einen Roman schreiben ist ja auch eine organisatorische Arbeit, unter anderem. Reden wir gar nicht über Qualität, aber das hat man, glaube ich, auch noch nicht verstanden, daß Schreiben nicht nur so einfach vom Himmel stürzende Intuition ist, sondern daß die Intuition nur *ein* Element ist, manchmal ein geringes und manchmal ein größeres.

Was ich sagen will, Künstler, auch Bildhauer, Musiker, Maler, Schriftsteller, haben Einsichten, die sie nicht immer mitteilen, die sich nicht immer in Literatur oder Kunst umsetzen. Das liegt daran, daß sie andere Erkenntnisse haben als die Wissenschaft, Erkenntnisse, die Fachleute manchmal gar nicht haben. Ein gutes Beispiel ist die Psychologie, die bei Autoren sich aus der Beschäftigung mit dem Material ergibt, das sie selber erfinden, und die manchmal zu psychologischen Einsichten führt, die einen Fachpsychologen verblüffen, weil sie außerhalb seiner Schulweisheit fallen. Und ganz sicher haben manche Autoren Einsichten auch in ökonomische Dinge, die vielleicht einen Finanzfachmann verblüffen würden, weil der Autor unbefangen und doch mit einer gewissen Sensibilität an die Probleme herangeht. Das betrifft alle Bereiche der Politik und der Ökonomie, und umgekehrt natürlich könnten die Industriellen und die mächtigen Politiker vielleicht hin und wieder einem Autor Einsichten vermitteln, die er nicht hat. In diesem Sinne gebe ich Ihnen recht, ist die Schuld geteilt, das liegt aber wirklich daran, daß man diese per se Feindschaften oder per se Gegensätze konstruiert und auch übernimmt. Diesen Gegensatz zwischen Geist und Macht oder zwischen Geist und Industrie halte ich ebenso für künstlich wie den Gegensatz zwischen littérature engagé und littérature pure.

Es ist ja auch nicht so, daß immer nur die Autoren die Moral vertreten, das ist ja auch ein Irrtum. Oder umgekehrt die Geldleute und Machtpolitiker die Unmoral. Es sind ja bestimmte Formen der Verstrickung. Und die Verantwortung etwa eines Schriftstellers ist ganz anderer indirekterer Art als die eines Großindustriellen oder eines Regierungschefs. Und man könnte vielleicht die Verantwortungen koordinieren, teilen, gegenseitig Einsichten vermitteln. Das klingt jetzt sehr naiv und sehr idealistisch, aber ich halte das für eine Möglichkeit, und wahrscheinlich sogar für eine wichtige. Ich nenne ein Beispiel; es gibt in Israel Schriftsteller, denen die permanente Konfrontation mit Palästinensern, Arabern nicht nur nicht gefällt, sondern die genau sehen, wie gefährlich sie ist, und die in ihren Büchern, in Essays und auch Erzählungen Möglichkeiten des Zusammenlebens entwerfen, bei Wahrnehmung aller Konflikte. Über den direkten literarischen Ausdruck hinaus haben wahrscheinlich Autoren, Künstler usw. Einsichten, die mitteilbar wären oder die sie mitteilen sollten. Wenn sie es tun, gelegentlich sich politisch äußern, in Vorträgen, Essays oder . . . zeigt sich leider immer wieder, daß man zunächst an Worten abprallt, daß eigentlich nur Ressentiments geweckt werden, daß Spezialisten sich zu Wort melden, die manchmal gar nichts von der Sache verstehen, überhaupt nichts, weil sie *nur* diese Sache verstehen.

Dasselbe trifft auf Literaturkritiken zu. Ein Mensch, der sich nur für Literatur interessiert, versteht auch Literatur nicht mehr, denn sie ist nicht so isoliert zu sehen. Das trifft auch auf Kunstgeschichtler zu, auf Nationalökonomen usw., auf politische Praktiker. Insofern besteht wahrscheinlich die Schuld geteilt.
Eine Schwierigkeit liegt auch in der gesellschaftlichen Position eines Schriftstellers, der einen sogenannten freien Beruf ausübt, aber vielen ökonomischen Zwängen unterliegt und nicht immer Zeit hat, sich selbstlos zur Verfügung zu stellen. Es hat diese Gespräche gegeben, die Sie möglicherweise im Sinn haben, zur Zeit der Regierung Brandt, wo wir öfter mit Brandt zusammenkamen, mit Ministern und auch wichtigen Regierungsfunktionären, gar nicht auf parteipolitischer Ebene, sondern um bestimmte Begriffe zu klären, etwa den Begriff Heimat, den Begriff Nation, den Begriff Besitz. Da haben wir das versucht, und manchmal sogar mit einem gewissen Erfolg. Wahrscheinlich scheitert vieles auch an der gegenseitigen Arroganz. Es gibt ja leider auch die Arroganz der Intellektuellen gegenüber den Politikern, gegenüber dem Volk, das Negieren von Praktikabilität. Aber einen Gedanken, einen Einfall, eine abstrakte Idee oder auch eine konkrete Vorstellung in Kunst umsetzen ist ja auch publizieren. Man sollte anerkennen, daß Schreiben, Malen, Komponieren auch, ich betone das *auch*, eine organisatorische Fähigkeit voraussetzen. Ich vermute, daß mancher sehr begabte, sogar geniale Mensch daran scheitert, daß er nicht die Organisation findet, seine Gedanken in Ausdruck umzusetzen. Das, was man das Kreative nennt, ist ja beim Autor nicht nur beschränkt auf seine Arbeit.
Es gibt natürlich bestimmte Erfahrungen, die man mit sich selber macht und die einem helfen, die jeweils notwendige Organisation, wie ich das nenne, schneller zu finden, als vor zwanzig Jahren. Aber das ist merkwürdigerweise sehr selten. Wichtig ist, daß jede Sache, die ich schreibe – und wenn es eine verhältnismäßig nebensächliche Buchbesprechung ist oder eine Erzählung oder ein Essay – ihren eigenen Einstieg erfordert. Ich denke oft monatelang nach über eine Kurzgeschichte, manchmal ein Jahr. Ich habe den Einfall, der sehr nebensächlich ist, einen bestimmten Stoff, ein bestimmtes Material, und suche dann das, was ich den Einstieg nenne. Wo plaziert man das hin? Wo gehört es hin? Welche Sensualität muß es haben? Welche Personen?

Das Allerwichtigste bei erzählerischen Dingen sind die Namen. Ich muß erst den Namen haben. Ich habe jetzt ein Jahr lang nachgedacht über einen Roman, den ich wahrscheinlich schreiben werde. Der Plot ist sehr simpel, das ist ja auch Nebensache, der Stoff, es ist ein Schuldproblem, wir haben darüber gesprochen und haben immer wieder überlegt, wie sollst du den Helden nennen. Jetzt habe ich endlich den Namen gefunden. Das ist ein ungeheuer kompliziertes Problem mit den Namen.

R. W.: Warum suchen Sie diese Namen nicht einfach aus dem Telefonbuch?

H. B.: Nein, nein, das nützt mir gar nichts. Ich gehe natürlich spazieren und gehe auch auf Friedhöfe und lese Anzeigen und begegne Namen auf Schildern. Ich notiere mir keinen davon, und wenn mich einer mal anregt, verwandele ich ihn auch.

Ich habe jetzt eine winzige Sache geschrieben, diesen *Bericht zur Gesinnungslage der Nation.* Den Einfall hatte ich vor anderthalb Jahren, der ist ganz simpel, das sind einfach fiktive Berichte von Spitzeln, fiktiv, also Aufgabe meiner Phantasie, die auch organisierbar ist. Aber ich habe die Namen nicht gehabt. Da gibt es also so simple Klischees mit Decknamen, das ist zu billig, da kann man so Witze machen, wie Tischtuch schreibt an Tischbein oder so was. Ich habe die Namen einfach nicht gefunden, die Idee hatte ich auf einem Zettel notiert, es war nicht sehr wichtig. Ich bin dann von einer ganz anderen Ecke her auf die Namen gekommen. Ich hatte die Geschichte fast vergessen, ich hätte sie wahrscheinlich gar nicht geschrieben, wie vieles. Ich mache mir Notizen für einen Essay, für einen Roman, für eine Kurzgeschichte, die ich dann nie schreibe, weil ich nicht die Plazierung und nicht den Boden finde, wo sie hingehören. Ich kam dann von einer ganz anderen Seite her auf die Namen für diese Spitzelgeschichte.

Ich sprach mit meiner Schwiegertochter über Malerei, sie ist Malerin und Schülerin von Rupprecht Geiger. Sie zeigte mir Reproduktionen von Geiger, das sind fast monochrome Werke, die ich sehr schön finde. Wir haben darüber gesprochen, und da war eins, das war rot. Wir sprechen oft über Malerei und Kunst und diese Zusammenhänge, und ich kam nach Hause und dachte: ach, rot, rot, rot, und habe im Sprachwörterbuch der Brüder Grimm einfach den Artikel rot aufgeschlagen. Ich dachte, der Geiger hat, was rot an Farbe, an Material bedeutet, in diesen fast monochromen Bildern ausgedrückt. Sieh doch mal nach, was die Sprache zu rot sagt, und ich schlug das Wort rot im Grimmschen Wörterbuch nach, fand Hunderte von Ausdrücken und dachte, ach, das kontrollierst du jetzt mal. Beide Artikel waren sehr umfangreich, und ich dachte immer noch nicht an meine Geschichte. Ich habe mir die Abschnitte über rot dann fotokopieren lassen, weil ich die schweren Bücher nicht immer mit mir rumschleppen wollte, und entdeckte plötzlich ein Wort, das heißt: rotfaul. Und ich dachte, mein Gott, das ist eigentlich der richtige Ausdruck, den ein Spitzel gebrauchen würde, wenn er über Radikale spricht. Ja. Und habe dann aus diesen beiden Artikeln fünf oder sechs, sieben oder zehn Wörter rausgeschrieben; Rotkopfwürger, Rotgimpel und Rotmolch und Rotfaul usw., und hatte damit die Namen. Damit war die Geschichte plaziert, und dann war das Schreiben fast nur noch ein Spiel, wirklich nur noch ein Spiel.

Ich hatte die Idee brieflicher Berichte, habe mich noch einmal vergewissert über die Geschichte der Satire in der abendländischen Literatur, die ich aus der Schule kannte, also Juvenal und Aristophanes usw. und habe dann eine der wenigen klassischen deutschen Satiren noch einmal gelesen, nämlich die *Briefe der Dunkelmänner.* Ich weiß nicht, ob Sie die kennen, das ist eine wunderbare Sache, die zwar lateinisch geschrieben ist, aber von Deutschen in der Zeit des Humanismus gegen die Dominikaner in Köln, die eine finstere Rolle spielten. Ich hatte also die Form, ich hatte die Idee, geheime, fingierte Berichte von Spitzeln über Rote, Radikale im öffentlichen Dienst usw., und damit war die organisatorische Vorbereitung abgeschlossen. Dann mußte ich an die Arbeit gehen, das ging dann sehr schnell, weil ich sehr viel über die Form und den Inhalt, also das, was die Spitzel sich da gegenseitig schreiben, nachgedacht hatte.

Wenn mancher geniale oder mancher sehr begabte Autor oder auch Maler an der Organisation scheitert, dann vielleicht, weil er die jeweils richtige Kombination von Intuition und Arbeit nicht findet, sich zu sehr auf das eine oder andere verläßt. Reiner Fleiß nützt überhaupt nichts, reine Intuition fast ebensowenig. Und diese Verbindung von beiden in ihrem ständig wechselnden Mischungsverhältnis jeweils zu finden und auch zu merken: es macht dir Spaß, aber es macht dir in diesem Augenblick zu viel Spaß, wenn man anfängt, zu sehr zu spielen; das muß man alles selber erfahren, da kann einem keiner helfen, auch kein Lektor später. Natürlich muß das Spielerische weiter eine wichtige Rolle spielen, es muß Spaß machen, finde ich, und den Spaß soll auch der Leser haben, den will ich ihm nicht vorenthalten. Das Spielen mit Formen, Gedanken, Figuren, Ideen, mit Potentialitäten usw., also ein gewisses Rollenverhalten auch. Das ist völlig unabhängig vom Umfang der Arbeit. Einen Roman schreiben ist manchmal leichter als eine Kurzgeschichte schreiben, weil ein Roman viel mehr Spielraum läßt, viel mehr Raum auch und damit mehr Spielraum.

Und das Gute ist, daß man bei anderen nicht lernen kann. Man kann ja Tagebücher lesen von Flaubert oder Thomas Mann oder anderen, aber es hilft einem nichts. Das ist eigentlich ein sehr gutes Hindernis, daß man die Erfahrung anderer zwar wahrnehmen kann, sie sehr interessant findet, aber es hilft nicht. Und auch den richtigen Moment erwischen. Manches scheitert bei mir auch an der Faulheit. Ich sitze irgendwo, lese ein Buch oder unterhalte mich mit Freunden oder sehe fern oder bin im Kino und denke: Mensch, eigentlich müßtest du jetzt das und das machen, arbeiten, und dann denk ich: nein, und dann ist es weg, vieles ist weg; wahrscheinlich ist es sogar gut so.

Es gibt auch den Fall, wo man, durch äußere Umstände verhindert, den Einstieg verpaßt, und zwar durch Zwänge, denen man sich eigentlich nicht aussetzen sollte. Ich erinnere mich, daß ich an einem Roman schrieb, als ich seinerzeit auf Bitten der Bundesregierung und der sowjetischen Regierung mit einer Delegation nach Moskau fuhr, und das paßte mir überhaupt nicht. Sie hätten mich nach Peking oder Paris oder Lyon oder London oder New York einladen können, ich wollte arbeiten. Der Druck wurde aber dann so stark, weil die ganze Delegation zu scheitern drohte, und es war der erste sogenannte Kulturaustausch, und alle sagten mir: Mein Gott, du mußt das machen, das ist wichtig, und der Beamte im Außenministerium sagte: Mein Gott, ohne Sie scheitert es usw. Ich habe mich also diesem Druck gebeugt, und praktisch ist daran eine große Erzählung gescheitert. Ich war die ganze Zeit über in der Sowjetunion sehr schlecht gelaunt und auch gereizt, aber das Buch war weg. Verstehen Sie, es ist nicht wichtig, ich habe dann ein anderes geschrieben, das hieß *Ansichten eines Clowns*.

Also, all das kommt zusammen, der Fleiß auch, die Intuition,

der richtige Zeitpunkt, es gibt verpaßte Zeitpunkte, und natürlich auch die äußere Möglichkeit zu arbeiten, Ruhe haben, ein Zimmer haben, wo man nicht gestört wird, das sind ja Dinge, die nicht so unerreichbar sind. Und wenn ich einen Roman schreibe, sagen wir wie *Gruppenbild mit Dame*, der viele historische Details enthält, dann muß ich natürlich recherchieren oder recherchieren lassen. Oft seitenlange Protokolle, fotokopiert, studieren, damit eine Zeile richtig ist, historisch richtig. Zum Beispiel war es ein fast unlösbares Problem, herauszubekommen bei *Gruppenbild mit Dame*, da wir über Arbeit, Praxis und Organisation sprechen, welche Ernährung die russischen Kriegsgefangenen in Deutschland bekommen haben. Ich habe dann geschrieben an den Schriftstellerverband in der Sowjetunion, in die DDR, habe mich umgesehen, bei uns war nichts zu finden. Es mußte ja irgendwo festliegen: fünf Gramm Margarine, zwanzig Gramm Brot oder was. Das war nicht herauszukriegen, das war ein sehr wichtiges Detail, an dem der ganze Roman hätte scheitern können, weil der Hunger und die Not, die Beziehungen dieser Hauptfigur zu diesem russischen Kriegsgefangenen, alles darauf aufgebaut war und an dieser einen Zeile hätte scheitern können.
Es war sehr mühsam. Die sowjetischen Kollegen haben mich mißverstanden, die haben mir Literatur geschickt über KZs, die war erreichbar, aber es handelte sich ja nicht um ein KZ, sondern: der sogenannte normale russische Kriegsgefangene, was hat der zu fressen gekriegt? Das war nicht herauszufinden. Später hat mir dann jemand in Moskau erklärt, du bist aber naiv, das ist ja ein Tabu. Es hat ja gar keine russischen Kriegsgefangenen gegeben, die darf es ja nicht gegeben haben usw. Also keine Auskunft. Ich war ziemlich verzweifelt, wahrscheinlich wäre der Roman nicht daran gescheitert, aber für mich war dieses winzige realistische Detail ungeheuer wichtig. Ich habe dann folgendes gemacht: ich habe mir die Akten der Kriegsverbrecherprozesse in Nürnberg beschafft, die seltsamerweise nie im Buchhandel erschienen sind, sondern nur als Druck der amerikanischen Armee, eine Art Privatdruck, eher so eine interne Dokumentation. Ich fand sie in einem Antiquariatskatalog, das sind 45 Bände, ein Apparat, und ich dachte: da muß es eigentlich drin sein, und es war drin, es war drin.
Verstehen Sie, wir reden über Organisation. Der Roman war fer-

tig bis auf einige andere Details, die sehr schwer zu finden waren. Zum Beispiel die Anzahl der Bombenangriffe auf Köln ist nicht offiziell registriert. Ob das nun als militärisches Geheimnis gilt oder als was, ich weiß es nicht. Das habe ich dann aber hintenrum rausbekommen durch jemand, der privat eine Art Strichliste geführt hatte und uns da Auskunft geben konnte. Solche Dinge, ich spreche darüber, weil wir auch natürlich den Begriff des Realismus berühren müssen. Im Grunde ist die ganze Sache erfunden, sie basiert aber auf zehn, zwölf, fünfzehn bis zwanzig sehr genauen historischen Details, die ich brauche, um diese Personen oder Figuren unterzubringen, um sie zu plazieren, um sie auf den Boden zu stellen.

Bei jedem Roman kommen ähnliche Probleme, wo man ein paar Kleinigkeiten wissen muß. Zum Beispiel bei *Gruppenbild mit Dame* mußte ich herauskriegen, was hat eine Gartenarbeiterin 1944 verdient? Das war sehr schwer, es war fast unmöglich, es gibt keine Statistik. Dann hat mein damaliger Sekretär zufällig einen Herrn gefunden im Arbeitsministerium in Nordrhein-Westfalen, dessen Mutter als ungelernte Gartenarbeiterin gearbeitet hatte, und er wußte noch, was die verdient hatte, das war sehr wenig. Auch diese Erkenntnis war für mich wichtig, daß die Löhne nach 45 enorm niedrig waren. Ich habe selbst als Arbeiter gearbeitet und wußte noch, daß ich einen Stundenlohn von einer Mark bekommen habe 1945. Das war sogar eine Vergünstigung, die meisten haben sechzig, siebzig Pfennig verdient. Alles das kriegen Sie dann bei diesen Recherchen raus, und an einer solchen Kleinigkeit tut sich eine ganze Welt auf. Das nenne ich Organisation und auch das Organisierbare.

Die andere Ebene der Organisation ist natürlich, die Phantasie richtig zu plazieren und sprachlich auszudrücken, was ausgedrückt werden muß, nicht zu penetrant, aber auch nicht zu verschleiert usw. Das ist ein Stilproblem, das kann ich eigentlich nicht beurteilen. Aber ähnlich geht es mir, wenn ich jetzt eine Buchbesprechung schreiben muß. Ich habe überhaupt keine Routine, ich habe das nie gelernt, ich habe überhaupt keine abstrakte oder theoretische Vorstellung vom Aufbau etwa, sondern ich gehe immer unmittelbar an die Geschichte ran, und ich glaube, daß dieses Unroutinierte mit zum Schreiben, mit zur Arbeit gehört. Ich habe das ja schon mal gesagt, ich glaube nicht an den Begriff der Meisterschaft. Das finde ich entsetzlich langweilig, wenn einer ein Meister ist. Und wenn ich jetzt wieder einen Roman schreiben werde, ich habe schon meine Zettelchen und meine Ideen, ich hoffe, daß die nicht inzwischen durch andere Umstände annulliert werden, dann weiß ich nicht, wie ich anfange, wo ich aufhöre, wie es sich aufbaut, wie groß das Personal sein wird. Das ergibt sich aus der Notwendigkeit des Ausdrucks, aus der Hauptperson, um die sich die anderen herumgruppieren, und dann muß man die Namen finden, man muß Berufe finden.

Es nützt auch sehr wenig, sich selbst bei der Arbeit zu beobachten, weil eben jede Arbeit ein neues Gesetz bedingt und neue Arbeitsbedingungen schafft. Deshalb übersetze ich sehr gern, weil ich dann etwas schreibe, in deutsche Sprache übertrage, dessen Organisation ein anderer gemacht hat. Manchmal übersetze ich lieber, als selbst zu schreiben, nicht aus Faulheit, sondern weil es einfach schön ist, in die eigene Sprache sehr komplizierte Ausdrücke einer fremden Sprache zu übertragen. Ich halte das für genauso sprachschöpferisch wie selber schreiben. Und ich glaube, daß die Autoren in der ganzen Welt sich viel mehr ums Übersetzen kümmern sollten.

Es gibt eine Internationale des Spiritualismus

R. W.: Wie erklären Sie sich die Unruhe der Jugend?

H. B.: Wir sprachen über die Jugend, glaube ich, und über die zu allgemeine Bedeutung dieses Begriffs, der nie genau definiert wird. Was mir auffällt und was ich für wichtig halte, ist, daß in keinem Parlament der Welt, und natürlich auch nicht in der Bundesrepublik, der Begriff der Radikalität genau definiert wird. Es ist historisch fundiert nachgewiesen, daß es ohne geistige Radikalität überhaupt keine Bewegung in der intellektuellen und künstlerischen Geschichte der Welt gegeben hat. Aber man fordert im Grunde genommen immer wieder die Jugend auf zu parieren, also sich opportunistisch zu verhalten. Wenn Sie die Geschichte der letzten zwanzig, fünfundzwanzig Jahre in der Welt sehen, so sind die großen religiösen Bewegungen spontan aus der Jugend entstanden, ich denke an Gammler und Beatniks, auch an die Hippies und Jesus-People. Man kann im Detail über den spirituellen und auch intellektuellen und metaphysischen Hintergrund dieser Bewegungen streiten, aber es waren Bewegungen zu einer gewissen Askese hin, die auch die ökonomischen Probleme der Welt möglicherweise lösen könnte. Wenn man bedenkt, daß sehr viele Wissenschaftler vom Ende des Wachstums sprechen und vom Ende der Ausbeutung der Reserven dieser Welt im Zusammenhang mit ökologischen Problemen, dann hat diese Jugend, die Gammler, die Beatniks und wie sie alle heißen, früher als die Wissenschaft geahnt oder gewußt, daß wir asketische Lebensformen brauchen, nicht in einer Wegwerf-Konsumgesellschaft weiterleben können. All das ist entmutigt worden, ist verhöhnt worden, jeder Ansatz von Spiritualismus ist sowohl von den Kirchen wie von den Politikern geradezu mit der allergrößten Schärfe verdammt, verhöhnt und verurteilt worden. Aber ich setze Hoffnungen nicht nur auf die Jugendlichen, auch auf die Intellektuellen, die sich in diesem Sinn geäußert haben. Wenn Sie genau hinschauen, dann sehen Sie, daß es eine Internationale des Spiritualismus gibt, denn Solschenizyns Schicksal in der Sowjetunion, also in einem offiziell materialistischen Land, ist das eines verfolgten Spirituellen und Intellektuellen; und in der Welt, die sich christlich definiert, ist ja die Spiritualität geradezu zu einer der Hauptsünden erklärt worden. Es gibt also da Berührungspunkte.

Ich denke mir aber, daß sich auf die Dauer diese massiven Entmutigungsversuche, dieser Zwang zum Opportunismus, den man der Jugend aufzuerlegen versucht, in der Bundesrepublik ganz besonders, wie mir scheint, und natürlich auf eine andere Weise in den sozialistischen Ländern, daß das nicht zieht und nicht wirken wird. Man kann diese Art von Leben, diese Art von Weiterdenken, auch diese Art von Radikalität, mag man sie auch im Moment für töricht halten, nicht unterdrücken.

Auch was die Entmutigung der Jugend betrifft, möchte ich auf die Dummheit der Politiker hinweisen. Alles, was je versucht hat, die Welt in Bewegung zu halten, kam aus radikalen Ansätzen, in den Kirchen, außerhalb der Kirchen, im Liberalismus, außerhalb des Liberalismus; und hätte es nicht Radikale im 19. Jahrhundert gegeben, dann gäb's keine SPD, keine FDP, es gäbe noch nicht einmal die CDU. Es gäbe immer noch nur Gnade und Ungnade und kein Recht auf soziale Sicherheit, auf Nahrung und bestimmte Ansprüche auf minimale menschliche Erleichterungen. Die Menschheit wäre in einem feudalistischen Kontext geblieben, wo es eben nur Caritas und Gnade und Ungnade der Besitzenden und der Herrschenden gegeben hätte.

Diese ganzen Repressionen sind eigentlich Tötungsversuche. Und ich nehme an, nicht nur aus Erfahrung, sondern auch aus Einsicht und Erkenntnis, daß diese Tötung nicht gelingen wird. Sie gelingt weder in sozialistischen Ländern noch in kapitalistischen Ländern. Wenn die Einschüchterung total gelänge, würde unser ganzes intellektuelles Leben zu einem Friedhof. Ich nehme an, ich rechne damit, daß diese Einschüchterungsversuche, sogar wenn sie gesetzlich verankert sind, nichts nützen werden. Ich hoffe es.

HEINRICH BÖLL
FRAUEN VOR FLUSSLANDSCHAFT

Roman in Dialogen und Selbstgesprächen
KiWi 144

Frauen vor Flußlandschaft ist Heinrich Bölls letzter Roman, den er kurz vor seinem Tod abschloß. Der Schauplatz ist Bonn. Die Darsteller sind die Politiker und ihre Frauen, die in Dialogen und Selbstgesprächen ihre Privatheit, ihre Intrigen und Zweifel äußern. Das Unaussprechliche der Politik bekommt mit diesem dialogischen Kunstgriff eine fiktive »Öffentlichkeit«.

»Die zunehmende Schärfe des Blicks, den Böll für die politische Realität der Bundesrepublik hatte, entsprach einem Zuwachs an ästhetischer Fähigkeit. Die Grenzen des Mediums, das er gewählt hatte, das des fiktiven Romans, hat Böll bis an seine äußerste Grenze gebracht.«

Helmut Heißenbüttel, Freibeuter

KiWi Paperbackreihe bei Kiepenheuer&Witsch